U0657407

中国当代作家论

谢有顺 主编

中国当代作家论

谢有顺 主编

宗璞论

何英／著

作家出版社

何英

■ 中国社会科学院文学博士，一级作家，教授，硕士研究生导师。中国作协会员。现供职湖州学院。著有评论集《批评的“纯真之眼”》《默读与倾听》《深处的秘密》，随笔集《白雪莲之幻》等。2006年获新疆第二届天山文艺奖。2013年获《文学报·新批评》优秀新人奖，入选新疆文化名家暨“四个一批”人才。2016年获首届茅盾文学新人奖。2021年获《中国当代文学研究》年度优秀论文奖。

主编说明

自从到大学工作以后，就不时会有出版社约我写文学史。很多文学教授，都把写一部好的文学史当作毕生志业。我至今没有写，以后是否会写，也难说。不久前就有一份高等教育出版社的文学史合同在我案头，我犹豫了几天，最终还是没有签。曾有写文学史的学者说，他们对具体作家作品的研究，是以一个时代的文学批评成果为基础的，如果不参考这些成果，文学史就没办法写。

何以如此？因为很多学问做得好的学者，未必有艺术感觉，未必懂得鉴赏小说和诗歌。学问和审美不是一回事。举大家熟悉的胡适来说，他写了不少权威的考证《红楼梦》的文章，但对《红楼梦》的文学价值几乎没有感觉。胡适甚至认为，《红楼梦》的文学价值不如《儒林外史》，也不如《海上花列传》。胡适对知识的兴趣远大于他对审美的兴趣。

《文学理论》的作者韦勒克也认为，文学研究接近科学，更多是概念上的认识。但我觉得，审美的体验、“一个灵魂唤醒另一个灵魂”的精神创造同等重要。巴塔耶说，文学写作“意味着把人的思想、语言、幻想、情欲、探险、追求快乐、探索奥秘等等，推到极限”，这种灵魂的赤裸呈现，若没有审美理解，没有深层次的精神对话，你根本无法真正把握它。

可现在很多文学研究，其实缺少对作家的整体性把握。仅评一个作家的一部作品，或者是某一个阶段的作品，都不足以看出这个作家的重要特点。比如，很多人都做贾平凹小说的评论，但是很少涉及他的散文，这对于一个作家的理解就是不完整的。贾平凹的散文和他的小说一样重要。不久前阿来出了一本诗集，如果研究阿来的人不读他的诗，可能就不能有效理解他小说里面一些特殊的表达方式。于坚也是一个典型的例子。很多人只关注他的诗，其实他的散文、文论也独树一帜。许多批评家会写诗，他写批评文章的方式就会与人不同，因为他是一个诗人，诗歌与评论必然相互影响。

如果没有整体性理解一个作家的能力，就不可能把文学研究真正做好。

基于这一点，我觉得应该重识作家论的意义。无论是文学史书写，还是批评与创作之间的对话，重新强调作家论的意义都是有必要的。事实上，作家论始终是中国现代文学的一个宝贵传统，在1920—1930年代，作家论就已经卓有成就了。比如茅盾写的作家论，影响广泛。沈从文写的作家论，主要收在《沫沫集》里面，也非常好，甚至被认为是一种实验。中国现代文学研究界的许多著名学者都以作家论写作闻名。当代文学史上很多影响巨大的批评文章，也是作家论。只是，近年来在重知识过于重审美、重史论过于重个论的风习影响下，有越来越忽略作家论意义的趋势。

一个好作家就是一个广阔的世界，甚至他本身就构成一部简易的文学小史。当代文学作为一种正在发生的语言事实，要想真正理解它，必须建基于坚实的个案研究之上；离开了这个逻辑起点，任何的定论都是可疑的。

认真、细致的个案研究极富价值。

为此，作家出版社邀请我主编了这套规模宏大的作家论丛书。经过多次专家讨论，并广泛征求意见，选取了五十位左右最具代表性的作家作为研究对象，又分别邀约了五十位左右对这些作家素有研究的批评家作为丛书作者，分辑陆续推出。这些作者普遍年轻，锐利，常有新见，他们是以个案研究的方式介入当代文学现场，以作家论的形式为当代文学写史、立传。

我相信，以作家为主体的文学研究永远是有生命力的。

谢有顺

2018年4月3日，广州

目录

绪　论 / 1

第一章　宗璞前期、中期创作的主体置入方式

第一节　历史逻辑中的审美生产　/ 14

第二节　“移置”与改写　/ 26

第三节　知识分子主体的回归　/ 33

第二章　知识分子的漂泊与守望

第一节　知识分子的漂泊　/ 49

第二节　卫葑的谱系　/ 71

第三节　知识女性的道德守望　/ 80

第三章　宗璞创作的美学精神

第一节　抱诚守真　/ 95

第二节　雅正之声　/ 104

第四章　《野葫芦引》的叙事分析（上）

第一节　宗璞写作的历史意向　/ 119

第二节　《野葫芦引》的“时空体”形式　/ 128

第五章 《野葫芦引》的叙事分析（下）

第一节 寓宏大于微细的结构方式 / 143

第二节 “记”与“诉” / 156

第三节 叙述者及文本动力分析 / 165

第六章 宗璞创作的晚期风格

第一节 叙事的回忆性与抒情性 / 177

第二节 晚期风格的非同一性品质 / 181

第七章 结论 / 193

参考文献 / 201

宗璞文学年表 / 212

后 记 / 258

绪　论

在二十一世纪的中国当代作家中，宗璞属于资历老、成就大、声望高的作家。她的文学生涯，横跨两个世纪，绵亘六十多年。从 1957 年以《红豆》登上文坛，到“新时期”的《鲁鲁》《我是谁》《三生石》《蜗居》《紫藤萝瀑布》《废墟的召唤》等作品，再到 2019 年才全部出版的《野葫芦引》“四记”，宗璞的创作可谓多历年所，风格屡变，成就巨大。如果算上 1951 年以“清华大学学生”名义发表的小说《诉》，可以说，宗璞完整地参与了新中国文学发展的全过程。

然而，我们对宗璞文学成就的关注，对她的创作经验的研究，仍然是不够充分的，与她的独特的文学史意义和文学贡献是不相称的。现有的评论及研究还停留在较为表象的层面上。比较多的是单篇作品评论及中短篇小说研究，其中，对于《红豆》的研究占到对宗璞研究的 40% 左右（统计数据来自 www.cnki.net）。以《南渡记》《东藏记》为研究对象的论文稍多，《北归记》的研究最少，把《野葫芦引》“四记”视为一个整体的专门研究，也非常缺乏。

因此，本文旨在将宗璞的创作研究作为一个有机的整体。宗璞的创作大致可以分为三个阶段，即前期阶段（1956 年到 1963

年)，中期阶段（二十世纪七十年代末到1985年之前），后期阶段（1985年到2019年）。以代表作品来论，则从《红豆》（创作于1956年）到《知音》（创作于1963年）为第一阶段；从《三生石》（创作于1979年末）等到《野葫芦引》之前为第二阶段；第三阶段也即《野葫芦引》时期（开始创作于1985年，全部写完出版已至2019年）。对这三个时期的作品进行文本细读，在此基础上，确立了如下一些论题：宗璞的前期、中期创作与时代意识形态关系紧密，时代究竟是怎样决定了写作主体，而写作主体又是如何置入时代的，这是第一章要探讨的问题；第二章则延续宗璞创作中知识分子主题和主体意识的分析，以此切入观照二十世纪中国知识分子的道路和命运；第三章从宗璞创作的美学精神与文学风格入手，阐述她的作品所具有的独特价值与意义；第四、第五章具体到《野葫芦引》的叙事分析，纵深探究宗璞创作的叙事经验与形式实验；第六章结合文本细读，对宗璞写作的晚期风格进行了阐释。本文力求全面揭橥宗璞创作的成就、意义与局限。

对宗璞前期的创作，研究者的目光多聚焦于《红豆》，对其他作品则关注较少，尚未梳理出一条清晰而完整的创作脉络。在《红豆》之后，宗璞的作品日渐减少，《知音》之后索性停笔。直到七十年代末到八十年代初，创作发表了包括《三生石》《我是谁》《蜗居》等作品，她才再次焕发出创作激情与活力，形成另一个创作高峰期，并在1985年开始《野葫芦引》“四记”的写作。她的创作轨迹为何呈现这样的面貌？又为何会有这样的曲折和断裂？

关于这些问题，常见的解释，皆归因于1957年之后特殊的意识形态环境。本文试图阐释历史逻辑是如何作用于写作主体的，也即主体置入历史的机制问题。“1957年反右运动后，‘知识分子'形象开始在社会公众的心目中转向反面，成为反派的近义词，在政治性的阐释中变成了社会主义国家的'异类'"。[①]正是在这样的社会语境中，《红豆》受到了批判。作家的身份焦虑和身份危机感渐趋强烈，到六十年代中期达到高点。

在《红豆》之后的《后门》《知音》等作品中，显示出作家主体性在改造与"成长"的过程中发生的变化。此时宗璞创作的心理机制，基本上是将自己亲历过的事件，作为小说的核心情节，但叙事显然是一种"移置"[②]与改写。小说中的人物说出了十几年前不可能说的话，小说的结尾也完全按照集体意识形态的规训，对真实事件进行了反转或扭曲。为了代偿现实处境中知识分子身份的自卑，小说往往将革命、民族、人民等意识，嵌入或取代知识分子的自我意识，完成新一轮的自我想象，从而最终在想象中消释了知识分子身份的不安和漂泊感，缓解了主体的焦虑。《知音》之后，宗璞停笔。

《野葫芦引》"四记"，则以大历史的个人化写作策略，重构了知识精英主体的想象。"五四"文学的传统成为宗璞创作的重要资源，并接续起新时期的启蒙话语、人道主义思想。《野葫芦引》"四记"勾连起上至"五四"下至当代的文化时空，从而使八十年（1937—2018，这是从《南渡记》的事件时间到《北归记》成书的叙述时间）的历史成为一个有着内在逻辑关联的整体。因而，《野

---

① 程光炜：《关于五十至七十年代文学中的知识分子形象》，《文学评论》2001年第6期，第66—67页。

② 弗洛伊德将自由"移置"（参见《精神分析引论》，徐胤译，浙江文艺出版社2016年，第287页）视为无意识过程所特有的运作模式。罗曼·雅各布森将弗洛伊德的无意识机制，运用到隐喻与转喻的修辞研究；本文中的"移置"，既是精神分析学意义上的移置，同时也是雅各布森所论的语言学意义上的转喻。正是通过转喻，宗璞将自己的经验转写为合之规约的作品。

葫芦引》的研究，就不仅具有文学意义，更有着丰富的历史意义和文化意义。

阿多诺在论及贝多芬的晚期风格时说："被死亡萦绕的晚期风格是灾难"[①]。《野葫芦引》"四记"则更多地体现出厄普代克关于"晚期作品"中的文学认知。厄普代克以莎士比亚和霍桑作为例子，说明在晚年作家们心中挥之不去的，不是将死这件事，而是他们以前的作品。他们在修订自己过去的思考、幻想和表达方式。[②]对宗璞来说，完整地还原北校南迁、云南八载以及知识精英在历史关头的抉择与命运，是她晚年念兹在兹的写作心结。《野葫芦引》的叙述优雅而含蓄，人物塑造逼真而传神；回忆与想象的深情充盈整个文本，深刻的内心经验成为写作的动力与灵感来源。那些对历史的思考和表达，以及在早中期创作中出现过的情结和意蕴，等等，都得到了转生和重构。

在知识分子、女性、作家等多重身份中，宗璞也许最在意的是作为"父亲的女儿"这一身份。冯友兰对宗璞的人生观、世界观和文学观的影响，无疑是一个重要的研究切入点。宗璞写作的精神气质和文化旨趣，早已在原生家庭中奠定了。"一脉文心传三世"的自我期许，给了宗璞以文学自信。整个《野葫芦引》的创作，与冯友兰有着直接的关系。冯友兰在《三松堂自序》中对西南联大时期有详细记载。他在 1946 年联大解散时所撰写的纪念碑碑文，也与联大的历史一起，作为经典留存。《南渡记》名字的灵感，也许就来源于冯友兰的诗赋《南渡》。为了创作《南渡记》，

---

① ［美］爱德华 · W. 萨义德：《论晚期风格——反本质的音乐与文学》，阎嘉译，生活 · 读书 · 新知三联书店 2009 年，第 42 页。

② 叶子：《文学批评的几种可能——〈论晚期风格〉劄记》，《文艺报》2016 年 11 月 28 日。

宗璞从中国社科院外文研究所岗位退出。作为数十年陪伴在父亲身边的女儿，宗璞的写作与冯友兰有着类似诗史互证的互文性。冯友兰最后的著作《中国哲学史新编》，主要依靠女儿宗璞的协助完成。可以推论的是，冯友兰的哲学观点，他对历史、人生的看法，极大地影响了宗璞的写作。

本文将宗璞的创作视为一个有机的整体，梳理、阐述其前期、中期主体置入方式①、知识分子的漂泊与守望等有关主体的论题；继而对宗璞创作的美学精神进行了全面阐述；通过对《野葫芦引》的叙事分析，以及宗璞创作的晚期风格，从整体上揭示宗璞创作的价值、意义与局限。

目前，对宗璞的研究仍然集中于单篇作家作品评论。就目前检索到的大量论文来看，关于宗璞的研究，主要集中在伦理精神、文体风格、知识分子写作、叙事手法等几个方面；就学位论文来看，硕士学位论文较多，博士学位论文能搜到的，只有潘向黎的《宗璞小说论》。

宗璞的创作显示着成熟的文化气质和健全的伦理精神。何西来的《宗璞优雅风格论》、李建军的《宗璞：一位尽力发光的作家》、肖鹰的《宗璞的文心》等论文，就从伦理精神方面阐释了宗璞作品的价值和意义。何西来认为，宗璞接受“诚心、正意、修

---

① “主体置入方式”概念，来源于詹明信的理论。见《拉康的想象界与符号界——主体的位置与精神分析批评的问题》，载《晚期资本主义的文化逻辑：詹明信批评理论文选》，张旭东编，陈清侨等译，生活·读书·新知三联书店 1997 年，第 194—259 页。詹明信在文中探讨了马克思主义批评与精神分析批评结合时，主体置入方式的困境。他通过分析拉康的想象界与符号界理论，探讨了主体的位置与精神分析批评的问题。该理论还涉及符号学、法兰克福学派以及西方马克思主义哲学，深刻宏博、系统全面，是一篇研究“主体”的经典性文献。本文的主体置入方式，指写作主体的位置，这个位置位于时代意识形态、自我和他者之间，是写作主体与三者博弈的结果。

身、齐家、治国、平天下”的理念，重视人格教育与人格修养的意义，进而将“诚”当作自己的写作伦理。[①] 李建军认为：“真正的文学作品，总是告诉人们爱的意义和尊严的价值，教会人们如何去付出爱和获得爱，如何去捍卫自己做人的尊严。宗璞先生的作品里充满了善念和柔情，表现了对祖国、对万物的深沉的爱意。”[②] 肖鹰高度评价了宗璞的“至真至纯”：“在文坛上，宗璞是一面以自我生命守护中国文学真火的孤独的旗帜。近 30 年来，她在病中笔耕不辍的四卷本系列长篇小说《野葫芦引》，以至真至纯的文学结晶为它所描述的时代立言。”[③] 他们对宗璞作品的精神风标的分析和评价，切合宗璞作品的实际情形，给读者提供了启示性的判断和观点。

宗璞的语言，历来受到高度评价。孙犁说她的语言“明朗而又含蓄，流畅而有余韵，于细腻之中，注意调节”[④]，张抗抗则用“精美与优雅”来评价她的语言：“且精美而不雕琢、丰博而不炫耀，如行云流水，天然随意，那般风采与神韵，实非我辈所能及……”[⑤] 张志忠在《长篇小说〈西征记〉笔谈》中称：宗璞小说的语言，清新俊逸，典雅高洁[⑥]。作家陈村甚至说：读宗璞的作品，让人发现自己的“野蛮”[⑦]。王安忆读了《东藏记》后也表

---

① 见何西来：《宗璞优雅风格论》，载《宗璞文学创作评论集》，人民文学出版社编，人民文学出版社 2003 年，第 333 页。

② 李建军：《文学的态度》，作家出版社 2011 年，第 431 页。

③ 肖鹰：《宗璞的立言文学》，《人民日报》2010 年 11 月 30 日。

④ 孙犁：《人的呼喊》，载《宗璞文学创作评论集》，人民文学出版社编，人民文学出版社 2003 年，第 4 页。

⑤ 张抗抗：《为谁风露立中宵》，载《宗璞文学创作评论集》，人民文学出版社编，人民文学出版社 2003 年，第 381 页。

⑥ 张志忠、李坤、张细珍：《长篇小说〈西征记〉笔谈》，《中国现代文学研究丛刊》2011 年第 7 期。

⑦ 丁丽洁：《她为“典雅”树立标尺》，《文学报》2005 年 5 月 19 日。

示："它里头的那个语言，它的那个格调，一比就知道我们差多少。"[①]可以说，不仅是专业的文学评论家，更多是作为同行的作家充分认可欣赏宗璞的文学语言。

宗璞的知识分子身份及知识分子写作，一直是很受关注的学术话题。张志忠在《士林心史　儿女风姿——宗璞小说创作论》中，对宗璞的知识分子写作进行了深刻的考察。他认为宗璞以"我是谁""谁是我"的发问方式与"心灵硬化"的命题提出了对知识分子的精神追问；"野葫芦引"系列则表现了宗璞对三代知识分子的严峻选择及其精神担当的揄扬，对从父亲冯友兰那里承继的中国传统文化精神的信守，以及所面对的现实困境。[②]费飞的《士林传统与学院风度》、王彩萍的《士的精神的现代传承——论宗璞的小说》等，都将士与宗璞的知识分子写作联系起来。尽管士并不能简单直接等同于现代意义上的知识分子，但在中国的文化语境里，士与知识分子确实有着割不断的历史联系。作为哲学家、新儒学代表的冯友兰的女儿，宗璞见证了父辈在士与现代知识分子身份间的精神嬗变和复杂心路。

还有一些研究集中在知识分子的话语、身份意识以及现实境遇上。如吴辰、宋军的《知识分子的话语：宗璞小说研究综述》、王爱侠的《回首向来萧瑟处——谈宗璞创作中对知识分子问题的反思》、郑新的《命运沉浮的觉醒——对宗璞小说中知识分子身份的探析》、王俪萍的《论宗璞小说中的身份意识》、薛慧姝的《论宗璞作品中知识分子性格的传统内涵》、邢婷婷的《对知识分子命运的叩问和反思》等；一些研究将知识分子与女性身份综合考

① 王安忆：《学问与生活》，《南方周末》2001年7月12日。

② 张志忠：《士林心史　儿女风姿——宗璞小说创作论》，《文学评论》2011年第6期。

察，如周慧卿的《为爱寻找一片天空——论宗璞笔下的知识女性世界》、冯颖艳的《试论宗璞小说创作中女性意识的主体性特征》、赵蕾的《论宗璞小说中的“女性——知识分子”》等。这一类研究从创作主体的身份，或是创作对象的身份出发，探讨了宗璞创作的一个最重要的范畴，即知识精英的身份与意识、生活与命运。

一些研究者也注意到了宗璞在叙事上的特点和成就。例如，钱小雅的《宗璞新时期小说叙事艺术研究》、王小平的《涵泳大雅——论宗璞短篇小说的叙事艺术》、郑新的《论宗璞小说的生活叙事》、瞿春花的《论宗璞小说的个人化叙事》、任萧的《论宗璞小说中的伦理叙事》、陈新瑶的《宗璞小说的叙事伦理》等，从日常生活、个人化和伦理等角度，阐释了宗璞小说创作的独特性。但是，从叙事学、修辞学角度对宗璞小说进行全方位的理论观照和文本细读，依然显得较为欠缺。

陈进武则一直在做宗璞与外国文学的比较研究，成果有《撷取“平安的花朵”——宗璞与凯·曼斯菲尔德小说创作比较》《从不会忘记说起——宗璞与陀思妥耶夫斯基小说创作比较》等。比较文学范畴里的宗璞的研究，是一个需大力拓展的研究空间。

《野葫芦引》虽然引起了不少研究者的兴趣，但目前来看，研究的数量与质量都还未尽如人意。《野葫芦引》“四记”在宗璞创作中的重要性、与宗璞中短篇的互文性关联等，研究的深度与学术价值都有待提升。

马风是较早对《南渡记》的史诗情结提出异议的论者。他首先引用了黑格尔对于“史诗”的定义：“史诗就是民族的‘传奇故事’，‘书’或‘圣经’。每一个伟大的民族都有这样绝对原始的书，来表现全民族的原始精神。”从而认为，“重大”的领域和方位，并不是可以纵情驰骋宗璞的艺术感觉的活跃区。“尽管她对自己的艺术感觉进行了积极的调整，以期适应‘重大’，但是，创作实践中暴露出的小说整体艺术形象的二元分裂现象，却证明了调整后的审美效应并不是积极的。”[①] 紧接着，同样是在《文学评论》，又刊发了曾镇南的《〈南渡记〉的评价与现实主义问题》，与马风的文章形成争鸣。曾镇南在文中写道：“《南渡记》是那种严肃的读者会珍重地保存的‘给历史和生活留下影像的作品’，它写了一部分人的历史的一个侧面”。[②] 曾镇南所持观点带着对老一代知识分子一路走来的同情与理解，甚至是欣赏，感同身受地与《南渡记》发生着令人感动的“共情”；而马风则明显受到二十世纪九十年代以来的小说美学及现实的影响，更多地站在了知识分子小说世俗化、民间化的视角，认为宗璞的宏大史诗情结与实际日常生活流的写作方式之间，存在不可弥合的分裂感。我在阅读的过程中也有相似的感觉。如果是读到《西征记》，马风大概是会收回自己的部分意见的，因为在这部作品里，作者就史诗性地表现了滇西战场战争的宏大场面。

著名诗人冯至与卞之琳对《南渡记》也都有很高的评价，认为它继承了《红楼梦》的笔法，显示出极大的艺术功力。卞之琳说，读这部小说，他感到“难得的欣悦”：“就题材而论，这部小说填补了写民族解放战争即抗日战争小说之中的一个重要空白；就艺术而论，在新时期小说创作的繁荣当中独具特色，开出了一条小说真正创新的康庄大道的起点。”[③] 冯至则敏锐地对作者指出：

---

① 马风：《论宗璞的“史诗情结”》，载《宗璞文学创作评论集》，人民文学出版社编，人民文学出版社 2003 年，第 200 页。

② 曾镇南：《〈南渡记〉的评价与现实主义问题》，载《宗璞文学创作评论集》，人民文学出版社编，人民文学出版社 2003 年，第 211 页。

③ 卞之琳：《读宗璞〈野葫芦引〉第一卷〈南渡记〉》，载《宗璞文学创作评论集》，人民文学出版社编，人民文学出版社 2003 年，第 158 页。

“你写的儿童和妇女，性格多样，生动自然，显示出女作家的特点。相形之下，大学里的教师们，比较平淡，有些逊色了。……这本书里涵蓄了你不少童年的回忆。”[①]这些都是真诚而中肯的评语。

潘向黎的《〈野葫芦引〉如何还原历史？》则充分肯定了宗璞的历史想象与文化担当。她认为：《野葫芦引》不受一时一地的价值观和思想潮流的挟裹，清醒而坚定地站在人民、民族和祖国的立场，站在和平、文化和文明的立场。[②]徐岱的《史与诗的张力——论宗璞和她的〈野葫芦引〉》从文体风格的角度，阐述了《野葫芦引》的美学意义。而吴婷婷的《现代与传统之间——解读宗璞〈野葫芦引〉中的文化选择》则从文化时空变幻的角度，论述了宗璞在历经《红豆》《弦上的梦》《三生石》《我是谁》《泥沼中的头颅》到《野葫芦引》的最终的文化选择。还有论者注意到了人物形象研究，如金妍希的《宗璞〈野葫芦引〉的女性形象研究》，王进庄的《“十字路口”情结的执拗和超越》，则论述了从《红豆》开始的“抉择”的主题，不仅贯穿在《野葫芦引》中，而且有所超越。

当然，对宗璞的长篇巨构，也有学者提出一些质疑和批判性的意见，例如陈娴的《宗璞两记对知识阶层的精神素描及误区》和柴平的《论〈东藏记〉的误区》等。另外，与台湾地区和海外的女性作家的比较研究，如陈庆妃的《“南渡”文学叙事的三种范式——由〈野葫芦引〉〈巨流河〉〈桑青与桃红〉谈起》，李雍、徐放鸣的《海峡两岸女性自传性小说中的“中国形象”之比较——

---

① 冯至：《〈南渡记〉读后》，载《宗璞文学创作评论集》，人民文学出版社编，人民文学出版社 2003 年，第 157 页。

② 潘向黎：《〈野葫芦引〉如何还原历史？》，《南方文坛》2012 年第 6 期。

以〈巨流河〉〈东藏记〉为例》等，也都拓宽了《野葫芦引》研究的边界。还有一些论者从《东藏记》《北归记》看到了宗璞对钱钟书夫妇的影射。由此追溯到钱钟书是否曾在海外的学术会议上“诽谤”了冯友兰的人品。如陈晓平的《钱钟书诽谤了冯友兰吗——从杨绛给钟璞的“答复”看》(《粤海风》2016 年第 4 期)，并导致宗璞与杨绛在《文学自由谈》上“笔谈”的事件。最后的结果是，出版登载有关内容书籍的江苏文艺出版社向宗璞道歉。这些都是一些文坛的是非恩怨，可以了解，但不宜本着八卦的低级趣味一味渲染。

第一章　宗璞前期、中期创作的主体置入方式

“主体置入方式”概念，来源于詹明信的理论。詹明信在《拉康的想象界与符号界——主体的位置与精神分析批评的问题》一文中探讨了马克思主义批评与精神分析批评结合时，主体置入方式的困境。他通过分析拉康的想象界与符号界理论，辨析了主体的位置与精神分析批评的问题。该文是一篇研究“主体”的经典性文献。本文的主体置入方式，指写作主体的位置，这个位置位于时代意识形态、自我和他者之间。笼统地讲，即作家处理与现实与写作关系的方式，或者说，是作家选择写作的修辞态度和修辞方式的策略。具体地说，就是作家如何与外部世界和叙事保持距离、显示态度、确定修辞技巧的方式。置入方式可以是近距离的，也可以是远距离的；可以是介入性的，也可以是超然性的；可以是热情的，也可以是冷静的；可以是认同性的，也可以是批判性的；可以是肯定性和赞美性的，也可以是质疑性和反讽性的。

纵观宗璞的创作史，大致可分为三个阶段。在前期阶段，与时代、集体意识形态的关系紧密，决定性地影响了宗璞写作的主体置入方式。因此，从《红豆》开始，到二十世纪六十年代初，宗璞这一阶段的创作，主要以热情的、肯定的和认同的主体置入方式来展开叙事；到了对知识分子定位更加明确的六十年代初，

以《后门》《知音》为典型文本，可见出在外部规约的规训压力之下，主体唯有通过“移置”与改写，才能创作出符合外部规约的作品；正是通过主体置入方式的改变，作者缓解了内心的焦虑和不安，找到了符合语境要求的叙述方式。《知音》之后，作者停笔。直到七十年代末八十年代初，进入创作的第二个阶段，即中期阶段，宗璞迎来了自己创作的又一个高峰。在这个阶段，宗璞的作品显示出一种冷静、沉郁、反思甚至反讽的主体置入方式，具体表现如《我是谁》《泥沼中的头颅》《蜗居》等；在八十年代初的创作脉络中，《三生石》《米家山水》等则表现出宗璞叙事中知识分子主体回归的主题与意蕴。

第三个阶段，即后期阶段，也就是写作多卷本长篇小说《野葫芦引》的阶段。到了《野葫芦引》创作时期，由于历史题材本身所造成的隔离效果，宗璞便较少感受到主体精神方面的制约，因而可以从容地展开叙事，并最终实现自己的写作目的。长篇小说《野葫芦引》“四记”属于集中体现宗璞成熟的小说写作经验的集大成式写作。在《野葫芦引》中，前期阶段系列小说的心理意象、情节形象、美学内涵等内容，中期阶段小说写作上的冷静而深刻的反思倾向和主体置入方式，都在新的语境和思想资源的推激下实现了转换和重构。如果说《野葫芦引》是二十世纪知识分子的“前史”，那么《野葫芦引》之前的作品序列，则恰是当代知识分子的“后传”。

本章分别从宗璞前期、中期具有代表性的五部作品入手，通过描述、分析、阐释和评价等方法，梳理出在 1956 年、1962 年、1980 年等节点上，宗璞前期、中期创作产生的历史脉络，细析这些作品中的主体置入方式。

第一节　历史逻辑中的审美生产[①]

写于1956年12月的《红豆》，是宗璞真正意义上的处女作（早先也有过一些作品）。在1957年7月号《人民文学》上甫一面世，即受到极大的关注，亦被诬为“毒草”，使作者遭到严厉的质疑和批判，并对作者后续的创作产生重要影响。

那么，什么是《红豆》产生的历史逻辑？1956年5月底，中共中央提出“百花齐放，百家争鸣”的文艺方针[②]，为1956—1957年的文艺创作带来了新气象。一批在题材、主题、风格和艺术方法上打破公式化、概念化的作品出现。这些作品呈现出两种趋向：“一是加强创作的社会政治干预性，要求作品更多承担揭发时弊、关切现实缺陷的责任。……另一种趋向，则表现了要求文学向‘艺术’回归……后一种趋向，在内容上多向着被忽视的个人生活和感情空间开掘，对个体的生活和情感的价值和独立性的

---

① 本文中的“审美生产”，根据茱莉亚·克里斯蒂瓦“有意义的实践”及刘方喜的“审美生产主义”概念提炼出：在具体的历史逻辑中，宗璞所进行的精神生产活动，尽管在主体置入方式方面，这种精神生产活动并不能称为是“自由的”，也不能称为完全满足了自己的“生产性需求”并产生“生产的欢乐”的活动，但《红豆》仍是历史逻辑中有意义的实践，也即审美生产。

② 1956年5月26日，中共中央在中南海的怀仁堂召开了一次由北京的知名科学家、文学家、艺术家参加的会议，中宣部部长陆定一做了题为《百花齐放，百家争鸣》的报告。陆在报告的开头说，今天所讲的，“是个人对这个政策的认识”。不过，报告的基本观点，显然是代表中共中央的一种权威阐述。他重申这一方针对发展和繁荣我国的科学文化的重要性，指出“百花齐放，百家争鸣”的方针，“是提倡在文学艺术工作和科学研究工作中有独立思考的自由，有辩论的自由，有创作和批评的自由，有发表自己的意见、坚持自己的意见和保留自己意见的自由”。报告全文载1956年6月13日《人民日报》。以上引自洪子诚：《1956：百花时代》，山东教育出版社1998年，第4页。

维护。……这批在特定的历史条件下而言带有‘异质’特征的作品，在1957年下半年被指斥为‘逆流’‘毒草’，二十多年后，它们又得到一种截然相反的评价，而被称为重放的鲜花。”[①]从时间上来看，《红豆》的写作、发表，契合了1956—1957年的历史形势。它的产生是对“文学要向艺术回归”的召唤的回应，也是向着建国后忽视的个人生活和情感空间的掘进。对青年知识分子爱情题材的书写，则突围出工农兵、重大政治运动及革命战争等题材一统文学的局面。

学界一般认为1957年春夏开始的“大鸣大放”，是知识分子形象开始较大规模地在文学作品中出现的原因。程光炜认为：“还包含着知识分子意识在同样背景中的‘觉醒’这一有意味的精神现象。”“知识分子意识在建国五六年后的‘复活’现象，是对丁玲延安时期《在医院中》等作品主题资源的重新发掘和继续，但人们显然已隐隐感觉到这些精神‘英雄’的孤立无援和‘悲剧’结局。”[②]创作于1956年12月的《红豆》，显然在1957年5月1日《人民日报》刊载中共中央在4月27日发出的《关于整风运动的指示》之前。那么，宗璞笔下的知识分子形象，便应在“知识分子意识觉醒、复活”这个动因之内。一方面是“双百方针”提出之后，文学向“艺术”回归的趋向，另一方面是知识分子意识的“复活”现象，这两种历史脉动或潜流的结合，就是《红豆》得以诞生、发表的历史逻辑。

程光炜分析了五十至七十年代文学中知识分子形象产生的时代语境：“1949到1957年上半年间，虽然政治上确定了不再把知

---

① 洪子诚：《1956：百花时代》，山东教育出版社1998年，第92页。

② 程光炜：《关于五十至七十年代文学中的知识分子形象》，《文学评论》2001年第6期。

识分子，而把工农兵当作文学描写主角的文艺方针政策，但在具体创作实践中还会有反复，处在无规则的变动之中。……这些复杂状态实际昭示了：一、‘社会主义现实主义文学’还未确立其权威，并对文学艺术发挥指导、限制的功能；……二、知识分子阶层在当时还未被正式划为社会‘异类’，所以从事文学创作的知识分子作家仍然把自己的精神状态、心理情绪和审美意识视为合理性的要求，容易在自己熟悉的艺术领域和知识分子形象上找到创作的兴奋点。三、文学创作的‘社会主义’语境，促使作家们重新思考知识分子与革命的关系。这种‘思考’不单包含有批评、反思和使社会体制更为完善的内容，也包含了怎样去‘适应’和调整的创作动机。”① 于是，在 1956 年末的社会语境中，宗璞创作了一个知识分子在 1948 年对爱情做出选择的故事。而表现在其中的精神状态、心理情绪和审美意识，无疑带有浓厚的知识分子色彩。宗璞将这个多少带有自我文化投射意味的爱情故事，置于“革命”的首要能指之中，在调整了自己的创作方向之后，以审美生产的方式呈现出来。

达维德·方丹在阐述诗学问题时，将文本视为“作为生产力的文本”；“梅舍尼克争着要重申诗学与政治、理论与实践不可分，而符号学研究者、精神分析学家克里斯蒂瓦（Julia Kristeva）则果断地把文章的‘有意义的实践’确定为是众多改造性实践中的一种，也即是一种劳动的社会形式。”② 刘方喜从马克思政治经济学中概括出“审美生产主义”理论。“在与物质生产、意识形态生

① 程光炜：《关于五十至七十年代文学中的知识分子形象》，《文学评论》2001 年第 6 期。

② ［法］达维德·方丹：《诗学——文学形式通论》，陈静译，天津人民出版社 2003 年，第 100 页。

产、'生产性的'商业化精神生产这三种生产的联系和区别中，把艺术创造活动界定为'自由的精神生产''非生产性的''人和自然之间的物质变换的自由活动'。把'自由的精神生产'具体界定为一种'生产'活动、在'自由时间'中展开的活动、满足人的'生产性需求'并产生'生产的欢乐'的活动、存在于'人与自然关系'中的活动。"[①]本文中的"审美生产"，就是根据克里斯蒂瓦"有意义的实践"及刘方喜的"审美生产主义"概念，引申出了这样的一个基本认知和判断：在具体的历史逻辑中，宗璞所进行的精神生产活动，尽管在主体置入方式方面，并不能称之为是"自由的"，也不能称之为完全满足了自己的"生产性需求"并产生"生产的欢乐"的活动，但《红豆》仍是历史逻辑中有意义的实践，也即审美生产。

在《野葫芦引》"四记"之前，《红豆》是被研究最多的宗璞作品。时至今日，重读《红豆》，读者依然会为江玫与齐虹的爱情故事所吸引，会认可小说细腻、精致的文体表现。尽管现在看起来，这是一个被时代规约所编码的写作，一个强大的不可逾越的历史逻辑矗立在历史中的作家宗璞身后。集体意识形态对写作主体的结构性改造在所难免。但其间作者所投入的真诚情感，以及小说的艺术情思和艺术表现，并不能被抹去。宗璞曾谈到："我写的其实是为了革命而舍弃爱情，通过女主人公江玫的经历，表现了一个小资产阶级的知识分子怎样在革命中成长。那个时代确实有很多这样的爱情，我写得比较真实"[②]。正因为真实，所以才感

① 刘方喜：《审美生产主义——消费时代马克思美学的经济哲学重构》，社会科学文献出版社 2013 年，中文摘要。

② 施叔青：《又古典又现代——与大陆女作家宗璞对话》，载《宗璞文集》（第四卷），华艺出版社 1996 年，第 456 页。

动人和吸引人。真实永远是艺术的生命力所在。

然而，关于“真实性”话语，在五十年代中期，是一个具有高度政治敏感性的话题。当时关于现实主义的辩论转移到社会主义现实主义上面来。胡风、秦兆阳等对社会主义现实主义提出质疑，其实质是文学的政治性与艺术性的对立。在胡风等看来，现实主义的核心是“真实性”，是“追求生活的真实和艺术的真实”。这些“真实论者”所呼唤的，是来自“五四”以鲁迅为代表的启蒙主义的批判风格，以及俄国批判现实主义作家的传统。“写真实”和“干预生活”一起，是胡风、冯雪峰、秦兆阳等提出的“无冲突论”“粉饰生活”的解决方案。所谓“干预生活”，就是要勇于揭露生活的阴暗面。此一论调与周扬等对“真实”的定义构成冲突。周扬等认为的“真实”，则是要大力表现社会主义社会的“光明面”，讴歌工农兵的英雄人物，对生活充满革命乐观主义精神，要坚定无产阶级革命事业在全世界取得胜利的光辉前景。在反右派运动开始之后，对胡风等“真实论者”的批判，便转移到诘责作家的世界观与立场上来：“毫无疑问，文艺必须真实，不真实的文学艺术是没有价值的。问题是，什么是真实？作家、艺术家是站在什么立场和抱着什么目的来描写真实？”[①] 茅盾批评说“写真实”是一个“修正主义口号”。他说：“如果站在人民的立场上来看我们的社会现实，他就能在作品中反映出客观真实，否则，他就歪曲了我们社会的客观真实。”[②] 左翼文学内部关于“真实”的争论，在当代文学中往往由于宗派主义、教条主义等因素而演变成因人而异、因时而异的非学术、非理论的批判，其结果必然是仍须由“政治权威”来做出裁决。而“真实论”“写真实”这

---

① 周扬等：《文艺战线上的一场大辩论》，作家出版社 1958 年，第 32—33 页。

② 茅盾：《关于所谓写真实》，《人民文学》1958 年第 2 期。

些五十年代的论题，以及卷入其中的胡风等的命运（胡风在 1955 年 5 月中旬已被打成“胡风反党集团”），必定会对宗璞的小说写作构成一种潜在的影响。以至于多年之后，在思想解放的八十年代，宗璞仍下意识地重提“真实”的概念，来说明《红豆》在文学手法上的意义。胡风等提倡现实主义的核心是“真实性”，是“追求生活的真实和艺术的真实”等观点，其实是深入一批作家之心的。宗璞后来写的几篇作家评论，包括对陀思妥耶夫斯基、哈代、曼斯菲尔德、波温等，无不是把“真实”“真”作为褒扬的基点。[①] 历史在此刻，仿佛在美学上为胡风等平了反。

《红豆》在读者层面受到了欢迎，产生了广泛的影响。何西来曾说：“《红豆》不仅使我得到了审美的满足，而且大大提升了我欣赏短篇小说的能力和境界。许多年龄相仿的同学，都有和我相似的体验”。[②] 历来对《红豆》的研究主要胶着在时代话语、主流意识形态分裂了作者的写作，使它呈现出与时代共鸣的表象，潜文本却留下了无尽的小资产阶级情调与余韵。但这一切究竟是如何发生的？历史逻辑究竟是如何作用于写作主体，而知识分子自我的幽灵又是如何透过表层意识形态的铜墙铁壁，隐晦却顽强地折射出来？

像宗璞的大多数作品一样，《红豆》亦可看作某种心理传记。宗璞的小说自《红豆》始，直到《弦上的梦》，都是有关“成长”

---

① 宗璞引述哈代的话：“很明显，有一个更高级的哲学特点，比悲观主义，比社会向善论，甚至比批评家们所持的乐观主义更高，那就是真实。”“如果为了真理而开罪于人，那么宁可开罪于人，也强似埋没真理。”哈代关于真实、真理的观点，宗璞是深为赞同的。见宗璞：《他的心在荒原》，载《宗璞文集》（第四卷），华艺出版社 1996 年，第 257 页。

② 何西来：《宗璞优雅风格论》，载《宗璞文学创作评论集》，人民文学出版社编，人民文学出版社 2003 年，第 331 页。

的叙事。而成长，其实质就是知识分子的思想改造，以符合历史逻辑的规定性。《红豆》将男女主人公置于革命与爱情的矛盾中。这个范式即透露出一个带有哲学色彩的普遍对立："在萨特和埃里克森那里，私人的与公众的、无意识的与有意识的、熟悉的或未知的、普遍的与可理解的之间的习惯性的对立被移置并安放在一个历史和心理的环境或语境的新概念之中。"[①] 这一段话几乎囊括了江玫与齐虹的所有困境。感情当然是有意识的，历史逻辑却以强大的无意识统摄了一切；对江玫来说，齐虹是熟悉的，更是未知的；革命真理是普遍的，但爱情却是个性化的。这些便是《红豆》的叙事矛盾，人物与情节，也便在这种种的矛盾交织中呈现出复杂而分裂的面貌。

先来分析《红豆》的写作主体是如何逐渐与时代同频共振的。小说中，为了最终完成主人公革命干部江玫的成长，必然要牺牲江玫的小资产阶级爱情。既然这个牺牲是必然的，作为矛盾的另一方的齐虹，便不可避免地堕入道德、人格的缺陷中去，直至齐虹去国、彻底分手的结局。小说中对齐虹的塑造显出更多硬性、主观的笔触。"丑化"、贬低的句子时有出现。于是，齐虹的阶级原罪更多地转化为道德、人格缺陷，并终于走向革命正义的反面。小说的主线有两条：一条是萧素作为革命的领路人，对江玫的成长之路的影响；另一条是江玫和银行家少爷齐虹的爱情故事。这个叙述框架已经有了"两条路线的斗争"的影子。为了贬低齐虹以及他所代表的价值观，小说是这样描述他的："自由就是什么都由自己，自己爱做什么就做什么"；"齐虹脸上温柔的笑意不见了，

---

① ［美］詹明信：《拉康的想象界与符号界——主体的位置与精神分析批评的问题》，载《晚期资本主义的文化逻辑：詹明信批评理论文选》，张旭东编，陈清侨等译，生活·读书·新知三联书店 1997 年，第 199 页。

好像江玫是他的一本书，或者一件仪器”。在小说中，作为革命正义代表的萧素，则对齐虹有着天然的抵触：“齐虹憎恨人，他认为无论什么人彼此都是互相利用。他有的是疯狂的占有的爱，事实上他爱的还是自己。”甚至用“自私残暴和野蛮”来形容齐虹。[①]

萧素是一个革命导师式的人物。这类人物的功能在以后直到《我是谁》之前，都在小说中发挥着精神引领者的作用。《后门》中的母亲、《知音》中的石青、《不沉的湖》中的老徐，都是帮助主人公完成成长使命的心灵导师。在《红豆》中，萧素既是导师，也是上级。当萧素看到江玫也来参加反美扶日游行时，萧素的“脸上闪过一个嘉许的微笑”。萧素被捕之后，江玫在心里说：“逮走一个萧素会让更多的人都长成萧素”。经由萧素，江玫完成了成长。

然而，有意味的却是，这个导师在作者笔下，被命名为萧素（萧肃）。隐秘地透射出作者潜意识里对这一类人物的畏惧心理。这个人物或原型代码背后的势力，是足以使江玫、齐虹“萧肃”的力量；而玫与虹的色彩无疑是鲜艳的、生动的，也是匹配的。使江玫的天平开始向萧素所代表的革命倾斜的事件是，萧素为了救江玫的母亲而去卖血，借此确证革命的情谊血浓于水：“人也常常会在一刹那，也许就因为手臂上的一点针孔，建立了死生不渝的感情。”[②]但当萧素被捕的时候，江玫手里拿着的仍然是表现资产阶级爱情的《呼啸山庄》，而不是萧素送给她的那本《方生未死之间》。当爱情与革命几乎势均力敌的时候，作者抛出了一个阶级恨的故事——江玫父亲的屈死。这个绝对的砝码，终于把江玫推向了革命正义的一边。

即使江玫与齐虹从恋爱开始便争执不断，两人选择的道路也

---

① 宗璞：《红豆》，载《宗璞文集》（第二卷），华艺出版社 1996 年，第 11 页。

② 宗璞：《红豆》，载《宗璞文集》（第二卷），华艺出版社 1996 年，第 16 页。

不相同，但当齐虹要出国的时候，江玫仍然希望齐虹能留下来。在最后的告别时刻，江玫几乎是完全靠着意志，努力“撑过这一分钟”。即使是“现在”（小说采用的是回忆、倒叙的手法）的江玫，她也并未能将这份感情彻底忘怀，这正是《红豆》在1957年受到批判的原因之一。齐虹走了，江玫的小资产阶级爱情也结束了：“她觉得自己的心一面在开着花，同时又在萎缩”①。一个凄美的爱情故事以生离为结束，把主体置入符号秩序的问题最为尖锐地提出。这个故事原型也许仍然在个体经验的范畴里，是内驱力、焦虑促使这种伤痛、遗憾的情感经验化为了一篇小说文本。

从故事结构即可看出，作者一开始就铺设了两条线，革命与爱情同时开始叙事进程，但爱情的语义效果显然占了上风。比如江玫和齐虹的相遇，作者就以唯美的情调抒写了雪天的景色：“那也是这样一个下雪天，浓密的雪花安安静静地下着。江玫从练琴室里走出来，哼着刚弹过的调子。那雪花使她感到非常新鲜，她那年轻的心充满了欢快。她走在两排粉妆玉琢的短松墙之间，简直想去弹动那雪白的树枝，让整个世界都跳起舞来。”②这里的景语就是情语，雪天的浪漫邂逅、一见倾心，奠定了整篇小说的情感基调，洁白晶莹的雪花象征着圣洁的爱情。而这一段爱情正是江玫无意识中真正的爱情。

然而，如果我们参考陈企霞在1950年对小说《腹地》的批评，或可一窥《红豆》中对主人公恋爱描写的危险性。“不管是什么情况，在哪种场合，反正英雄不能‘怅惘’；英雄和蜕化分子在一起，前者对后者只展开批评还不行，一定要占压倒优势……英雄恋爱不能和普通人有共同之处，不许写一见倾心而要有‘庄严

① 宗璞：《红豆》，载《宗璞文集》（第二卷），华艺出版社1996年，第16页。

② 宗璞：《红豆》，载《宗璞文集》（第二卷），华艺出版社1996年，第4页。

的内容’……”[①] 尽管陈文当时即受到侯金镜的反驳，但是公式化概念化的教条主义已经在泛滥。在 1956 年提出“双百方针”之后，教条主义暂时受到冲击与挑战，当 1957 年下半年的反右斗争开始之后，历史的钟摆似乎又回到了陈企霞这一方的指针上。

在小说中，不但江齐恋的篇幅多于江萧的革命活动，作者对于二人恋情的描绘所投入的艺术情思、语义重量，也是不言而喻的。萧素的革命情节在一派花娇月媚的爱情文字中，多少有些像主观植入的外物，成为一种显在的、绝对的力量，使叙述的面貌发生着分裂。正如与《红豆》同时期的长篇小说《青春之歌》，也写到革命女青年林道静的爱情选择，只不过林道静奔向革命的姿态更加决绝和义无反顾。而江玫的选择在宗璞的笔下，却蕴含着“此恨绵绵无绝期”的悲剧性内涵。读者更容易在这个现象文本之下，读出另一个生成文本[②]。这也就是克里斯蒂瓦所谓的涵义的活跃的生产活动。这个生产活动等待着被囚禁的意义的解放，等待着以后的人们把意义从隐迹纸本之中揭示出来。

事实证明，不用等多久，宗璞因为“没有比江玫站得更高”“没有看到过去江玫的爱情是毫不值得留恋和惋惜的”[③] 等“错误思想”而受到批判，事后一再检讨，《红豆》也成为“毒草”。将《红豆》放置于五十至七十年代的文学生产环境中，会发现《红豆》对“当代文学”的偏离。“当代文学”自五十年代以来，是一种高度政治化、一体化的文学。文学的总方向是为工农兵服务，表现工农兵的斗争生活。文学作品负有政治宣传和伦理教育的责任与义务。因此，作家的政治立场、世界观是重要的先

---

① 陈企霞：《评王林的长篇小说〈腹地〉》，《文艺报》1950 年第 3 卷第 3、4 期。

② ［法］达维德·方丹：《诗学——文学形式通论》，陈静译，天津人民出版社 2003 年，第 101 页。

③ 姚文元：《文学上的修正主义思潮和创作倾向》，《人民文学》1957 年第 11 期。

决条件。在题材上，塑造工农兵英雄人物、表现重大政治运动为首选，而革命的乐观主义和明朗清楚的表达方式，则是标准的文学风格。用以上的标准与要求来看《红豆》，会发现它在总方向、世界观以及表达方式方面，都呈现出与集体系统的要求与趣味相异的质地。它既不能确切地证明自己是为工农兵服务的，也没有表现工农兵的斗争生活，世界观则更有小资产阶级世界观的嫌疑。事实上，宗璞被批判的理由之一，就是“作者并未站在工人阶级立场上来描写小资产阶级知识分子的心理状态”[①]。而《红豆》的表达方式，跟“当代文学”所要求的乐观、明朗的风格也尚有距离。

尽管《红豆》是1956年“双百方针”感召之下的产物，但知识分子于具体的历史情境中，仍感受到身份的焦虑和自卑，《红豆》背负着知识分子自我认同危机的压力脱颖而出。从主体性构成机制来说，主体由语言所决定。而“无意识是他者的话语”[②]。他者的话语就是《红豆》的无意识。而创作激情的想象来源总是某种伦理学。1956年的想象是国家想象，集体主义的伦理是唯一合法的伦理。宗璞出身于知识分子家庭，父亲冯友兰自解放后就被批判、做检查，成为“反动学术权威”的遭遇，不能不使她的内心产生身份认同的焦虑。[③]“缺乏的对象”遂取代欲望成为主体。

---

① 姚文元：《文学上的修正主义思潮和创作倾向》，《人民文学》1957年第11期。

② ［英］肖恩·霍默：《导读拉康》，李新雨译，重庆大学出版社2014年，第88页。

③ 这种焦虑甚至到80年代初仍然存在着。1982年冯友兰获邀访美，被美国哥伦比亚大学赠予名誉博士学位。除了学术成就再获国际认可，宗璞一家人更感振奋的是：“据我们的小见识，以为父亲必须出一次国，不然不算解决了政治问题。”因为这对三十多年来都在检讨和被批判的冯友兰来说，意义重大。尽管冯友兰当时身体已经很虚弱，“总算活着出去，也活着回来。所获自不只政治上争了一口气和一个名誉博士”。见宗璞：《一九八二年九月十日》，载《宗璞自述》，大象出版社2005年，第12页。

为了获得身份认同而产生的压力，与创作的内驱力一起，把个人经验从幻想性的意识转化为符合集体意识形态的写作，即主体试图重新与他的异化了的形象结合[①]。也就是说，宗璞的旧我蜕变为新我。宗璞试图通过写作把经过初步改造的自我的新形象展示出来。《红豆》由此诞生了。

《红豆》之后的符号生产，直到《三生石》《米家山水》之前，都意味着作家主体性的逐渐丧失。《红豆》实现了从“幻想之物”到“象征之物”的转换，却不可避免地呈现出象征符号下面那起伏变幻的意识海洋。恰恰是象征符号下面的爱情故事，经住了历史的淘洗。

宗璞的艺术表现重建了生活经验的本真性和感性的圆满性[②]。而真正的历史，是绝对抵制符号化的。因为历史是一个不断被重新构造出来的故事或文本。1979年，上海文艺出版社编辑出版了《重放的鲜花》，其中收入了《红豆》。对此，宗璞曾撰文感叹：“《红豆》受到了批评，每个花朵本身，完全可以宽宏地忘记一切不愉快，只记得重放的幸运。而从历史的角度看，难道不该把悲剧的原因仔细探讨，总结清楚，铭记心头，引为教训，以

① ［美］詹明信：《拉康的想象界与符号界——主体的位置与精神分析批评的问题》，载《晚期资本主义的文化逻辑：詹明信批评理论文选》，张旭东编，陈清侨等译，生活·读书·新知三联书店1997年，第212页。

② 见［美］詹明信：《拉康的想象界与符号界——主体的位置与精神分析批评的问题》，载《晚期资本主义的文化逻辑：詹明信批评理论文选》，张旭东编，陈清侨等译，生活·读书·新知三联书店1997年，第240页。关于这一点，当时的批判在现在看来，反而是《红豆》在小说的艺术性品质上的确证。如：“然而，事实上作者并未站在工人阶级立场上来描写小资产阶级知识分子的心理状态。一当进入具体的艺术描写，作者的感情就完全被小资产阶级那种哀怨的、狭窄的诉不尽的个人主义感伤支配了。”（见姚文元：《文学上的修正主义思潮和创作倾向》，《人民文学》1957年第11期。）正是这些“小资产阶级”的真实情感与挣扎，建立了生活经验的本真性和感性的圆满性。

避免历史重演么？……我希望以后的鲜花都能及时盛开，不需重放。”[①]在《野葫芦引》的创作中，这一爱情与信仰的抉择难题，作为一个新的历史文本的主题，仍会被重新构造出来。

《红豆》是宗璞奉上的一则关于知识分子主体置入时代意识形态的寓言。在集体无意识的统摄之下，于知识分子的爱情故事所可能呈现的叙事面貌及效果，宗璞提供了《红豆》这个典型文本。宗璞的创作在主体、自我和他者之间，并没有完全舍弃个人情感语义的表达，她丰赡华美的审美生产能力，在后续的写作中更加深隐地延续了下去，从而形成自己独特的主体置入方式。

第二节 “移置”与改写

写于 1962 年 10 月的《后门》和写于 1963 年 2 月的《知音》，是两个更典型的关于主体置入方式的文本。

《后门》发表时，编辑改为《林回翠和她的母亲》。这个小说是有本事的。1946 年宗璞参加高考时，报了清华大学，但分数不够，遂就读于南开大学，后通过考试转到清华。对此，资中筠也有记载：“顺便提一下……宗璞因分数不够清华，先分到南开上了两年，后来转清华，因体弱不能太紧张，重上了二年级，所以与我同班。梅祖芬也因分数差一点，上了一年清华先修班，才入本科。一个是文学院长之女，一个是校长之女，分数差一点都不通融，足见那时名校的风气之正。”[②]

---

① 宗璞：《〈红豆〉忆谈》，载《宗璞文集》（第四卷），华艺出版社 1996 年，第 283 页。

② 资中筠：《高山流水半世谊——我与宗璞》，载《资中筠自选集：不尽之思》，广西师范大学出版社 2011 年，第 62 页。

小说中，林回翠即将参加高考，同学怂恿她利用自己烈士子女的身份去走后门，获得保送军医的资格。与这个中心情节一起发展的，是另一个女同学钱伟芬走了后门。林回翠在走不走后门之间斗争。后来，她在母亲和弟弟的帮助下，向团支书丁春汇报了自己的思想，坚定了不能用这种行为侮辱为革命牺牲的爸爸。钱伟芬也最终因为成绩差没能考上军医，证明了有关部门的公正。

这个故事是宗璞对本事的“移置”与改写，作者借此完成了主体置入时代的写作。自 1957 年之后，知识分子个体就处在被历史主体质询的过程中；六十年代中期之后，这个质询达到极端化的顶峰，而知识分子主体对符号秩序、实在秩序的认同与顺应也同时达到高点。正如阿尔都塞所言：“个体作为一个（自由的）主体被质询，以便它能够自由地服从于主体（Subject）的训诫，也就是，以便它能够（自由地）接受它的屈从地位，也就是说，以便它将会‘完全独立地’做出它屈从的姿态和行动。若非被迫或者为了屈从，就根本不存在主体。”[①]《后门》《知音》时期的宗璞，经过初步的思想改造，审美生产已经越加符合规范。她在历史逻辑决定论的社会秩序中，对自身主体的位置进行了新一轮的想象。阿尔都塞认为所谓意识形态就是：“个人幻想同存在的实在条件之间的关系的‘表象’”[②]。这个表象在符号秩序、实在秩序中植入主体。宗璞就是通过幻想与叙事（移置与改写），把个人主体同集体系统之间的“被经验过的”关系，按照集体系统的意志进行了

① ［法］阿尔都塞：《意识形态与意识形态国家机器（一项研究的笔记）》，载［斯洛文尼亚］斯拉沃热·齐泽克等：《图绘意识形态》，方杰译，南京大学出版社 2002 年，第 178 页。

② ［美］詹明信：《拉康的想象界与符号界——主体的位置与精神分析批评的问题》，载《晚期资本主义的文化逻辑：詹明信批评理论文选》，张旭东编，陈清侨等译，生活·读书·新知三联书店 1997 年，第 258 页。

重组。

《红豆》中所透露出的属于知识分子的精神状态、心理情绪和审美意识，在《后门》《知音》的写作中已几乎不见。这是两个更加符合“实在条件”的作品，因之，也是艺术魅力无法与《红豆》相比的作品。在《后门》中，小说功能上的“帮助者”、人生导师是母亲。在母亲（母亲在党委工作）的帮助下，林回翠这个共青团员，终于认识到自己的错误：“我们的前程是好安排的，倒不是因为会钻营算计，而是因为我们能和坏的事物斗争，不管它是在外界，还是在自己的思想里。”[①] 小说中，林回翠完成了“自我斗争”和思想锻炼的成长。斗争和成长，是伴随那一代知识分子的基本思维范式。

这个十七年前作者亲历过的事件，被移置与改写到 1962 年的语境中。故事内核没有变，甚至主要人物都还是本事中的人物。但是，这新的人物，却都穿上了时代的新衣，说出了十七年前不可能说出的话。我们应注意到这个本事被征用的深层心理动因。作为当年清华文学院院长冯友兰的女儿，作者并没有走后门进清华大学，这对宗璞来说是值得骄傲的一件事情。在新的语境下，新的历史逻辑和现实秩序激发出了作者将此事转化为小说叙事的创作欲望。欲望是一种转喻的功能[②]。本事被转喻为了符合集体意识形态的一个新故事。这个新故事使作者将写作主体置入革命的和人民的自我意识之中，完成了身份的合法性建构。

正是基于如此的叙事伦理，弟弟具有了戏剧性人格。他在姐姐准备走后门时突然大发脾气，在姐姐悔改之后又立即热烈地送上邮票。这一切行为不是基于正常的亲情友爱，而是基于时代的

① 宗璞：《后门》，载《宗璞文集》（第二卷），华艺出版社 1996 年，第 75 页。

② ［英］肖恩·霍默：《导读拉康》，李新雨译，重庆大学出版社 2014 年，第 73 页。

道德规范和行为逻辑。正是时代伦理对写作主体的植入，产生了如此的叙事效果。从精神分析的角度来说：愿望由于被移置和伪装而成为一种愉悦。上理想大学的愿望由于被移置和改写，获得了向集体意识形态靠拢之后的安全感。

即便是这样一个向集体意识形态靠拢的小说，也还是给作者带来了被规训的压力。宗璞曾在一篇纪念张光年的文章中谈到，发表了《林回翠和她的母亲》之后，她听到了善意的告诫："到《世界文学》以后，我写了短篇小说《后门》，批评社会上'走后门'的现象。虽然我已十分注意语气的委婉，并将原因归于资产阶级的影响。在《新港》(《天津文学》前身）发表时，这在当时已很不容易——题目改为《林回翠和她的母亲》。光年看到了这篇小说，也许是有人向他报告的。在一次作协的会议上，开会休息时他对我说：'这篇小说不好，要投鼠忌器，要注意。'"[①]时任中国作协党组书记的张光年，正是宗璞所在单位的领导。可以想见张光年的告诫，尽管是善意的，也仍然给宗璞带来了写作上的压力。也可见历史主体有时并无绝对逻辑可言，没有标准答案，也没有绝对理性，从而令个人主体茫然无所适从。

《知音》的主体置入方式，也同样处在知识分子的认同危机之中。物理学家韩文施经受住了两次考验，而"我"——任东蓓也曾在幼年时与现在的系党支部书记石青结下了深厚情谊。三人最终在小说结尾处团聚，许诺要努力成为知音。韩文施的两次考验，一是 1948 年国民党撤退时是去还是留，二是 1951 年能不能积极参加土改。这同样是一个关于主体移置、改写的故事。韩文施的"考验"与冯友兰，以及那一代知识分子的经历，极为相似，也极具典型性。冯友兰也曾在 1948 年解放前夕，帮助进步学生躲过国

---

① 宗璞：《我生命中的那些人物》，东方出版中心 2017 年，第 136 页。

民党当局的搜查。而在《知音》中，正是韩文施帮助石青躲过搜查，使她能安全到达解放区。又一个真实的本事被小说征用，这意味着作者此时的身份焦虑依然没有得到解决。她用这个故事与想象中的集体意识形态对话，“过去的我”被移入现在的情境，最终透露出对身份焦虑的补偿。这个补偿是对现实挫折的想象性救赎。韩文施和“我”，在小说结尾与石青的相认，像一纸证明，缓解了知识分子身份认同的危机。

石青是《红豆》中萧素的接续，承担着拯救的功能，是集体意识形态的代理人。小说通过韩文施、任东蓓（“我”）与代理人石青的前缘、互救等转喻，在想象中实现了与后者的身份同一。帮助者与被帮助者建立起了“知音”的关系，这个建立关系的叙事，正是在现实处境的压力之下的改写结果。作者通过移置与改写，补偿了在现实处境中知识分子的尴尬与自卑。在当时，身份焦虑成为知识分子的集体无意识。如何取得他者话语的认同？既然主体为语言所决定，作家只能本能地通过幻想到达符号再到达能指。通俗地说，就是通过写作，达到被他者认识和接受的目的；主体与规则之间的内在鸿沟，先被自己理解，又试图让他者理解。正是在移置与改写中，写作的主体零散化了，甚至被颠覆。作家的意识，并不是“它自己房屋的主人”。这是 1962 年宗璞的修辞法。《后门》和《知音》是作家主体性进一步丧失的表现。

尽管如此，《知音》在小说技法上，仍给人留下深刻印象，作家的叙述安排与语言成就，仍然值得肯定。如果说这篇被历史主体强行植入的小说还有什么令人惊喜的地方，那就是小说的叙事了。石青这个“帮助者”，是通过韩文施的视角与描述，呈现出自己的形象的。这便是中国传统小说中所谓“虚写”的写法了。如《三国演义》中诸葛亮绝对是主角，但写诸葛亮出场时，都是从刘备、庞统等人口中间接地描述出他的形象。其目的无非是不见其人，先闻其声，突出人物的重要性和神秘性。这正是毛宗岗所说的“文有隐而愈现者”[1]。“虚写”的衬托、迂回延长了审美感受。

而情节的铺垫丝丝合缝，再加上情绪的渲染和细节的讲究，可以说，单从叙事进程方面而言，这是一个在技术上无可指摘的文本。比如，为了使结尾石韩二人结成知音，先使两人喜欢同一首钢琴曲子，暗示、象征着本来就是知音；接着不经意地道出韩文施女儿小丹去世的信息，韩文施教授夫妇暗暗把石青看成自己的女儿；在国民党的搜查中救下石青，临别之际，作为旧政府大学教授的韩文施劝石青少搞点政治，多搞点科学。石青则说：“不过一定要弄明白为谁，为什么来搞科学。”[2]最后叮嘱他“您千万不要跟着国民党走——”。正是她的话挽留住了韩文施，使他在1948年没有跟国民党走；石青回到学校担任领导职务，动员韩文施参加土改，韩本不想去，“她的这些家常话，就在去的前面加了砝码”。在土改中，韩文施的思想发生了彻底的转变，并且被石青从反革命的暗杀中救下；韩文施在实验中承受不了失败的压力，承认“每一个个别的知识分子，都是软弱的人……”，此时此刻，又是石青帮他顶住了压力；而小说中的受述者任东蓓，也终于与儿时的朋友石青相认，相认的细节是“我”在道义上帮助过弱小被欺负的石青，从前叫谢青娥。这个细节耐人寻味。由谢青娥变为石青，这个帮助者或代理人的名字，跟萧素相类。在作者的潜意识里，革命者像石头一般坚硬，似乎象征着铁一般的革命意志和无坚不摧的力量。两人童年住集体宿舍的细节写得生动、传神，

---

① 罗贯中：《毛宗岗批评本·三国演义》，毛宗岗评点，岳麓书社2015年，第469页。

② 宗璞：《知音》，载《宗璞文集》（第二卷），华艺出版社1996年，第81页。

而这些童年细节后来被重新写入《野葫芦引》的《东藏记》中，则语义面貌又发生了变化。在《知音》的结尾，帮助者与被帮助者、见证者（“我”），团聚在钢琴曲之中。

通过上文的分析，可以看出宗璞此时的创作，基本都是通过对本事的移置与改写而成，并不是完全凭空构造，更不是全面迎合集体意识形态系统的浮夸之作。而宗璞的语言和文体，受到时代塑造的成分相比较而言会更少一些，这是由知识分子题材的规定性所决定的，当然，也受到宗璞本人美学趣味和文学修养的影响。

从哲学的意义上来说，正如米盖尔·杜夫海纳指出的：“在历史的漩涡中，人有时会不知所措。思想也是如此。这个运动着的杂乱的共相是很难掌握住的。‘单一’不断地被融进‘众多’之中，‘同样’也不断地被融进‘其他’之中。思想不是回到特殊性并深入其中，就是充分发挥形式思想，接受整体的挑战——后者正是我们时代的特色。”[①]《后门》和《知音》的写作，显然不能回到知识分子的特殊性并深入其中，而只能发挥彼时主流的“形式思想”，并接受整体的挑战。因此，《知音》《后门》亦成为考察知识分子的文化境遇、思想命运与文学创作的关系的典型文本。正如詹姆斯·费伦所言：“我们不能指望萨克雷或任何其他作者能够完全逃避他所生活的时代和地点的意识形态，因此，我们不应该仅仅依据我们自己的声音和意识形态来评价小说中的声音和意识形态。记住这一点是重要的，也是明智的。”[②]五六十年代，宗璞

① ［法］米盖尔·杜夫海纳：《美学与哲学》，孙非译，中国社会科学出版社 1985 年，182 页。

② ［美］詹姆斯·费伦：《作为修辞的叙事：技巧、读者、伦理、意识形态》，陈永国译，北京大学出版社 2002 年，第 31 页。

的写作更多地表达了“失恋”“欲望”与“缺乏”[1]，这是写作主体置入时代的结果，也是一代知识分子精神创伤的记录与见证。

第三节　知识分子主体的回归

在宗璞八十年代初的写作中，《三生石》和《米家山水》显出另一路的脉络与走向。如果说《红豆》是初恋的爱情故事，《三生石》就是中年人的沧桑情事，《米家山水》则奉上一幅知识分子夫妇举案齐眉、温馨和睦的家居图。尽管《三生石》仍然在八十年代初的“控诉”主色调里，《米家山水》也忘不了黑暗年代的残酷斗争，但它们都在一定程度上摆脱了彼时的大型话语。写作主体从过去的宏观而抽象的“国家意识”“阶级意识”“革命意识”，回到了具体和个体的知识分子的自我意识。此时距离她创作获奖小说《弦上的梦》的 1978 年，仅仅过去了两年。

《弦上的梦》所讲述的青年学生梁遐 1976 年清明节走向人民广场的故事，也仍然是一个“成长”的叙事。小说写作时（初稿于 1978 年 6 月，改稿于是年秋），“天安门事件”尚未平反，1978 年 11 月，“中共北京市委郑重宣布：天安门事件完全是革命行动”[2]。《弦上的梦》于 1978 年 12 月在《人民文学》上发表，同年获得全国优秀短篇小说奖。但宗璞的“超前”所获得的，并不都是赞美之声，背后也经历着人们想象不到的中伤。刘心武回忆：“万没想到的，像我、卢新华等的作品，还只不过是被指斥为‘缺

---

① 拉康的“想象界”理论中的表述。见周小仪：《从形式回到历史——20 世纪西方文论与学科体制探讨》，北京大学出版社 2010 年，第 65 页。

② 朱寨主编：《中国当代文学思潮史》，人民文学出版社 1987 年，第 517 页。

德’而已，她的《弦上的梦》，竟被一位很有地位和影响的人物，用现在我都不便写出的，不仅是政治上彻底否定，而且还带有明显污侮性的词语，加以了恶谥。”[①] 由此可见，文学创作环境和历史情境，远比人们想象的要复杂。

然而，这些“恶谥”并没有影响宗璞。在《弦上的梦》之后，作者还有《我是谁》《蜗居》和《泥沼中的头颅》等作品。

八十年代初，历时十年的“动乱”刚刚过去，中国的思想界正酝酿着一场思想解放运动，为随之而来的政治经济上的改革开放做着准备。这是来自国家层面的、具有召唤性力量的宏大话语。这一召唤结构必将在中国文坛起到社会意识形态对个体作家自我想象的引领作用。作家们纷纷在此话语的感召下，对个人创作进行了调整和重构。在著名的论文《意识形态与意识形态国家机器（一项研究的笔记）》中，阿尔都塞对马克思的意识形态理论进行了新的发展研究。他认为：“劳动力的生产需要的不仅是其技术的再生产，同时，还有劳动力对既有秩序准则的顺从的再生产，即工人对主导意识形态的顺从的再生产。”[②] 意味着意识形态国家机器，包括宗教、家庭、法律、政治、工会、通讯、文化等等领域，都将最终促成每一个个体劳动力的劳动技能的获得，而获得的前提条件是服从国家主流意识形态的结构性生产。也即社会现有的生产关系的再生产。可以引申得出，“主体”的诞生，实际上是通过激发自我想象的过程实现的，这就是阿尔都塞著名的主体复制理论，即每一个“上帝的子民”借助于想象性的言说而成为“上

① 刘心武：《阿姨，还是大姐》，《时代文学》1989 年第 6 期。

② ［法］阿尔都塞：《意识形态与意识形态国家机器（一项研究的笔记）》，载［斯洛文尼亚］斯拉沃热·齐泽克等：《图绘意识形态》，方杰译，南京大学出版社 2002 年，第 137 页。

帝的复制”。社会意识形态的整体话语作为国家意识形态机器的体现，是以宏大话语的魅力与规范同时显现其自身的，使个人主体在规范之下“驯服”地生产文化产品。在自我与集体的古老对立中，激发出新的自我想象，找到新的自我言说的位置。这是自我融入集体的关键时刻，也是主体基于宏大话语感召力的重构。因此，整个八十年代，依然是主导意识形态生产其新的生产关系的生产，但这新一轮的生产，毕竟为作家们打开了一个全新的历史时空。

如果说宗璞前期的创作序列直到《弦上的梦》，主体置入方式仍然内在地符合阿尔都塞所谓生产关系的再生产理论，讲述一个被“文革”重创的玩世不恭的孩子最终走上“四五”运动的广场，完成了个人的“成长”，也仍是将革命、人民等意识嵌入主体的体现，那么，《三生石》和《米家山水》，则确定了对宗璞而言更为本质的精神脉络，这一精神脉络也成为后续的《野葫芦引》的资源所在。从八十年代初期开始，宗璞的小说是围绕着知识分子和他们的心灵故事展开的更本质的书写。

一方面，这两个文本比较于《弦上的梦》，是某种从主流政治话语中心的疏离；另一方面，“许多许多人去世了，我还活着。记下了 1966 年夏秋之交的这一天”[①]。作为一个劫后余生的知识分子，倾诉和反思那一段沉重的历史，仍然被宗璞视作自己的责任。只是，这倾诉和反思，以更加知识分子化的方式，用充满人间亲情、爱情、友情的温情方式，来实现罢了。当然，这个话语方式也汇入了伤痕文学和反思文学的叙事潮流。

中篇小说《三生石》讲述了梅理庵、梅菩提和陶慧韵三个人的故事。以梅菩提的故事为中心，以倒叙的手法回顾了父亲梅理

① 宗璞：《一九六六年夏秋之交的某一天》，载《宗璞文集》(第一卷)，华艺出版社 1996 年，第 41 页。

庵患病、被批斗而亡的过程，这是父女之情；梅菩提在治疗癌症期间遇到了二十年前为她送来三生石的少年——如今的方知医生，这是中年之爱；梅菩提和邻居陶慧韵同为牛鬼蛇神，同病相怜、相互支撑，成为家人，这是朋友之义。

事实上，在《弦上的梦》中，人在患难中的相互扶持、相互关爱，就已经是宗璞的一个主题。梁遐在乐珺那里找到一个温暖的家，融化了她对世界的坚冰；乐珺在收留这个孩子的过程中，又何尝不是再度坚定了对生命的信念。这个温暖的书写方式，在《三生石》达到顶峰。它折射出作者在面对历史、人生时的情感态度：在灾变和苦难面前，使人们最终得到救赎的不是神，也不是什么真理，而是人与人之间的这份朴素的亲情、爱和扶持。对比《红豆》，这已经可称之为一个巨大的转变。人性、爱的主题在《红豆》时期，是被视如洪水猛兽、毒草毒蛇的资产阶级人性论话语。此时，对人性、爱的肯定，便具有了话语反拨的意义。《三生石》并不只是一个爱情故事，或者一个亲情友情的书写。它以一个中篇的篇幅，实际上力图呈现 1966 年前后的历史图景。

因此，我们便在其中看到了众多的人物，较为复杂、细碎的情节，以及那个疯狂年代人们的心理图景。尽管暴力的斗争和血腥的大场面，向来不是宗璞所热衷的，她在意并着力描绘的个人遭遇，因其关乎知识分子的生命尊严、人格权利，而显示出震撼人心的力量。

小说开始即回响着悲凉而愁惨的调子。“每个人都会死的，但这普遍的经验却从没有人能向后来者描述。只有少数人有过被判处死刑的经验，若不是立即执行的话，那倒是可以讲一讲的。”① 接着叙述梅菩提有可能得了乳癌，要去开会的医生草草地

① 宗璞：《三生石》，载《宗璞文集》（第二卷），华艺出版社 1996 年，第 306 页。

缝合了她的伤口，在肿瘤破裂的情况下让她等了一个星期，幸好她遇到了方知，一个负责任、有良知的医生。方知对着她同情地微笑了一下。“菩提的心颤抖了。七个多月来，在她的系里从没有一个人向她露过一点笑容。她熟悉的，只是她的邻居兼难友陶慧韵那类似笑容的表情，那其实是一种想要安慰菩提而做出来的、极其疲惫的神色。她好像已经忘记真正的笑容是什么样的了。在那疯狂的日子里，绝大部分的熟人都互相咬噬，互相提防，互相害怕；倒是在陌生人中，还可以感到一点人与人之间的温暖。回家去时，菩提觉得简直骑不动自行车了。但不骑又怎么办呢？她只好慢慢用力蹬。”①

情节发展到这里，读者本来已为主人公梅菩提的癌症而揪心，但这却不是最凄惨的。这一主人公得癌症的铺垫，无疑也奠定了整篇小说“伤痕”的韵调。接着作者开始回忆父亲的死。这一部分内容由于情感的真挚、细节的逼真，在叙事效果上甚至超过了梅菩提与方知的爱情叙述。这一效果的达成，在于父亲从病，到因为“反动学术权威”的身份被医院拒收，再到被批斗而死，这一整个的叙事进程没有被中断，读者的情绪随着父亲的遭遇而起伏，作者很好地控制了叙事结构和节奏，氛围、细节、情绪，都铺排、营造得无懈可击。而在其中，最为关键的恰是情感的深挚真实，把动荡年月女儿与“反动学术权威”父亲相依为命的人伦亲情书写到了极致。

接下来，我们通过对一个较长段落的解读和阐释，来分析作者的叙事是如何达到自己的修辞目的的：

> 菩提休息了一下，觉得有力气睁开眼睛了。她最先

① 宗璞:《三生石》，载《宗璞文集》(第二卷)，华艺出版社 1996 年，第 309 页。

看到的，便是她父亲的骨灰盒，其实应该说是骨灰罐，因为那是一个极简陋的陶罐。这七角钱一个的陶罐，是火葬场对“坏”人的最高规格了。便是骨灰，也多亏了那里某一个造反派头目莫名其妙的善心才得到的。

骨灰罐摆在靠墙钉着的木板上，罐前常摆着一杯清水。菩提记得父亲是最爱喝茶的，被“揪出”后，有时无法得到茶叶，便只好喝清水。遗像当然不能挂，何况也没有照片，全部没收了。这点菩提倒不觉遗憾，因为父亲整个的人，在她心中是这样清晰，过去的记忆是这样丰富，使她觉得没有任何眼前的实际形象能超过她心中亲爱的父亲。……

不过是两个多月以前，一月份，正是北京严寒的时候。一冬天都没有好好下场雪，那几天天气阴沉沉的，不时落大大小小的雪珠儿，破烂的小院地下又硬又滑。那时菩提住在慧韵这一间。那天清晨，她看见雪珠儿还在洒，便拣了几块砖头垫在路上，预备父亲行走。等她推开父亲的房门，却见老人还躺在床上，而且在呻吟。

“爹爹病了！”菩提马上想道。她一步迈到床前，见爹爹双目紧闭，面色潮红，布满老年斑的脸上泛出极细的汗珠，已经处于半昏迷状态。他呼吸急促，说着谵语：“慈——！慈——！”那是菩提亡母的名字。

“爹爹！爹爹！”菩提大声叫道，伸手去摸爹爹的头，额头是冰凉的，这并不排除高烧，可是连温度表也没有！她又扯过一块毛巾在理庵脸上擦拭，擦了两下便扔下毛巾跑出房来。

天空十分阴暗，简直分不清是清晨还是黄昏。刺骨的寒风夹着雪珠劈面打来，使得菩提屏住了呼吸。她却并不停步，拼命地向校医院跑去。雪珠飘落在她头发上，脸上。她的眼镜湿了，眼前一片模糊。她取下眼镜，本来又湿又滑的路更觉凹凸不平，好像还在上下颠动。她只好用衣襟擦擦镜片，一面跑一面再戴上。这路好长，好难走呵。她就一路擦干眼镜，再戴，再擦，再戴，跑到了校医院。

校医院的人听说是梅理庵病了，有的漠不关心，有的幸灾乐祸，有一个秃顶的什么人冷冷地说："装病逃避劳改吧！"

菩提正用衣襟擦拭脸上的雪水，眼泪一下子涌了出来。她不知道人和人之间怎么会变得这样狠毒无情，而且以为这是最高的革命道德！终于有一个三十上下年纪的人走过来，答应派救护车去。菩提跟着他去打电话，这人低声说："我听过你的课，唐诗选读，你讲得不错。"菩提看看他，仿佛记得这原是药房里的人，这几个月到耳鼻喉科当大夫了。他见菩提在擦眼泪，便又说道："不要来这儿了，没有大夫。进城去吧。"[①]

以上段落以文运事，缘情而发，从骨灰罐的视点自如延伸转换到父亲生病的过程。雪天、破烂的小院、又硬又滑的地面，"拣了几块砖头垫在路上，预备父亲行走"……宗璞写景擅长情景交融，这是她的叙事的一大特色和优长，每每景语与情语交织。如果说，莫泊桑透过一种感受力来描述景色，而巴尔扎克则是植起

① 宗璞：《三生石》，载《宗璞文集》（第二卷），华艺出版社 1996 年，第 311—312 页。

一道背景来放置自己的人物[1]，那么宗璞的景色描写总是这两者的融合。既浸透了作者本人的感受力，也常常将自己的人物放置于各种精心描绘的背景中。如果把这几个段落中有关天气、景物的文字去掉，小说的叙事魅力将大为减色。正是严冬的雪天（象征着现实环境的严酷）、父亲的谵语、冰凉的额头、十分阴暗的天空、凹凸不平的地面（象征着坎坷的人生）、雪水与眼泪……这些融情与景的文字，将女儿焦急、恐惧的心情，周围人心的险恶不测，烘托地呈现出来。

宗璞接下来写道：

> 于是三天后，梅理庵膀胱里插着橡皮管，腰间带着玻璃瓶，就这样回家了。他经过疾病的折磨，精神倒还好。走进院门时，他停住脚步，把脸凑近门边的墙，像在寻找什么。
>
> “找什么呵，爹爹！”扶他的菩提只好也停住脚步，往墙上看。原来那墙上有一块较光滑的砖，砖上刻着两个小小的篆字“勺院”。这是梅理庵发现的。他们父女被赶到这小破屋以后理庵在劳改、写交代材料之余，总爱把脸凑近墙壁，仔细观察每一块砖。凭他那高度近视、目力极弱的眼睛，居然把三面院墙仔细看过一遍。发现这两个字时，老人真高兴极了，对菩提讲了半天。这匙园之名现在还用着，园中原有景致的题名却很少人知道了。譬如那长条土山原名匙山，芦苇塘原名勺池。这小院当初大概是为供奉茶水用的，居然也题了名，也算得

① ［法］贝尔纳·瓦莱特：《小说——文学分析的现代方法与技巧》，陈艳译，天津人民出版社2003年，第39页。

园中一景。贬谪至此，似还差可。[1]

这一段发现篆字的叙述，把一个痴心学术的知识分子写得淋漓尽致。这个细节的安排既是作家的匠心，更多的是来自生活中作者对这一类人物思维习惯、兴味情趣的了解与熟稔。可谓是神来之笔。头上顶着“反动学术权威”的帽子，身上得了医院拒绝彻底治疗的病痛，却有“闲”心考据园子的由来，当得出“也算得园中一景”的结论，便对“贬谪至此”，认为“似还差可”。尽管这一段大部分是叙述者的转述，都不能算作白描，却在不经意间达到了追魂摄影的效果，是为画出了知识分子的灵魂之笔。

在另外一个段落，宗璞这样写道：

菩提打算劳动休息时，请假回去招呼他吃饭。她吃力地凿着冻土，冻土似乎比人们的脸色还亲得多。一面想着炉子上坐着的粥锅，大概等她回去时，就会好了。不过它会不会溢出来？也许根本不开？尿瓶子真可能会溢出来的，那就马上要换被单，不然爹爹会受凉……

……

他神志昏迷，说着谵语：“慈——慈——！小提——小提——！”这是他反复叫着的两个名字。他还不时喃喃地说着什么，菩提听出两句像是《尚书》上的句子：“我有好爵，吾与尔靡之。”意思是我有好酒，和你一起干了它吧。“就快完了——就快完了——”菩提用湿毛巾拭着他那渗出冷汗的脸，安慰地呜咽道。

因为菩提的精心照顾，他的生命延续了几天。1 月

① 宗璞：《三生石》，载《宗璞文集》（第二卷），华艺出版社 1996 年，第 315 页。

> 25日深夜北风狂啸，窗格轧轧作响，他开始了痛苦的潮式呼吸，那是人临终前想抓住生命的一点悲惨的努力。菩提泪流满面地开门出去找人，迎面看见一只大黑猫坐在走廊里，黄绿的眼睛闪着光。等她和一个极不情愿的医生回到病房时，爹爹已经断了气。[①]

“菩提听出两句像是《尚书》上的句子：‘我有好爵，吾与尔靡之。’”这又是一个对知识分子形象追魂摄影之笔。若非本人即有此生涯，断乎难以凭空编造如此传神的细节。所谓光景在眼，声音在耳，即是形容此等能将人物的“声口”做如此典型化的描绘的说法。“安慰地呜咽道”这里作者并没有立即让梅理庵死去，而是又有了下面一段，梅理庵才逝去。这一着大有“寒冰破热，凉风扫尘”“笙箫夹鼓，琴瑟间钟”之妙。目的在于调节气氛和节奏，令读者的情绪不至于直接随着人物突然死亡而跌落谷底，刚柔动静的结合转折处，就是美感诞生的地方。

好人的死，必定要延长过程，才有悲剧感，等到象征着死亡的大黑猫出现时，“爹爹已经断了气”。叙述在这里戛然而止，又有如金戈之声斩断一切，令读者真正体味到死亡的意义。诚如萨特所言：小说的技巧反映的总是小说家的形而上学。[②]宗璞的形而上学，就是以文运事、缘情而发，情景交融、深挚传神。

《三生石》历来被誉为是宗璞继《红豆》之后的又一部爱情绝唱。但它不只是一篇书写爱情、亲情和友情的作品，它实际上力

---

① 宗璞：《三生石》，载《宗璞文集》（第二卷），华艺出版社 1996 年，第 310—318 页。

② ［法］贝尔纳·瓦莱特：《小说——文学分析的现代方法与技巧》，陈艳译，天津人民出版社 2003 年，第 26 页。

图呈现 1966 年前后历史生活的图景。“尽管是《弦上的梦》《我是谁?》使宗璞获得时代的命名，是《鲁鲁》为宗璞赢得荣耀；但是《三生石》这部纯而又甚为繁复的文本，更为委婉地记述着一个时代、一代人的信念与梦想。在回瞻的视域中，《三生石》并非一部完美的作品，勺院之外，它有着太多的情节剧的痕迹，太多的巧合，脸谱式的败类与丑角，相对简单外化的善恶的对立，不无公式与浪漫化之嫌的人民、大众形象。”①

所谓“太多的巧合”，之一大概就是菩提与方知的前缘——少年送石头的情节。其实这种“隔年下种，先时伏着之妙”的手法，可谓是宗璞常用的传统小说的笔法。在《野葫芦引》“四记”里，这一手法使用得更加突出。比如玹子与卫葑的婚恋，早在卫葑与凌雪妍的婚礼上就暗示了；雪妍的青春早夭，也早在《南渡记》中“四女占蜡”一节中就预示了，等等。至于“太多的情节剧的痕迹”，倒未见得十分突出。因为作者是循着梅菩提治病的线索一路写来，尽管安排了一定的巧合，比如齐永寿正是病友的儿子、崔珍这个“文革”产物也相聚于同一病室、秦革与崔力的关系、韩仪原来是韩医生的儿子等等，确实有着扭结叙事的痕迹，但说到情节的经营，这恰恰不是宗璞看重的小说手段。1984 年宗璞发表了《试论曼斯斐尔德的小说艺术》的论文，她发现曼氏的短篇小说基本上是没什么情节的，可以说宗璞在曼氏这儿找到了知音。由于创作理念的接近、艺术品位上的惺惺相惜，使宗璞尤为欣赏曼氏的小说，并且花费精力来研究她，先后两次撰写有关曼氏的评论。她最为欣赏的曼氏的特点，唯在一个“真”字。所以，戴锦华所说的“情节剧”的效果，其实表现得并不十分突出。

① 戴锦华：《涉渡之舟——新时期中国女性写作与女性文化》，陕西人民教育出版社 2002 年，第 146 页。

至于“脸谱式的败类与丑角，相对简单外化的善恶的对立”，这难道不是八十年代作家所能倚靠的思想资源、人们的情感反应的自然表现吗？毕竟人们刚从一个可怕的梦魇中醒来，强烈的控诉欲望、二项对立式思维、非对即错的观念，很容易使作家如此结构她的人物和情节。再者，造反派的行动逻辑和心理，他们各自的欲望和动机，确实不是作者所能了解的，所以读者便看到了一些缺乏深度的“坏人”。但只要这些情节尚在真实、可信的范畴里，便应无伤大雅。还有“不无公式与浪漫化之嫌的人民、大众形象”，则更应看作宗璞的“人民”情结，作者确实颇费了些笔墨在这些“人民大众”、病友身上下功夫，这些人物也似乎看起来与主干情节关系不大，但考虑到作者的一个反思主题：这场灾难其实与搅入造反之外的工农阶级并无多大干系，在这群人当中同样有着朴素、正常的善良和理性，便能理解宗璞的“浪漫化”了。事实上，善良的病友们，包括老齐夫妇都喻示着作者对人性的希望、对积极建构爱的话语的乐观和信心。

这篇小说打动人心的地方，正是前文所说的作者所看重的曼氏小说的特点，那就是“真”。情感的真、情绪的真、细节的真，这些真的品质，使宗璞意欲呈现一幅 1966 年前后的历史图景成为可能。而在作者所叙的三个故事单元中，以梅菩提与父亲的父女之情最为真挚传神。在这个故事单元中，作者完全挣脱了要“做小说”所需额外经营的矛盾和关系，不过是直接还原了作者心中对父亲的情感和想象。尤其是叙事中两个纯粹属于知识分子人性的细节描写，堪称小说中的桂冠明珠。“肖物”“逼真”的美学，使这个叙事单元成为卓越的艺术表现。

另两个故事单元，所要结构进来的关系、巧合，显出了较多的人为的戏剧性因素。毕竟，作者写作的年代距离那一场噩梦太近，而那是一个时至今日也许仍然没有能够反思清楚的历史深渊。于读者来说，菩提奔走在冬雪中为老父求医的相依为命；陶慧韵顶着因被剃发而戴的破棉帽，日夜看顾菩提的朋友之义；菩提不忍已经面临精神失常的慧韵触目血腥而抵死紧关的门；方知与菩提的心灵相知与相爱；医院病友彼此正常而温暖的问候和关心……正是这些内容和细节，一次次令读者感到人类情感的高贵与美好。

“他们两个都意识到，痛苦的暂时，看不见尽头，而幸福的时刻，只是瞬间。他们都不知道下一分钟会有什么厄运。”正是这种能担负的力量，挽救人们于绝望、黑暗之中。小说最后：“他们一同默默地凝视窗外燃烧着的三生石。活泼的火光在秋日的晴空下显得很微弱，但在死亡的阴影里，那微弱的然而活泼的火光，足够照亮生的道路。”读到这里，读者已深味，《三生石》是一阕爱情、亲情、友情的情词，更是对于生活永不放弃的坚定信念。

小说中的梅菩提说：“我的心早变得太世故，发不出光彩了。有肝硬化，也有心硬化、灵魂硬化，我便是患者。”[①] 这种反思无疑是沉痛而深刻的。与那些一味倾诉的“伤痕文学”不同，宗璞将《三生石》提高到了一个更高的精神境界，泥里开出了莲花。最终是人的真爱与温情撑住了狂风巨浪中的小船；待得雨过天晴之后，正是纯净、超脱的艺术天地，使人物释怀于曾经的残酷争斗，回归到知识分子的自我本质。正是因为这一点，它比宗璞的《我是谁》《蜗居》《泥沼中的头颅》等直接呼喊和抗议的作品，反而更见其人道主义的深刻。

如果说，写于 1979 年的《三生石》仍然有着政治化的背景与思维定式，那么写于 1980 年的《米家山水》，则是比较彻底的向

① 宗璞：《三生石》，载《宗璞文集》（第二卷），华艺出版社 1996 年，第 327 页。

知识分子主体身份的回归了。莲予与萌曾分属不同的革命阵营，在夺权的政治神话破灭之后结为了夫妇，曾经的质问“你为什么拥护蒋沈韩”，也成为如今的笑谈；老对手刘咸，从中学时代起就是艺术上的竞争对手，在“文革”中分属两个派系，打伤了莲予的手腕。如今面临出国交流的机会，莲予在自己去还是让刘咸去之间犹豫。最后的结果，却是外行莫副院长去了：

> 他们感到那样宁静，那样喜悦，那样满足。画上清风习习，心头火光熠熠。他们正为创作准备献上自己的灵魂。这小房间，此时是极乐世界。
>
> ……莲予提起笔来，凝神半晌，先在空白处画上一片松林。她的笔墨，远山缥缈，近水粼峋。还有那柳丝松针的绿，都融在一起，满纸泛起又幽静又活泼的生意。简直静到骨子里，如同入定的老僧；又活泼得如那不可捉摸的思想，使人想起仙去嫦娥的衣袂。莲予在想，要不要添上一双上天的人形？那是他们要攀上天门庄。——不必了。她和萌宁愿化作山水中的泥土，静悄悄地为人铺平上天的道路。[①]

到《米家山水》，宗璞已经在中国传统文化的“宁静自得”中寻得了心灵的寄托。莲予夫妇沉浸在艺术的境界之中，践履着“夫子之道，忠恕而已矣”的知识分子的传统美德。此时，不管是道家的逍遥还是禅宗的入静，都已成为可以实现的理想。放弃、释然世间凡俗的恩怨与争斗，回到“米家山水”中的莲予，才是宗璞心中真正的文化理想与文化人格。

---

① 宗璞：《米家山水》，载《宗璞文集》（第二卷），华艺出版社1996年，第147页。

知识分子是宗璞最熟悉的群体，六十多年的燕园、清华园的生活，早就铸就了宗璞的知识分子人格。宗璞的先夫蔡仲德曾这样评价她："宗璞的作品往往局限于一定的人物、一定的语言、一定的生活，无非是高校和各个领域的有造诣的知识分子。这是宗璞的短处，也是宗璞的长处。"[①]可谓是诚恳而中肯的评论。

"莲予在想，要不要添上一双上天的人形？……不必了。她和萌宁愿化作山水中的泥土，静悄悄地为人铺平上天的道路。"既意味着某种从政治话语中心的撤离，同时也意味着新一组的矛盾和选择。这个经典的矛盾就是于中国知识分子来说尤为恒在的"仕与隐"。这个选择的命题在《米家山水》中已初露端倪，在之后的《野葫芦引》"四记"中，是一个困扰三代知识分子的大命题。《西征记》中，孟弗之与江昉分属不同政治阵营，当关于"主义"的争论威胁到二人的友谊之时，正是"自蘸清溪绿"的传统人格理想，将二人同一到理学大师邵康节（因弗之墙上挂的是题邵之诗，里面有"自蘸清溪绿"的诗句）的精神境界之中。不论是激进的左派革命者江昉，还是位居大学管理层的开明人士孟樾，"自蘸清溪绿"所透散出的隐逸与清流意味，是两类知识分子内心深处都向往的境界。

---

① 蔡仲德：《我和宗璞》，载《宗璞文学创作评论集》，人民文学出版社编，人民文学出版社 2003 年，第 396 页。

第二章　知识分子的漂泊与守望[①]

综观宗璞的整个创作历程，两条清晰的历史线索呈现出来：一条是知识分子自二十世纪五十年代到七十年代末的成长线索；另一条是父辈知识分子自二十世纪三十年代到六十年代的命运轨迹。两条线索合在一起，便是宗璞所思所写的二十世纪中国知识分子的道路和命运。而道路和命运，又主要体现在知识分子在半个世纪里的漂泊与守望。本章循着第一章有关知识分子主体的论述，继续探讨宗璞小说中知识分子的身份变迁和他们在大历史中的安身立命等问题。

本章关于知识分子的定义，大体指“体制内知识分子”[②]。拟从宗璞创作中的三种人物类型，来论述知识分子在二十世纪的漂泊与守望的主题。第一类是以孟樾为代表的知识精英在启蒙与救亡、革命与学术、集体与个人之间的纠结与挣扎，揭示了他们庄

---

① 钱理群在《“知识分子精神史”三部曲总序》中写道：我是以自己的历史与现实的感受和生命体验去观察、描写的，就需要最后现身，用自己的反省、反思，来为整个知识分子群体的精神史做一个“总合”，即历史经验教训的总结，以便“守望”住知识分子的本分。见钱理群：《岁月沧桑》，东方出版中心 2016 年。本文中的漂泊与守望，正是基于“知识分子的本分”的思考与探讨。

② 见黄平：《知识分子：在漂泊中寻求归宿》，载《20 世纪中国知识分子史论》，许纪霖编，新星出版社 2005 年，第 1—10 页。

严而沉重的心路历程；第二类是以卫葑为典型的青年知识分子革命者，在革命与爱情、爱与信之间的取舍与困境；第三类是以嵋、江玫等为主的女性知识分子，对爱情与生活的艰难选择，对道德的守望。这三类人物都有一个核心矛盾，即当知识分子的自我意识受到外力的威胁与变革之时，主体所表现出的精神压抑与苦闷，或是消极应对随时势而迎合改变，或是宁不受辱、坚持自我而为玉碎，或是发自内心认同思想改造的必要性，却于无意识中深藏困惑与遗憾。

第一节　知识分子的漂泊

知识分子是宗璞小说关注的主要群体。《野葫芦引》“四记”堪称三代知识分子[①]思想脉络的形象表现。作为“五四”那一代“先觉的知识者”，孟樾等对于中国问题的思考以及他个人道路的选择等等，都是这个思想脉络的一部分。考察孟樾在“四记”中的言论，就会发现这是一个充满矛盾的主体：既是“五四”一代的先觉者，一生争取“民主与科学”的“五四精神”，另一方面却又时时想逃逸回中国传统文化中和谐、静美的思想中；一方面有着英美自由主义在人格、学术上的独立坚持，另一方面却也沉淀

① 许纪霖在其《中国知识分子十论》（复旦大学出版社 2003 年）中认为：整个 20 世纪的中国，总共有六代知识分子。以 1949 年作为中界，可以分为前三代和后三代，即晚清一代、“五四”一代、后“五四”一代和“十七年”一代、“文革”一代、后“文革”一代。无论是前三代还是后三代，都有自己的历史中轴，那就是“五四”和“文革”。本文中的“三代知识分子”，是以孟樾（“五四”一代）、卫葑（后“五四”一代）、嵋（“十七年”一代）为代表，基本符合许纪霖的划分。

着士大夫追逐事功、热心仕进的传统思想；一方面是走在时代前沿、相信社会进化论的左倾人士，另一方面却忠于自己服务的当局、政体；一方面时时发表文章以史讽谏当局，另一方面又反感不尊重知识的激进主义革命……宗璞细描出他们在大时代政治险境中的矛盾意识和思想挣扎。

围绕着孟樾这个人物形象，是一批明仑大学（西南联大）知识精英的群像。三十年代，西南联大知识分子们表现出基本一致的自由主义知识分子人格：安心学术、教学，相信政府、坚决抗日；四十年代以后，知识分子开始分化，到 1946 年，政治倾向的分化（左倾、右倾）已经明朗。但不论时代与政治如何分化了西南联大的知识群体，在安身立命之处，正如傅斯年 1929 年曾经对胡适说的那样，他们都体现出一个共同特点："我们的思想新，信仰新，我们在思想方面完全是西洋化了；但在安身立命之处，我们仍旧是传统的中国人。"[①] 小说中孟樾等人物形象，为读者提供了一幅索解二十世纪中国知识精英的心灵、精神轨迹的地图。

人物塑造的第一步是给人物起名字。在小说中，名字一般都承担着一定的喻示意义。《野葫芦引》中这些人物的名字，就在彰显着这是一群非同一般的人物。孟樾、萧澂、庄卣辰、秦巽衡、江昉等等，这些是需要一般读者查字典才能读对音、搞清意思的名字。这样的人物命名修辞，对人物的个性塑造和主题表现等，无疑起着重要的作用。

孟樾，字弗之，暗示着孟夫子的寓意。宗璞把这个她笔下最重要的人物命名于兹，主要取孟子"民为贵，社稷次之，君为轻"这句话的意涵。这个意涵在《东藏记》中孟弗之被抓捕之后，就

---

① 转引自王汎森：《傅斯年：中国近代历史与政治中的个体生命》，王晓冰译，生活·读书·新知三联书店 2012 年，第 58 页。

成为小说所要表达的主题之一。那就是对君权、极权的否定与嘲讽。除此之外，还有一些大有深意的喻指，指向孟弗之这个人物形象。孟子的仕隐观，对后世文人的心态起到了决定性的塑造作用。“孟子进一步确立了《周易·系辞上》‘君子之道，或出或处，或默或语’二元对立的政治态度和处世方针，强化了阴阳对举、进退仕隐政治思维原则的建构，强调仕进态度与正义实现、社会责任感的内在联系。”[①] 西汉之后儒家文化取得了中国文化的主流地位，儒家人格理想对文人功业情结的支配地位越发稳固。“仕隐观”笼罩下的中国文人，“几乎每一个有成绩的文学家，其内心都免不了出处情结带来的喜悦和苦恼，感伤和忧虑，从而不少春恨秋悲的抒情，田园山水题材的偏爱，咏史咏怀的根基，都建立在出处意念焕发的勃郁之忱上，而正义理想是其支配性动机”[②]。一方面，孟子将出仕看作士之天职：“士之仕也，犹农夫之耕也”；“士之失位也，犹诸侯之失国家也”。另一方面，孟子强调“出仕”为正义、公义，古代文人心态中正义人格坚守也就成为中国文人标榜“出劣处高”价值观的原型辐射中心。这种追求正义、公平的仕隐观，也便发展出“国士遇我，我故国士报之”的中国文人的典型心态。而这些隐在的文化内涵是理解孟樾这个人物的前提。在作者的设计里，这位儒教“亚圣”正对应着孟樾的思想规范、道德人格。

“樾”，意思是树荫，如樾荫（荫庇，比喻尊长照顾着晚辈或祖宗保佑着子孙）。不能不使人联想到作者与冯友兰的亲情关系，书中的孟嵋（作者的自我形象）也一直在这棵大树的荫庇之下。尽管作者声明，反对对小说中的人物做索隐钩沉、对号入座，但

① 王立：《文学主题学与传统文化》，中国社会科学出版社 2016 年，第 25 页。

② 李辰冬：《李辰冬古典小说研究论集》，中华书局 2006 年，第 249—252 页。

小说一旦面世，它就进入了作者与读者的交流模式。作为叙述的读者具有参与功能，并且正是由于这一功能，读者才会将小说中的事件看作历史，将人物看作真实的人。

宗璞的人物命名，体现着自觉的修辞意识和文化意识。刘心武曾撰文说：“宗璞给书里人物取这类名字，一是想表达出这些人都是书香门第的后裔，二是想传达出一种古色古香的传统文化的气息”；“这些莘莘学子不仅个人符码古雅脱俗，他们还都掌握着中国古典与外国古典的符码系统，这样的人士在全中国人口里不消说只是一个边缘部族。这个族群顽固地坚持一种雅致生活。他们不仅有着独特的语言文字习惯，而且还有套社交礼仪规则，有只有他们那个圈子才理解的含蓄与幽默，甚至有不同凡俗的肢体语言。”[①] 某种意义上，这些表意策略意味着这部长篇小说高雅文化的属性。更主要的意义在于，它还昭示出这个群体的象牙塔属性，也就是与一般大众隔离的生活状态。

由于宗璞对抗战时期明仑大学知识分子保全文明火种、为国培育人才的精神的正面讴歌态度，知识分子的整体形象得以正大正气地呈现。一方面，作者试图达到这样的效果，即塑造出明仑大学知识分子的整体崇高感[②]，如“昆明不是日寇空袭的主要目标，但也承受着钢铁的倾泻。塞满了惊恐和劳累的日日夜夜，丝

---

① 刘心武：《野葫芦的梦》，《粤海风》2002 年第 5 期。

② 冯友兰曾谈到在抗战中著述《贞元六书》的情形：“颠沛流离并没有妨碍我写作。民族的兴亡与历史的变化，倒是给我许多启示和激发。没有这些启示和激发，书是写不出来的。即使写出来，也并不是这个样子。……这一部书的主要内容，是对于中华民族的传统精神生活的反思。”（见冯友兰：《三松堂自序》，江苏文艺出版社 2011 年，第 228 页。）在敌机的轰炸中、在大后方“黄金梦”的腐蚀之中，冯友兰等知识分子仍痴心学术，怀着救亡启蒙的理想著述，这种精神是宗璞童年、青年时期耳濡目染的。将这种崇高感表现出来，应该就是宗璞的创作心愿之一。

毫没有影响这里知识的传授和人格的培育。夜晚皎洁的月光和温柔的星光，更照亮着思想迸出的火花”[①]。另一方面，又将他们还原为在日常生活中有着衣食住行需要的凡人。发生在校园、家庭中的日常生活流的描写占去了小说的主要篇幅。因此，某种意义上说，这亦是一部中国高层知识精英的祛魅之书。小说叙事的矛盾与张力也在这里彰显出来。

宗璞于整部小说的创作中，除了遵循历史时间的线性连续性，还主要遵循了人物塑造的模仿原则（现实主义的）。小说时时笼罩的纪实风格，作者照实写来的笔意，也与一般小说塑造人物的方法不同。孟弗之这个人物，是作者用了典型形象的手法，着力描写刻画的主角。《南渡记》中，孟樾第一个出场，作者以工笔细描了他的书房摆设、对联等，即可看出这个人物正是全书的灵魂人物。他如孟夫子（孟弗之）一般，是一个忧国忧民的智者和仁者形象。他智慧、宽仁、严谨、正派，对人对己强调尽伦尽职；有时候甚至像一个先知，博古通今、学贯中西，总是能预见到事物的走向。孟樾的人格精神和思想意识，属于士大夫加英美自由主义精英的合成。他对萧子蔚说“我是学问与事功并重”，明确表示了对担任学校管理层领导的追求。但是，他毕竟经过欧风美雨的自由主义人格的熏染，以及“五四”新文化运动的塑造，便呈现出这几种资源合一的主体气质和性格。

思想是开启一个人心灵的钥匙，它使我们看到人物性格的内在面貌。在《野葫芦引》中，思想表现是小说的一个非常重要的方面。这是由知识分子这个群体的属性决定的，尤其是人文知识分子群体，是靠思想过活的。孟弗之在小说中的思想表现，便是他的言论和选择。这个人物既是历史中某个人物或某几个人物集

---

① 宗璞：《东藏记》，人民文学出版社 2005 年，第 86 页。

中的真实摹写，也是作者寄寓的理想化书写。其他人物，则都各具性情，甚至颇多缺点和嗜好。宗璞拥有着得天独厚的优越条件，来描写这些她所熟悉和亲切的人物。对一般读者来说，这些人物本是高深神秘、不可臆测的。经由宗璞近乎实录的人物造像，人们了解并读懂了那个时代知识分子的日常与心灵。

小说借嵋的一双眼睛，回忆追索从 1937 年到 1949 年的历史。这段历史既有大时代的背景轮廓，即抗日战争及解放战争时期，更有其还原价值和意义的，在于三代知识分子的道路和命运，以及以知识分子为中心的各色人等的心理现实与图景；还在于作者文化学、哲学、伦理学意义上的历史反思与考量。作者在这几个主要人物身上寄托了自己的主题：孟樾的“天地境界”；玮玮抗击日寇，为国捐躯，可谓“忠”；嵋在亲情和与爱情之间（因要照顾有肺炎的父亲，放弃了出国与无因团聚）选择了亲情，成全了“孝”；吕清非宁死不事日寇，谓之“节”；严亮祖“中国人不打中国人”是谓“义”。整部小说贯注了作者本人的思想规范、伦理道德。这些主题往往成为塑造人物的主旨，影响了人物的命运。

通过宗璞近乎纪实的按图索骥的写作方式，以及百科全书式巨细靡遗的描绘，读者大可从中一窥知识分子与时代的关系，以及他们在险恶政治环境中的生存与奋斗。作者有时用知识分子各自的政治意识来描画这些人物形象，更多时候则是将他们还原为各自生存状态中的凡人。小说中人物有着对于时代义务、社会责任的自觉与利己主义、个人本位主义的冲突或对照，在这个总体的时空世界里，每个人物又有着自己的个性世界，而这些叙写内容正是长篇“四记”带给读者的有关知识分子的经验领域。

鸦片战争以来，中国一再被列强打败，辛亥革命推翻了帝制，中国的现代化进程取得了一定的发展，但是，中国社会积贫积弱、落后愚昧的现状并没有得到根本改变。第一次世界大战爆发，令世界看到资本主义的危机，而俄国十月革命却取得成功。“五四运动”以后，马克思主义和各种社会主义思潮开始在中国广泛传播。马克思列宁主义契合了中国知识分子建立现代民主富强国家的想象，十月革命的行动方案和暴力革命的战略策略，激发了一批中国知识分子对于暴力革命的信仰。关于中国富强、民主、现代化道路的思考和辩论，一直是思想界、知识界的中心主题。这个时代背景正是人物展开行为的环境。

小说中，孟樾与萧澂、庄卣辰、李涟、钱明经、白礼文等都关系颇为融洽，与萧澂、庄卣辰则在政治观点、态度上十分接近。孟樾与萧澂关于时事有过多次深入交谈：

> “我也这样觉得。国共合作共御民族之敌是我们唯一的出路。”萧澂睁大黑白分明的眼睛，“我认为你看了会大为高兴。你这个 Sincere Leftist。”
>
> 弗之一笑：“正因为我 sincere，我是比较客观的。现政府如同家庭之长子，负担着实际责任，考虑问题要全面，且有多方掣肘。在我们这多年积贫积弱的情况下，制定决策是不容易的。共产党如同家庭之幼子，包袱少，常常是目光敏锐的。他们应该这样做。”“这也是事实，大学中人，看来没有主张议和的。”萧澂说。[①]

这一段写于两个职务相当的学校名流，即将受邀去参加庐山会谈之前。这个庐山会谈，正是真实历史中的庐山会谈。这段对话，符合人物在当时的历史情境下的认识程度。孟弗之把“国”

① 宗璞：《南渡记》,《宗璞文集》(第三卷)，华艺出版社 1996 年，第 47 页。

比作“家”，把“政党”比作“兄弟”，这一思维惯性的沿用，昭示出这个新旧结合的知识分子的儒生底色。这时候的孟、萧二人，认为自己是站在知识分子的超然立场，拥有着独立品格，不党不私，代表着正义与良知；在自己的专业领域，则相信知识的中立、客观，认为只有知识可以改变中国的落后面貌。

孟弗之在与政府有隶属关系的大学里担任着重要职务，他并不能真如江昉那样，成为一个名副其实的“左派”。关于“左”还是“右”，还有一次明确的谈话。还是与萧澂：

> 子蔚站住了，踌躇道：“关于你有一种说法。说你和那边有联系，至少是思想左倾吧。这些议论你早知道了。还有亲属问题，说是老太爷已往那边去了。真是无稽之谈！株连攀附是中国人的老习惯了，我们不必计较。”弗之笑道：“我的思想则在著作中，光天化日之下。说左倾也未尝不可。无论左右，我是以国家民族为重的。我希望国家独立富强，社会平等合理。社会主义若能做到，有何不可。只怕我们还少有这方面的专家。当然，学校是传授知识发扬学术的地方，我从无意在学校搞政治。学校应包容各种主义，又独立于主义之外，这是我们多年来共同的看法。”[①]

在二十世纪三四十年代，一个中国知识分子，尤其像孟樾这个阶层的，关心政治是应有之义。知识者与政治的关系，表现在文学中，政治并非仅仅外在于文学，它不是外部对于文学的强加，而是渗透在从作者、叙述者到人物的整个过程。而对这些知识精

---

① 宗璞：《东藏记》，人民文学出版社 2005 年，第 238 页。

英来说，“政治中立”和“知识神圣”是两块基石。这一段对话，即可看出“五四”精神已成为这一代知识分子的思想底色和精神徽记[①]。一方面，他们忧国忧民，站在国家大局立场，有着不偏倚某一党派的中立态度。另一方面，中国知识分子经世致用的现实态度与传统，又使他们总倾向于在各种主义及意识形态中，选择有助于解决当下社会和国家所面临问题的工具理性。“五四”以来对西方资产阶级“个人”意识的鼓吹，就是为了以“自由意志”打破封建宗法制度的思想桎梏，在理论上重新确立建构现代民族国家的前提和基础。

在《东藏记》中，由于孟弗之左倾的政治态度，上峰不同意他继续担任主任之职：

> 秦校长道：“各方面的事很复杂，你那篇讲宋朝冗员的文章，重庆那边注意了。有个要员说孟弗之越来越左倾了，这是抨击国民政府。”弗之道：“谈不上，谈不上——我认为研究历史一方面要弄清历史真相，另一方面也要以史为鉴。免蹈覆辙，这不是好事吗？最近我又写了关于掠取花石纲和卖官的文章，还是要发表的。”“道理很明显，但是有时简单的事也会变得复杂。”巽衡顿了一顿，又关心地说：“还有人说你鼓励学生去延安，以后可能会招来麻烦。”弗之只微笑道：“我也鼓励人留下来，只要抗日就好。老实说延安那边的人也对我不满，说我右倾。”两人相视默然。[②]

① 许纪霖：《安身立命：大时代中的知识人》，上海人民出版社2019年，第296页。

② 宗璞：《东藏记》，人民文学出版社2005年，第186页。

这一段对话，再一次重申了孟弗之的政治态度与立场。左倾的政治态度，甚至影响到他的仕途。可见，在专制的环境下，一个知识分子要坚持独立人格、自由思想，是多么艰难。他们没有自由表达的空间。孟也仅仅是发表了几篇研究宋史的文章，在毕业生的告别动员会上说了诸如“读书也是救国，不想读书，去延安抗日救亡也很重要”这样一番话。在道义上人们都已看清国民党当局的腐败，启蒙与救亡的矛盾不仅在孟弗之一代知识分子身上体现，在青年学子们身上，这一矛盾依然在延续。如火如荼的学潮运动，令这些大学老师们同情，但作为学校管理者，又不希望学生过于参与政治活动，妨碍了专业学习。孟弗之左倾的政治态度，使他说出鼓励学生去延安进行抗日救亡的话，但他也承认，读书也是救国。那时的知识分子大抵是矛盾的，只能力求周全。

除了“左”还是“右”的政治态度，孟弗之对人对己都强调要“尽伦尽职”：“任何时候，我们要做的，最主要的就是尽伦尽职。尽伦就是作为国家民族的一分子所应该做到的；尽职就是你的职业要求你做到的。”后来又发现仅有尽伦尽职是不够的，要将眼光穿透当下的时局，投向更远处：“我们进行这场保卫国家民族的战争，不仅要消灭反人类的法西斯，也要将‘人’还原为人。”[①] 抗战后的事实证明，将人还原为人，在中国将是一个长久的命题。

校长亲嘱弗之带修身课，而学生思想太激进，都反对国民党，国民党又想将这课上成三民主义的思想课，来统一学生的思想。弗之因别的老师不愿带而接下，事后也因修身课被学生误解他压制思想自由。可见，那时要做一个正直的又“政治正确”的知识分子几乎是不可能的，孟弗之的处境似乎时时皆在左右为难。作

① 宗璞：《西征记》，人民文学出版社 2009 年，第 305 页。

为学校的管理者之一，孟弗之深知人才难得。他爱才，不怀成见地帮助提拔人才，包括白礼文、尤甲仁等。在代管学校期间，既放走过共产党学生，也保护过国民党的人，有着一颗仁爱温厚的心。为了保护李涟，被国民党伤兵打伤胳膊，引发伤寒。小说中的孟弗之，正如孟夫子一般，是一个标准的君子。

被捕又放回的弗之的心理活动，历来被研究者关注。这一大段内心活动的描写，带领我们深入到这个人物的灵魂深处。

> 这一晚弗之想了很多，他被带走时，心里是一片空白。当时各种思想很活跃，骂政府的也很多，他是再温和不过了，怎么会摊上了被捕？……他努力调整呼吸，想无论如何要应付这局面，不能晕倒。
>
> 当时真不知道自己身在何处，简直像一场梦，没想到这么快就能回来，时间虽不长，可足够长记不忘。若只是对他一个人，还简单些，不过既然有这样的行动，以后很难说。学界安危实堪忧虑，因为他教修身课，有些学生认为他帮助政府压制思想自由，因为他以史借鉴，当局又认为他帮助另一方面，要想独立地走自己的路，是多么艰难。他觉得自己好像走在独木桥上，下临波涛，水深难测。他头晕，伸手去拉了一下碧初。“无使蛟龙得”，他想起这诗句，深深叹息。碧初轻轻拍拍他，柔声道：“睡吧，睡吧。”“只要自己问心无愧，哪管得了许多。”弗之这样一想，渐渐迷糊睡去。[1]

---

① 宗璞：《东藏记》，人民文学出版社 2005 年，第 282 页。

这些还原式描写，真实得令人赞叹。想来对作者来说，这段记忆也是刻骨铭心的。在修辞上，作者是照实写来，弗之的恐惧不安、胡思乱想，都很逼真，表现出高超的白描手法的魅力。一句“无使蛟龙得”，终将解释这个人物的一生。这便是他与江昉的根本区别，命运的走向因此变得可测了。“无使蛟龙得”，令人联想到宗璞偏爱的一句诗：我们摘得平安的花朵。宗璞在《试论曼斯斐尔德的小说艺术》一文中，开篇就引用了这首诗。而曼斯菲尔德的墓碑上，正刻着莎士比亚《亨利第四》中的这句诗：我们摘得平安的花朵。①

与之联系的是，冯友兰亲历过被捕事件。这在他的《三松堂自序》中也有记载。② 1934 年，冯友兰访问苏联之后，对苏联赞赏有加。之后就突然被关进保定公安局，几天以后才得以释放。可以说，这一事件对冯友兰此后政治、哲学的立场是一个分水岭。他开始认同辩证唯物主义，著名的“正反合说”即是之后的哲学观点。多年后撰写《自序》的冯友兰坦承：“我在这个时候，好像走到一个十字路口。我可以乘此机会与南京政府决裂，大闹一场，加入共产党领导的革命队伍的行列。或者是继续我过去的那个样子，更加谨小慎微，以避免特务的注意。……我如果走前一条路是会得到全社会的支援，可以大干一番。可是我没有那样的勇气，还是走了后一条路。‘冯先生变了’，但是没有变过来。”③

小说中的孟弗之也变了，但是也没有大变。经历了被捕等一系列遭遇之后，孟弗之等重新认识到“自由”的重要性，英美自

---

① 见宗璞：《试论曼斯斐尔德的小说艺术》，载《宗璞文集》（第四卷），华艺出版社 1996 年，第 251 页。

② 冯友兰：《三松堂自序》，江苏文艺出版社 2011 年，第 88—90 页。

③ 冯友兰：《三松堂自序》，江苏文艺出版社 2011 年，第 91 页。

由主义的思想挣脱了民族解放式启蒙，他们再次发现了人的自由的根本性问题。在《北归记》中，面对学生越来越风起云涌的革命运动，孟弗之又一次表现出了矛盾心理。从《东藏记》鼓励学生去延安抗日救亡，到《北归记》反对不让不参加学潮的学生吃饭，孟弗之终于承认“历史一时是看不明白的”。这时的孟弗之，仿佛已不是《东藏记》中那个左倾分子了。在纪念严亮祖的研讨会上，他表达了强烈的反内战观点，对儒家文化也给予了肯定，认为儒家学说本来就是随着时代而发展的，那些不适应时代关系的部分去掉就可以了。

正如很多知识分子面对革命的复杂态度和情感，时左时右的暧昧其实也正体现出人们的矛盾。革命的魅力在于：“革命的那种暴风式的行动方式放大了力量感、信仰、激情、爱情、友情和命运感，使人卷入一种改变世界和创造历史的直接感受”。“凡俗的生命突然被赋予了超凡入圣的神圣感，短暂的个体生命被瞬间提升到一个具有永续感的历史脉络之中。”“在情感上，我同情革命，因为追求理想不是错误；但在理性上，我谨慎地看待革命，因为革命不可能实现理想，反而会破坏正常生活所需要的秩序、规则和价值观。”[①]赵汀阳的观点，代表了一部分学人对革命的辨析和认识。事实上，小说中的孟弗之就意识到这个问题，他说，共产党的理想色彩比国民党强烈，这从学生运动就可以看出来。孟弗之所谓的“理想色彩”，也即赵汀阳所说的，革命能带给凡俗的生命以超凡入圣的神圣感。当内战爆发时，孟弗之一班明仑大学的知识分子，无不是反战的。但他们的观点和抗议，正如书生难以左右时政大局，革命的魅力正在到达自己的巅峰时刻，区区几

① ［法］德布雷，赵汀阳：《两面之词：关于革命问题的通信》，张万申译，中信出版社 2014 年，第 4—6 页。

个书生改变不了什么。孟弗之敏锐地意识到，共产党有自己的执政愿望，而国民党也有三民主义要坚持，斗争不可避免。被历史潮流裹挟的人，处于具体历史情境中，是没有能使人冷静的时空距离来审视自己的。鲁迅后期坚决地支持无产阶级革命，与胡适恰成两种近代中国的思想路数。一个可谓是闪电，一个像阳光[①]，鲁迅像闪电，从黑暗内部刺穿黑暗，让黑暗现出原形；而胡适则像阳光，在黑暗的外面将黑暗照亮。这两种知识分子都凸显其在历史中的珍贵价值。民主与革命，激进还是渐进，暴力还是改良……这些摆在二十世纪知识人面前的难题，曾困扰并决定了多少人的一生。宗璞在小说中表现的就是这种知识分子的困扰，以及他们在历史洪流中的选择与奋斗。

冯友兰在《三松堂自序》中也仍然在思考这个问题。他以中国与印度的近代道路相比较，中国走的是武装革命的路，印度走的是和平过渡的路。分析得出，好像是和平过渡的路，付出的代价要小，也就更合算。但在后文，他又举了一例，说当时来中国访问的印度代表团有一位哲学教授，在中国住了一段时间后，他发现印度没有中国这样朝气蓬勃、奋发有力的精神，认为印度缺少的就是一场革命。[②]

时至今日，试图客观、理性地看待二十世纪的革命，正是《野葫芦引》的内在题旨之一。事实上，这个问题至今也并没有被探讨清楚，也仍然是思想界的一个持久论题。宗璞在小说中完整还原了两代知识分子面对革命时的态度与立场，为我们提供了丰富的历史细节和真实的历史情境，这既是父亲冯友兰关于历史、

① “闪电”“阳光”说来源于邵建著《20 世纪的两个知识分子——胡适与鲁迅》封面，光明日报出版社 2008 年。

② 参见冯友兰：《三松堂自序》，江苏文艺出版社 2011 年，第 130—131 页。

社会的思考对宗璞的影响，也是她本人在复原历史情境时为读者纵深揭橥的深刻思想。

《北归记》接近尾声时，叙述者让孟弗之亲上讲台讲了乌台诗案。结合小说内外来看，这个细节都似乎在辩解什么。联系冯友兰后来招致的一些批评，这个细节实际上表达了知识分子对极权的控诉。

> 大才如苏轼，也不得不这样说，而且是这样想的，这是最最让人痛心的。千百年来，皇帝掌握亿万人的命运。国家兴亡全凭一个人的喜怒。一个人的神经能担负起整个国家的重任吗？神经压断了倒无妨，那是个人的事，整个国家的大船就会驶歪沉没。[①]

1959年，冯友兰在六十四岁时写了《四十年的回顾》一书，对自己早期学术生涯进行了自我否定式的检讨，以及另一些关涉“文革”的公案，是近年来冯友兰招致批评的原因。结合这些文本外的事件，我们才能真正理解何以作者要在这里写这一情节。

截至《北归记》，孟弗之没有随秦校长去往台湾，这个大关节的选择，意味着早年的亲左思想没有变。作为一名自由主义知识分子，他相信偌大的北平，一定有容下一张书桌的地方。正是这一坚定的信念，使他能在剧变的时代风云中泰然处之。

关于孟弗之的真实“心曲”，在《南渡记》第一章末尾插入的《野葫芦的心》中有集中倾诉。这篇文字其实就是这个人物的题旨。文章以孟的口吻讲述了一个野葫芦的故事，又似乎在揭示整部小说的要义。虽然是孟弗之向睡着了的孩子们说的，但读者都

---

① 宗璞:《北归记》，人民文学出版社2019年，第269页。

会接过这个诉说，认为是在向我们——读者诉说。

> 许多事情让人糊涂，但祖国这至高无上的词，是明白贴在人心上的。很难形容它究竟包含什么。它不是政府，不是制度，那都是可以更换的。它包括亲人、故乡，包括你们所依恋的方壶，我倾注了半生心血的学校，包括民族拼搏繁衍的历史，美丽丰饶的土地，古老辉煌的文化和沸腾着的现在。[①]

这一段文字，历来被研究者引用，是整部小说爱国情怀的集中体现。接着又有一段，倾诉从祖国到个人——自己：

> 我其实是个懦弱的人，从不敢任性，总希望自己有益于家国、社会，有益于他人，虽然我不一定能做到。我永远不能洒脱。所以十分钦佩那坚贞执著的秉性，如那些野葫芦。

最终指回题旨——野葫芦。

那么"野葫芦"到底喻指了什么？刘心武在《野葫芦的梦》中说："葫芦在野，本非中心人物，又怎能要求它们过高？葫芦其实常与糊涂通解，从野处望中心，'许多事让人糊涂'（难得糊涂！），但在维护一种自源头而来的文化这样的关键问题、大是大非上，野葫芦又的确是极坚韧坚贞坚强坚毅的。"野葫芦象征着那些不在权力中心的知识分子，他们宁愿在边缘生机勃勃地守护着自己的文化价值。这就是孟樾的心曲，也是整部小说知识分子主

① 宗璞：《南渡记》，《宗璞文集》（第三卷），华艺出版社 1996 年，第 39 页。

题的题旨。当然，孟弗之也表达过，“我的抱负是学问与事功并进”。这就是困扰着绝大部分知识分子的两难选择了，简言之，就是入世与出世的矛盾，千百年来的一个恒久难题。

这些知识分子在大体一致的人格方面，基本上以孟樾为中心，左边站着激进的江昉，右边是沦陷的凌京尧。

孟弗之与江昉的一段对话更加耐人寻味。一个是被认为的“左倾”，实际上的立场应是正统之中的开明派，尽管正直的人都知道那个“正统”已经非常腐朽。另一个是真正的左派。他们分属两个阵营，按理持不同政见的知识分子之间会彼此水火不容。我们从鲁迅与他的论敌之间的文章即可看出火药味的浓烈程度。但在孟弗之与江昉之间，不但完全没有辩论起来，最后在精神境界上居然同一了。小说中两人都抨击了国民党当局政治的腐败堕落。

> 江昉突然转身道：“听说延安那边政治清明，军队里官兵平等，他们是有理想的。”弗之道：“整个历史像是快到头了，需要新的制度，——不过那边也有很大问题，就是不尊重知识，那会是很大祸害。”江昉不以为然，说：“知识固然重要，但对我们来说，和人民大众站在一起最重要。”
>
> ……
>
> 江昉拿下烟斗：“我看你关于宋朝冗员的文章口气太温和，根本原因在于长期的封建制度，你刚才也说我们的制度走到头了，怎么不写进去？”弗之苦笑道：“已经受到盯梢了。你知道我这个人素来是不尖锐的，可是总遇到这样那样的麻烦。进步的人说我落后，保守的人

说我激进，好像前后都有人挡着。”江昉磕磕烟斗，说：“我只有来自一方面的批评，自由多了。我要做到想说什么就说什么，这叫不自由毋宁死啊！”说着哈哈大笑，抬头看见墙上挂着那幅弗之写的邵康节的诗，不觉道：“这意境很好，可是这样的乱世谁做得到？”

弗之沉思道：“若能在心里保存一点自蘸清溪绿的境界，就不容易了。”江昉说：“想法会影响行动，要是真做起来，岂不是自私自利？”弗之微笑道：“我想你也盼着有一天能够得到纯粹的清静，好遨游九歌仙境之中。”江昉磕磕烟斗，说：“你看透我了。”①

这一场对话，描画出两个持不同政见知识分子的风采。既是主义的不同，也是性格的不同。于是一场文明的、和平的交锋，到此为止了。江昉说出了“自私自利”的话，弗之却将锋矛转向了写邵雍的诗，用知识分子都向往的理学大师的境界化解了江昉的锋芒。在内心深处，不论是真左派江昉，还是开明派孟樾，作为中国知识分子，那个洁身自好、逍遥诗酒的隐逸理想，是他们恒久的精神乌托邦。

而对凌京尧这个站在孟弗之右边的人物，宗璞显然是倾注了同情。在孟弗之随明仑大学南渡之前，也极力规劝他离开北平随大学南下。凌京尧回去与妻子商量的结果是大吵一架，宣告南下计划彻底失败。京尧之事敌，绝非情愿。他在妻子的舅公缪东惠的引诱、拉扯之下，被动地当了汉奸。然而，他的结局却是最凄惨的。正如他对自己的概括：怯懦、颓唐、贪图安逸，这些性格上的弱点把他推向了深渊。还有一个可从文化上来解释的原因，

---

① 宗璞：《东藏记》，人民文学出版社 2005 年，第 209 页。

这大概也是作者之所以倾注同情的原因。许纪霖深入剖析了周作人之事敌，与中国传统文化中的“生”“乐”“和”有着关系，正是这种文化上的选择，使周氏兄弟的命运截然分界。

所谓“生”，中国文化向来重生：“孔子早已指明：身体发肤受之父母，不能随便毁伤，更不用说去死了。庄子貌似无情，实则最为恋生，他任何现实的功利都超越得了，唯独在‘生’这个最功利的东西前则不能免俗。”所谓“乐”：“李泽厚认为中国文化是‘乐感文化’，它的境界是审美的境界。而在充满乐感的中国文化中，一方面对世界的秩序和自身的命运从来没有彻底的理性怀疑，总是习惯于接受现实、顺从天命，士大夫们也以乐天知命作为自身的一大使命。另一方面，除了墨家有着‘摩顶放踵’的宗教精神之外，其余诸学都缺乏那种高扬意志的勇往直前的殉道气概，孔子讲究‘有道则见，无道则隐’的屈伸之道，庄子更是视出世为一劳永逸的求乐良途。这就使得中国士大夫往往耐不住绝望的抗争和韧性的求索。一旦入世受挫，每每退而苦中求乐。”所谓“和”：“中国文化的最高理想境界是‘天人合一’，这使中国文化成为一种和谐的文化……正因为中国民族文化是自我调节型的，它总是能通过矛盾的弱化而不是矛盾的强化来维持存在，实现发展。”[①]

这个阐释可谓切中肯綮。用以上的“生”“乐”“和”来解释凌京尧的沦落，也是成立的。凌京尧是益仁大学的法国文学教授，最早的话剧运动参加者。父亲在晚清末年做过尚书。从这个身份，即可看出中国传统文化对他的影响正在许纪霖所论范围内。凌京尧是戏迷，哪怕是为日本人搭台唱戏，他也能“觉得就要进入仙

① 许纪霖：《安身立命：大时代中的知识人》，上海人民出版社 2019 年，第 116—120 页。

境”。说明“乐”和“和”的文化底色在他这里，甚至消弭了民族大义上的大是大非的界线；在日本人的监牢里，凌京尧已经挺过了几道酷刑，包括各种残忍的毒打，但当日本人放出专撕人肉的、眼睛血红的狼狗时，凌京尧投降了，用法文说出了“投降”二字。这些细节都增加了这个人物命运的可悲可悯。他之所以在最后一道酷刑前投降，其实还是知识分子的身份和文化意识在起作用：他不能接受自己被一群狗撕碎。那个可怖、没有尊严的死法，他无法正视。当然，这仍然是“重生”的表现；从监牢出来后“接受现实、顺从天命”，靠吸鸦片麻痹自戕。究其根柢，还是“一旦受挫，每每退而苦中求乐”的乐感文化在作祟。除此之外，导致凌京尧沦落变节的最直接的现实原因，甚至也与周作人有着相似之处。凌夫人的舅公缪东惠是北平市副市长，很早就变节投敌。在这层关系下，凌京尧被妻子、舅公拉扯着变成了汉奸。正如周作人的夫人本为日本人，周作人之事敌不可能与她无涉。总而言之，凌京尧当然不是无辜的，但他的沦落悲剧有一定偶然性，也就是说，如果日本人没有入侵，不是那么凶残，凌京尧会平安度过一生，仍然是一个高级专家、优秀学者，生活中也是一个儒雅、谦和的君子。因为他头脑中没有事关民族大义的大是大非的观念，却又有着传统的“生”“乐”“和”的文化人格，便招致了灭顶之灾。女儿雪妍与他脱离关系、离家出走，他战后被判处汉奸罪，最后死于监外的医院。临死向孟弗之忏悔，挣扎着说出爱国的话。

《野葫芦引》中一些知识分子形象是围绕着孟樾而设置的。钱明经的浮浪衬托出孟樾的端方；与李涟、萧澂相比，孟樾是“左倾”的；在更加激进的江昉那里，孟樾又代表学校的官方正统立场。《北归记》里出现了社会学家刘仰泽，是继江昉之后新的政治激进派。他在屠刀前下跪，是孟弗之被抓的衬写与情节循环；白礼文浇漓无行却一再受到孟樾的提携赏识，写出了孟樾的爱才与宽厚。跟庄卣辰、李涟等在1949年的“走”对比，孟樾是“留”的一方。这大关节的选择最后昭示出他的爱国情怀。

热奈特在他的《叙事话语　新叙事话语》一书中谈论《追忆似水年华》：“普鲁斯特对发散性和部分自我否定的人物形象的描绘，被经常称赞为逼真地呈现人类自身的不一致性和矛盾性。”[①]这段话说明，人物形象应该是多维的，不能简化为单维的、单一的功能，应该有自我否定性。孟弗之的圣化，使他看起来不如钱明经、白礼文等更像小说人物。钱、白等人物，都有着显著的个人性格特征。钱明经精明轻浮，白礼文则浇漓无行。但有缺点的人，几乎能立刻让读者认同他的真实性，一个古怪的人则常常是有趣的。如狄更斯笔下的人物，几乎都是性格怪僻偏执的人物。当然，历来有疵点的人显得更有个性更好写，好人难写也是千古难题。连《白痴》中的梅什金伯爵也向来被认为不如他的邪恶的对手刻画得好。

例如对钱明经的形象描绘，因作者完全没有了塑造孟弗之的偶像形象的负担，反而使这个人物活了起来。从“四记”中钱明经的形象来看，尽管作者对这个人物使用了微讽的修辞策略，将他的不忠出轨、与女土司的婚外情，都颇费了些笔墨予以描写，但不难看出作者对这个人物在情感上的亲近。事实上，小说中的钱明经也正是与孟家来往最密切的人物之一。作为明仑大学文学院的教授，钱明经的才华与学识是有目共睹的。生活中的他，精明、识时务，爱交朋友，乐于助人，保持了知识分子的正义感。尽管在私生活方面有失风流不检点，对此作者也是毫不留情地予

① ［法］热拉尔·热奈特：《叙事话语　新叙事话语》，王文融译，中国社会科学出版社1990年，第182页。

以了臧否。

截至《北归记》为止，以孟弗之为中心的一代知识分子的形象完整地呈现了。因大部分时候记史实录的写法，致使虚构成分少；缺点也因太重“史”录，形象缺乏集中性、人造性以及戏剧性。作为《野葫芦引》“四记”的小说人物，传奇曲折、跌宕起伏之类的美学风格不是它的要旨，但读者却因此收获了当代知识分子文化史的深刻内涵。一个总的内涵，正是二十世纪知识精英的漂泊感：“摆在大多数人面前的问题都是类似的，去还是留。虽然已经回到故土，却好像还是没有归宿，仍有一种漂泊的感觉。”[①]“四记”通过对孟弗之为主的知识分子们的道路与命运的叙写，完整描绘出二十世纪知识精英们在大历史中的心灵长卷。

在阿甘本关于当代的论述中，认为当代人应该与自己的时代保持距离，与此同时，又能援引过去[②]：“同时代人不仅仅是指那些感知当下黑暗、领会那注定无法抵达之光的人，同时也是划分和植入时间、有能力改变时间并把它与其他时间联系起来的人。他能够以出乎意料的方式阅读历史，并且根据某种必要性来引证它，这种必要性无论如何都不是来自他的意志，而是来自他不得不做出回应的某种紧迫性”。[③]这段话，可以用来解释何以宗璞会有如此强烈的创作愿望，在如此艰难的情况下，也仍要完成此著。她正是这样一个既与时代保持距离，又能充分援引过去的当代人。她的写作是她怀着责任的紧迫性，以作品抵达历史深处回应当下的明证。

① 宗璞：《北归记》，人民文学出版社 2019 年，第 273 页。

② 参见汪民安：《什么是当代》，新星出版社 2014 年，第 118 页。

③ ［意］吉奥乔·阿甘本：《何谓同时代人》，载《裸体》，黄晓武译，北京大学出版社 2017 年，第 35 页。汪民安译为“当代人”，黄晓武译为“同时代人”，其实指相同。

第二节　卫葑的谱系

“四记”中一边是孟弗之等“五四代”[1]知识分子的种种思考与选择，一边是革命阵营中的卫葑（后“五四”一代），同样经历了不断改造自我、适应革命的种种困顿。如果说，孟弗之等大学知识分子一生穷索的仍然是一种书斋里的自由主义想象，那么，卫葑却是一个行动者，他的意义正在于此。他揭示出后“五四”一代知识分子与历史的复杂关系，以及知识分子是如何在矛盾中改造的。

在读者的期待和想象里，卫葑本就应该在小说的人物序列里占有重要位置。老一代革命者代表是吕清非，年青一代的革命者代表就是卫葑了。作者与这类革命者毕竟是有些隔膜的，她的生活世界与这类形象所活动的空间是两个场域。小说中卫葑的主要活动区域仍在校园，校园既是作者所了解这类形象的主要地点，也是卫葑曾经受到革命洗礼和锻炼的地方。但卫葑在校园里开展革命活动的笔墨并不多见，即使在《东藏记》里，组织派他回到明仑大学，叙述者的笔墨仍在他与雪妍的家庭生活和学校工作上集中。宗璞有“校园作家”之称，她所能了解到的革命者形象，大约就是校园里的青年学生。因此，卫葑的革命者形象似乎就有些恍惚。卫葑与雪妍、玹子的婚恋，续写了革命与恋爱的主题。卫葑的形象以及他的婚恋情节，透露出时代的、历史的、文学的多方面信息和意蕴。

宗璞对卫葑形象的处理，体现了她的历史意识、道德意识和

---

① 参照许纪霖的分代。见许纪霖:《中国知识分子十论》，复旦大学出版社 2003 年，第 82 页。

审美意识的交错。卫葑仍有自己的独特之处。这个人物是作者在近半个世纪之后回看历史的收获。放在二十世纪五十年代（作者五十年代就曾要写作这一部长篇），卫葑不可能是现在的形象。这个形象是作家在经历了五十年代至新时期以来的种种意识形态变革，在回望、反思和想象中重构的“新人”。

自“五四”文学始，塑造“新人”就是新文学的目标和方向。卫葑的“新”，体现在文学史中青年知识分子革命者序列中，添加了一个矛盾却一定程度上保留了自我的形象。除了对时代、社会和革命的思考，卫葑的矛盾还主要表现在婚恋选择上。卫葑一而再选择小资产阶级女性作为婚恋对象，意味着宗璞以二十世纪八十年代的思想资源重写了这类人物。卫葑的婚恋结果开始了历史的反复，仿佛转了一个圈，又回到了从前。

这个人物序列，从高觉慧喜欢侍女鸣凤，李杰倾心毛姑等底层或无产阶级女性，到卫葑翻转回来仍钟情与他同属小资产阶级的女性，还一而再地，从雪妍到玹子，保持自己在爱情婚恋选择上的个人意志。而这个意志似乎是一种情感本能，并没有受到革命者身份和革命事业的绝对控制。当然，这也是作者的安排与选择的结果。挣扎与斗争是难免的，符合当时的历史实际。这在小说中有非常唯美的描写。当卫葑看雪妍的日记，并在内心与之对话时，卫葑坦白了自己曾经的犹豫和痛苦。现当代文学史上相同的人物类型，都曾有过类似的灵魂挣扎。好像革命事业与爱情要么是二选一，要么应该选择一位无产阶级革命伴侣。前者比如韦护，后者比如林道静。但是卫葑既没有为了革命事业放弃爱情，更没有选择一位革命伴侣，比如何曼。反而一而再地与小资产阶级女子婚恋。作者这样解释他的动机和性格：他爱他所不信的，信他所不爱的。这注定是一个悲剧。在《南渡记》中卫葑与雪妍的婚礼上，作者插入了这两句话："卫葑后来总带了一种温柔痛惜的心情回想这婚礼，觉得它像自己的一生一样不伦不类。"[①] 卫葑几乎否定掉了自己的一生，这是一个多么沉痛的总结。

而这个形象的处理方式，无疑是宗璞在历尽半个世纪的时代沧桑，对社会政治、历史人生深刻思索的结果。卫葑在"油墨味"的何曼和"薰香味"的玹子之间，做出了与江玫相反的选择。就像宗璞在《〈红豆〉忆谈》中写到的："四十、五十年代能做出抉择的，到六十年代、七十年代未必再有这力量了。"[②] 到了八十年代，卫葑的选择是"要为自己对生活的爱留一个地盘"[③]。这个结果也折射出一代知识分子对自己走过的路的重新认识。小说若写于二十世纪五十年代，必定受到时代氛围、文化政治的决定性影响。《红豆》就是卫葑结局相反的前传。卫葑的选择会是一个男版的江玫的选择，或许不如林道静般斩钉截铁，但一定会成为为了革命事业，舍弃小布尔乔亚式爱情的革命男主人公。现在，卫葑仍然是矛盾的、复杂的，也许还有一点痛苦，但读者却觉得这个人物更真实可信了。一个知识分子革命者不必要在恋爱的选择中，采取摒弃真实自我的态度，更不必非要勉强自己同侍女或者纺织女工结婚。这是半个世纪之后，作者与读者达成的共识。那么，这个共识，放在二十世纪四十年代，还原到当时的情境中去，是不是不可能且不合理呢？

应该说，由蒋光慈开创的这个革命与恋爱的主题，在大革命前后是有着时代情境的合理性的。蒋光慈本人在普罗大众中的号

---

① 宗璞：《南渡记》，《宗璞文集》（第三卷），华艺出版社 1996 年，第 27 页。

② 宗璞：《〈红豆〉忆谈》，载《宗璞文集》（第四卷），华艺出版社 1996 年，第 307 页。

③ 宗璞：《北归记》，人民文学出版社 2019 年，第 29 页。

召力，加上革命与恋爱的结合，又颇合一般革命青年的口味。很快，这种写作模式在左翼文坛中蔓延开来。这种写法经《地泉》《咆哮了的土地》等的传播，已成为某种有关革命的标志性记忆与潮流。即使到了五十年代末，这个主题在书写革命题材时，仍然惯性地徘徊在一些小说家的叙事中，如《红豆》《青春之歌》等，成为现当代文学史中的一个独特现象。我们可以在好些作家作品里看到这一主题的直接的或变异的表现。

这个主题在一个更大的框架里，仍然是小资产阶级知识分子与革命的矛盾。更早可以追溯到“五四”文学。爱情婚姻曾是“五四”时最流行的题材，鲁迅的《伤逝》、郁达夫的《沉沦》、庐隐的《海滨故人》等等，既开拓了题材，又积累了一定的文学表现手段和经验。大革命后，一方面是革命更加激剧的现实，另一方面是革命者仍然面临的个人与革命的矛盾。作家把握现实的角度与视点，往往离不开个人经历与所擅长的文学经验。于是，“五四”时期爱情婚姻题材积累的表现技巧等成为有效遗产继承下来。

比如丁玲的《韦护》，就是典型的“革命与恋爱”的作品。丁玲将这一矛盾结构运用得何其真实动人。若非完全没有作者本人的生活、情感经历，至少作为这个革命恋爱事件的见证人，这个小说是做不到如此真实动人的。丁玲高度还原了当时青年知识分子革命者，既想保留知识分子的生活常态，包括选择一个可人的恋爱对象，又不得不面对严酷的革命斗争所可能带来的各种后果；还有作为一个革命者对革命事业的忠诚和责任心，也在时刻咬噬、拷问着这个因恋爱可能会变得软弱与游移的形象。

正如当年的瞿秋白对自我的认识：“我二十一二岁，正当所谓人生观形成的时期，理智方面是从托尔斯泰式的无政府主义很快就转到了马克思主义。人生观或是主义，这是一种思想方法——所谓思路；既然走上了这条思路，却不是轻易就能改换的。而马克思主义是什么？是无产阶级的宇宙观和人生观。这同我潜伏的绅士意识中国式的士大夫意识，以及后来变出来的小资产阶级或者市侩式的意识，完全处于敌对的地位；没落的中国绅士阶级意识之中有些这样的成分：例如假惺惺的仁慈礼让，避免斗争……以至寄生虫式的隐士思想。完全破产的绅士往往变成城市的波希美亚——高等游民，颓废的，脆弱的，浪漫的，甚至狂妄的人物，说得实在些，是废物。”[①] 从瞿秋白的这一段话，就可感受到后“五四”时代知识分子参加革命时，自身背负的身份“原罪”感。瞿秋白十分尖锐地指出了当时革命者认识中的“没落的中国绅士阶级意识”中的“缺陷”，包括假惺惺的仁慈礼让、避免斗争、隐士思想等。正如时至今日，今人已意识到“五四”时“打倒孔家店”的偏激。仁慈礼让，也许并不全都是假惺惺；以六十年代的畸形斗争为例，避免斗争也许会减少社会付出的代价；至于隐士思想，基本属于个人文化兴趣方面的嗜好，并不是关乎社会正义的刚性原则。当然，不可否认，两千年君权专制之下的儒家宗法社会对人格的塑造，确乎存在瞿秋白所诘责的这些缺陷的真正涵义，即鲁迅所指出的“吃人的礼教”、麻木、瞒和骗等问题。但鲁迅所指出的这些问题，更多意义上是指向国民性的，并不直接对应于瞿秋白所谓革命所必需的条件或成为革命的理由。至于把“完全破产的绅士”变成“城市的波希美亚”式人物，最后直接认为他们是“废物”，则这个表述本身就是波希美亚式的，毋宁说瞿秋白用诗性的语言对自己进行了自怨自艾式的自怜，干脆地承认

① 瞿秋白：《脆弱的二元人物》，载《多余的话》，江西教育出版社 2009 年，第 10 页。

了自己正是“脆弱的二元人物”——在马克思主义革命斗士与旧绅士、小资产阶级、隐士乃至高等游民之间游离的二元人物。

王汎森从历史学的角度，爬梳了近代知识分子自我形象的转变：俄国大革命之后，新文化运动之时，人们向往的已不是“四民皆士”，而是“四民皆工”。[①] 李大钊在俄国大革命成功的消息传来后，在《新青年》的五卷五号上发表了《庶民的胜利》（1918年11月5日），说：“今后的世界会变成劳工的世界”[②]；北大校长蔡元培发表了《劳工神圣》：“不管他用的是体力、是脑力，都是劳工。……我们都是劳工”[③]；顾颉刚在王国维自沉之后，发表了一篇纪念王国维的文章，却颇多责备。他说学术研究工作应该要像“作工”一样，“我们应当造成一种风气，把学者脱离士大夫阶级而归工人阶级”。他拿王国维做反面教材批评说，王国维少年时期在日本已经剪了发，到了民国成立后反而留起辫子来，最后还殉清，“这就是他不肯自居于民众，故意立异，装腔作势，以鸣其高，以维持其士大夫阶级的尊严的确据。这种思想是我们绝对不能表同情的”。[④] 在这样的空气中，施存统这个大胆写出《非孝》的文章的敏感青年，又一次敏感于劳工的时兴，他烦恼地慨叹着：“我很惭愧，我现在还不是一个工人。”[⑤]

由“四民皆士”到“四民皆工”，前后不过短短几十年而已。

---

① 王汎森：《近代知识分子自我形象的转变》，载《20世纪中国知识分子史论》，许纪霖编，新星出版社2005年，第115页。

② 李大钊：《庶民的胜利》，载《李大钊选集》，人民出版社1978年，第11页。

③ 蔡元培：《劳工神圣》，载《蔡元培全集》（第三卷），中国蔡元培研究会编，浙江教育出版社1997年，第464页。

④ 顾颉刚：《悼王静安先生》，载《王观堂先生全集》（册16），文华出版公司1968年，第7134—7135页。

⑤ 施存统：《复轶千》，《民国日报·觉悟副刊》1920年4月16日。施存统后来陆续写过《只要我是一个工人》（《民国日报·觉悟副刊》1924年12月7日）等文章。

翻开当时的各种报刊，都不难看到类似“我很惭愧，我现在还不是一个工人”或“只要我是一个工人”之类的话。[①]

正是这种“我很惭愧，我现在还不是一个工人”的身份自卑，或身份原罪感，以及上文中瞿秋白对自己这一类知识分子革命者身份的诘责，形成了知识青年革命者在婚恋等选择上出现矛盾与挣扎的思想背景。

1957 年的《红豆》使宗璞一鸣惊人，也使她受到批判。在晚年的总结性写作中，这一主题仍以变形的面目出现。卫葑就是江玫，又一次面临着革命与恋爱的选择。只不过这一次，卫葑选择了忠于自己的灵魂和情感。挣扎是不可避免的，仍然是现实处境的制约和写照。一方面为了选择更好的救国救民道路走向革命，这是现实的规定性，在当时的历史条件下，像卫葑这样的优秀青年知识分子，大都会走上革命的道路，这是普遍事实；另一方面，他们却又割不断与旧历史的脐带，在私人的领域要保留过去的生活方式。所以，这个形象有历史的典型性，也有文学史的互文性。他透露出那个时代先进的知识分子为历史所付出的代价，他们被历史所塑造和改变，是社会历史和时代政治的综合产物。

如在小说中，卫葑与雪妍的恋爱也有着思想与情感的矛盾，理智与情感分占两边。“我曾希望我的妻也是同志，但那是理智上的。我有不少出色的女同志，却从没有想到要把命运和哪一位联系在一起。而你，我的雪雪，我怎样挣扎，也跳不出你的爱之网罗。你我恰好是彼此的那一半，在生活中却要分割开来，不通音信。”[②]这个现代文学史以来就有的挣扎与矛盾，此时已经弱化得几乎不存在了。仅仅几天不通电话，卫葑就受不了爱情的煎熬，

---

① 王汎森：《近代知识分子自我形象的转变》，载《20 世纪中国知识分子史论》，许纪霖编，新星出版社 2005 年，第 117 页。

② 宗璞：《南渡记》，《宗璞文集》（第三卷），华艺出版社 1996 年，第 118 页。

向雪妍求婚，最终情感占了上风。这便是时代语境的结果了。当然，上级对他与上层家庭联姻有利革命事业的指示，也使他下定了最后的决心。在《咆哮了的土地》中，爱憎分明的阶级立场已经可以斩断世俗伦常的亲情和友情。这部创作于1930年前后的小说中，李杰烧了地主老爹的房子。之后越来越激烈的革命将在“党性”与“人性”之间竖立起一块不相兼容的界碑。

如果说，此时的卫葑在革命阵营里浸淫考验得还不够深入，只不过是一个组织并参加过几次学生运动的革命新人，那么当他向玹子求婚的时候，他已经是一个资深革命者了：

> 卫葑于一九三七年七月逃出北平，先在河北一带游击队做点文书一类的事，入秋后和一批抗日学生一起到延安。大家满怀爱国热情和革命抱负，觉得延安的天格外蓝，延河的水格外清，走在街上穿着一色灰布制服的人都很亲。……又过了些时，组织上找他谈话，确定他任抗大文化教员。负责谈话的人叮嘱：“你不只教文化，也要向工农兵学习。”当然了，卫葑十分同意。
>
> 一位上海来的丁老师说：“吃什么我倒不在乎，只是一律要向工农兵学习，大会小会检查思想，有点受不了。我来这里是要贡献自己的知识，不想这里最不尊重知识。”
>
> ……
>
> 台长对他（卫葑）颇存戒心。背地里说，汉奸的女婿怎能留在如此重要的机构。[①]

---

① 宗璞：《东藏记》，人民文学出版社2005年，第125—134页。

在延安接受了党的革命洗礼，经受过铁与血的淬炼，也经历了革命战友李宇明的死（死于整风运动）。到这个时候，在这个人物身上仍然无法去除“小资产阶级”浪漫情调，以及他罗曼蒂克的气质和行为。他在革命烽火中仍与过去无法割舍的情感，在革命与爱情的矛盾与主题中，再度扭结绞和，形成一段历史之中人物的真实照相。

卫葑向玹子求婚时说：“我永远不能把全身心交给一位同志。……因为你代表着一种生活，一种充满人情的生活。”[①] 说这句话时，卫葑是肯定的。这意味着他对玹子的选择是理性的，是经过深思熟虑的。选择一种人一起生活，也即选择一种生活方式，也就是说，卫葑不愿为了革命而放弃自己曾经的生活方式。

当然，卫葑仍然是那个革命阵营中的卫葑。恋爱的选择，并不会影响他的革命道路。卫葑对严颖书说：“我们都有一个理想，有的完整，有的不完整。总希望世间能有公平，现成的公平是没有的，只能自己去创造了。”正是在卫葑的鼓励与动员下，严颖书也走上了革命的道路。

> 在后来的各种会上，有人为卫葑做了总结，他信他所不爱的，而爱他所不信的。并谆谆教导，既然做不到信自己所爱的，就要努力去爱自己所信的。这就是改造主观世界。这是一条漫长的路，也许终生无法走完。[②]

这的确是一条漫长的路。江玫、林回翠、梅理庵、苏倩、慕容乐珺等等，这些人物都在以后的人生中不断改造思想，他们是

---

① 宗璞：《北归记》，人民文学出版社 2019 年，第 29 页。

② 宗璞：《西征记》，人民文学出版社 2009 年，第 295 页。

卫葑的接续者。直到八十年代，个人的爱情不再与集体、与革命信念成为矛盾，作家们的思维也终于不再受这个矛盾结构所左右，革命与恋爱的主题才算终结。

从卫葑的形象，可以看出宗璞的历史意识与道德意识，经过二十世纪五十至七十年代一元论的思想改造，经过新时期的思想解放运动，终于又回到了关于自由、爱与美以及人道主义的轨道。卫葑的革命与恋爱的主题，既是《红豆》的续写与重写，也为现当代文学史中青年知识分子革命者形象，添加了一个归来的“新人”。这个“新人”，从韦护、李杰、林道静、江玫们那里一路走来，在革命与恋爱的矛盾中，最终成全了自己的爱情伦理。

第三节　知识女性的道德守望

正如冯至先生所言，宗璞笔下的女性和孩子，都写得“性格多样，生动自然”[①]。即使不是作者着力塑造的女性，相比较男性而言，也都显得更有生气、更有个性。多年创作童话的宗璞，写起孩子们，自然更是“本行本色”了。本节主要以宗璞小说中的知识女性为考察对象，探讨二十世纪知识女性在爱情与生活中的抉择，以及她们在取舍之中所坚持和守望的道德意识。宗璞笔下的女性，具有着知识女性典型的性格特征：外表文弱而内心坚强，情感细腻而又高度理性，独立自尊，能背负起人生的种种打击；拥有高雅的格调与品味，能执着追求事业、实现人生价值，也能安然于家庭中相夫教子。她们令读者感到作者对人性完善提升的

① 冯至：《〈南渡记〉读后》，载《宗璞文学创作评论集》，人民文学出版社编，人民文学出版社 2003 年，第 157 页。

美好想象，对自由、人道社会的向往和追求。

时隔近三十年之后，《野葫芦引》中的女主人公嵋，正如《红豆》中的江玫，又一次站到了十字路口："嵋觉得自己正站在一个十字路口，一方面是无因在召唤她，一方面是她实在舍不得爹爹和这个家，也不愿错过新时代的变化。"[①] 从江玫到嵋，是真实时间流逝的三十年（1957—1985），从嵋到江玫，是叙述时间回溯的三十年，历史仿佛又回到了起点。旧家淑女嵋或江玫们，仍然站在爱情的十字路口艰难地选择。

三十年之后，宗璞对这个爱情故事进行了重写。嵋仍然没有选择无因，如同江玫斩断了与齐虹的情丝。没有选择的原因，不再是代表革命、人民的"我"与资产阶级少爷齐虹的阶级矛盾、道路矛盾，而是要成全一个旧家淑女内心深处的孝道，以及向往新中国的理想主义。

《北归记》中，嵋为了父亲的肺炎，一再拖延与无因的团聚，直至最后放弃了出国。早在《南渡记》中，叙述者就暗示了嵋和无因爱情的无果。嵋丢掉了无因赠送的萤火虫手镯，这个细节预示着两人最终离散的结局。当嵋在亲情与爱情之间必须做出选择的时候，她选择了亲情。很难想象，一个正值青春期爱情中的女孩，会做出这个痛苦的选择，与爱人天各一方了断情缘。她不必非如此不可，父亲还有小娃照料，肺炎也不是绝症。使她留下来的是"不忍"，情感上不能忍心抛下老父；理性上中国人的人伦亲情所重视的"孝"字，比爱情重得多。还有一种"爱"，是叙述者寄寓在这个人物身上的，那就是爱祖国。这成为一种隐在的思想背景，她不能去国离乡，离开自己的祖国。这些综合的原因，使嵋选择了与亲情和祖国在一起。

---

① 宗璞：《北归记》，人民文学出版社 2019 年，第 201 页。

从而与雪妍形成比照，形成善与善的冲突（潜在的）。雪妍纯情浪漫，一心扑向爱情的怀抱，并没有可指摘的。但雪妍与父亲断绝关系，是在奔向卫葑之时，不排除是为了与卫葑的进步相匹配。凌京尧不得已成了汉奸，父亲总归是父亲，父亲是爱她的。雪妍如此柔弱，却经受着人间最残酷的人性考验。她辜负了亲伦，早夭是一种平衡，也是一种解脱。叙述者不愿这个她钟爱的人物，永远生活在背弃亲伦的道德缺陷中。通过这两个人物对待爱情的态度，这种隐在的善与善的冲突，实际上是两种价值观的冲突凸显出来。在叙述者这里，嵋代表着压倒性的伦理价值观。

傅斯年曾经对胡适说过："我们的思想新，信仰新，我们在思想方面完全是西洋化了；但在安身立命之处，我们仍旧是传统的中国人。"胡适认为"此论甚中肯"。如果说傅斯年此论主要针对男性知识精英而言，那么，其实对小说中的知识女性来说，这段话也是成立的。

早年曾在北平女师大当体育老师的新知识女性唐筼，在成为陈寅恪先生的妻子以后，就在家相夫教子，成为一个传统的贤妻良母。"陈美延（陈寅恪之女）记得，1947 年 4 月 27 日，清华 36 周年校庆，也是抗战后返回清华园的第一个校庆，清华进步女生以妇女如何为社会贡献力量，采访一些师母。唐筼实话实说：'妇女为家庭做出贡献也很重要……'立刻被伶牙俐齿的采访女生当场批驳。可是唐筼女士并不为之所动，这位大家闺秀的人生展示了新潮流下旧价值并非全无意义。"[①] 其实当时像唐筼这样的知识女性选择在家相夫教子的，并不在少数。这个问题放在今天，也许都不成其为问题。但在"五四"之后的中国，似乎新女性必定

① 唐小兵：《动荡时代的书香门第》，载《书架上的近代中国：一个人的阅读史》，东方出版社 2020 年，第 180 页。

不能如此秉承传统，必须与传统坚决地决裂，才能证明女性的独立价值。

宗璞的母亲，冯友兰的夫人任载坤，毕业于当时女子教育最高学府北京女子师范大学。终其一生，亦是一位传统意义上的女性。宗璞对这一类女性给予了很高评价。《野葫芦引》“四记”中，叙述了几位这样的师母、太太，作为传统“女主内”型的形象，最典型的如碧初，贤惠、识大体，国难当头之际，贡献自己柔韧的力量，维持家庭的存续。在《西征记》中，宗璞借玮玮的日记表达了这样的意思：“中国妇女虽然在封建压迫下，却具有真正的伟大。她们貌似柔弱，却极有韧性，这也是水的特点……”①从《野葫芦引》看来，宗璞对女性坚守传统道德中正面、积极的方面是充分肯定的。

如果说，嵋或江玫带有作者自我投射的色彩，作者会不自觉地对这些人物形象进行道德完美的修饰，那么凌雪妍同样作为旧家淑女，则就显得更像小说人物了。凌雪妍是益仁大学法义教授凌京尧的爱女，出身书香门第的大家闺秀，也是叙述者偏爱的人物。雪妍和卫葑的爱情，在《南渡记》中是一个重头戏。叙述者花了大量笔墨，铺垫细描了两人爱情的发生和发展，以及中间的曲折和矛盾。但雪妍的结局却是青春夭亡，地点在落盐坡（落雪坡）。这个地名与雪妍的名字相互影射，在他们安家落盐坡时命运就已被安排了。

雪妍温柔聪慧、纯情善良。作者是这样描写她的：“我在看一本英文小说，《小妇人》。我喜欢那三姑娘，娴静的，充满爱心的佩司。”②人物喜欢什么人，寓意着她就是那种人。事实上，雪妍

---

① 宗璞：《西征记》，人民文学出版社 2009 年，第 46 页。

② 宗璞：《南渡记》，《宗璞文集》（第三卷），华艺出版社 1996 年，第 99 页。

确实被塑造成佩司一样的充满爱心的人。叙述者在这里提到雪妍喜欢佩司，也便有深意存焉。佩司最终坦然面对死亡，与雪妍滑落落盐坡何其相似。“四女占蜡”一节，亦是雪妍的那支白蜡最先被吹灭，都暗示着她的早夭。

雪妍与父亲断绝关系，便在伦理上失了“孝”一节。对严格秉持传统伦理道德观的作者而言，这个结局是一种隐晦的惩罚。作者不欲这个她喜爱的人物背着不孝的名义活在世上，因此安排了她的早逝。另一层更深的寓意是，雪妍是旧历史的象征，也是旧时代旧秩序的遗产。她象征着旧时代里最精致也最脆弱的价值理想。她的高贵与吕香阁的低贱相对，高贵者的生命力远不如低贱者顽强。一白一黑的对峙，也以白的早夭告终。

为了加剧雪妍的悲剧性，临死前，尚被姚秋尔谣言中伤：“雪妍从刻薄巷出来，绕进蹉跎巷，又气又伤心，脑子里像是塞满了杂草，又涨又痛。这些人太卑鄙了，居然把李宇明说成轻薄子弟，好像和她有什么私情似的。看来学识丰富的人不一定心地高贵。人还是太笨，竟没有一条法律能有效地惩治造谣诽谤者，一任谣言的毒汁伤害别人。”[①] 这一段描写，自然也是春秋笔法了，倾注了作者本人对喜欢谣言中伤他人的不忿与怒气。

雪妍和卫葑的婚姻在外人看来是不相配的。世间就是这样矛盾，旧的偏要与新的扭结，新的也割舍不下旧的纽带。卫葑对他的女战友何曼，始终没有爱情的情感。而对雪妍，以及玹子，却有着天然的亲近。雪妍为了早日为卫家诞下子嗣，只好中断自己的教学，而后者正是证明一个知识女性的社会价值的事业。她做这一切都是自然的，旧家淑女的伦理观在雪妍身上，从来没有得

---

① 宗璞:《东藏记》，人民文学出版社 2005 年，第 269 页。

到破坏，除了父亲堕落为汉奸，不得已断绝父女关系这一节，于旧道德看来有不孝之嫌。雪妍的身上凝聚着旧道德关于女性的完美要求：贞静、贤淑、行已有耻，不道恶语、不厌于人，是旧时代精美文化的化身。作者借李宇明的注视赞美雪妍："眼前的雪妍显出女子的真正德性：似乎软弱，却有承受力。……这才是女子，这才是人类美好的那一半。"[1]

整个《野葫芦引》是一部矛盾之书。新的旧的厮杀不舍，割不断联系。按照作者的伦理观，雪妍断绝与父亲的亲伦关系，离家出走，便是不孝，甚至不论是因为父亲堕落成汉奸。尽管文本中并无一字关乎对雪妍这一行为的评价。

"她不是凌京尧的女儿，她是卫葑的妻子。那就意味着对农村粗糙的生活有一种强烈的同情。"当她在心里对自己的这一新身份一再认同时，也是对旧我的切割。任何切割都不会是轻而易举的，可以说，时代给了这朵旧家花朵太过沉重的担负。作者对雪妍结局的设计，隐晦地体现出她所遵循的儒家文化的伦理观。雪妍必不能善终。

无论是嵋还是雪妍，她们身上的道德背负都过于沉重了。于是，作者又设计了一个完全的新女性——玹子。"玹子是益仁大学外文系学生，暑假后二年级，她是那种一眼看去就是美人的人，眉目极端正，皮肤极白细，到哪儿都引人注意。"[2]作者要写一个与雪妍平行相对的另类人物，玹子便成为了全书中最真实、迷人的女性形象。玹子一上来就是有缺点的，有着大家小姐的高傲、任性；国难日还要去六国饭店跳舞；对峨去劳军至于中暑嗤之以鼻……比之孟嵋、雪妍的道德完美，玹子的缺点倒显得更真实可

---

① 宗璞：《南渡记》，《宗璞文集》（第三卷），华艺出版社 1996 年，第 272 页。

② 宗璞：《南渡记》，《宗璞文集》（第三卷），华艺出版社 1996 年，第 25 页。

信。孟嵋、雪妍的形象，仿佛是比照着理想描画出来的人物，避过了任何的人性或行为上的瑕疵。而玹子恰恰由于作者的设计，不用背负沉重的道德寓指，反而体现出人物具有的更高的审美价值。“一个成功和真实可信的人物既是个别的，又是具有类型特点的，甚至是典型的。”[①] 玹子正是这样一个形象。

“四记”中的人物形象，实际上都受到了作者本人的道德价值观的统筹，是作者思想规范的体现。玹子的爱情归宿，就体现出叙述者最终的价值观。另一些在爱情中的人物，如峨、殷大士、赵莲秀等等，也无不如此。玹子一开始和美国外交官保罗相恋，由于吕香阁的蓄意破坏，两人分手。其实，分手也是因为两人之间存在着文化差异，更深层的微妙的道德观的不同，也会在爱情冷却后成为显在的矛盾。

“有时他们在一起很快乐，彼此看着对方是个玻璃人儿。有时又很不了解。一次，保罗说他的两个朋友喜欢在街头看漂亮女孩子，并且打赌以五分钟内见到或见不到论输赢，保罗觉得很有趣，玹子觉得太无聊。”这是民族文化心理的不同，也是性别不同所产生的隔阂。对中国人来说，在自己爱的女人面前轻浮不是稳重君子所为；中国女性也没有西方女性的开放和洒脱，所以玹子会觉得保罗的行为无聊。

“保罗听懂了，一方面同情他们居然也受这些小虫骚扰，一方面怀疑有人带了虱子来，散会后，命人把那间客厅彻底清扫，使得玹子很反感，说你们美国人就不生虱子！保罗一摊手，说在战壕里是另一回事，不过这里不是战壕。玹子使气道：‘这也是战争

---

① ［美］利昂·塞米利安：《现代小说美学》，宋协立译，陕西人民出版社 1987 年，第 143 页。

使然啊，你就不懂。'"[1]缠绕在他们之间的矛盾，除了文化差异、道德观的不同，另一个时时隐在的矛盾，正是各自所属的民族国家的身份。近代以来，西方既是中国思想启蒙的资源，是师法的对象，却也是帝国主义对中国实施侵略的地缘象征。当玹子与保罗分手后，连她的房东都对她友好起来，认为之前是外国人拐带了玹子，玹子本是好人。二十世纪四十年代初，中国人，尤其普通大众对外国人是非常不了解的。中国人自鸦片战争之后的百年里，受尽了西方列强的欺侮，之后又是东洋日寇的侵略。在云南边陲，人们对外国人的莫名敌意或者隔阂，就是可理解的了。不仅是房东，玹子的表哥颖书，也对玹子和外国人来往、谈恋爱，表现出很生气的样子。连钱明经这样的高级知识分子，也对此颇不以为然。房东、颖书、钱明经等的态度，这些背景性的衬托细节，都暗示着两人爱情的艰难。

玹子深知吕香阁不是好人，但她却有口难言。不但香阁是外祖父家的亲戚，中国人的宗族观念、玹子的教养，令她不会在外人面前讲香阁的不是。更何况玹子高傲公主的性格，她更不能也不屑在保罗面前提到吕香阁。保罗则本着美国人的观念，认为底层人奋斗拼搏赚钱，哪怕手段有些出离，也是值得尊敬和同情的。他不避讳吕香阁的拉拢亲近，当然最终他也并没有为吕香阁所俘获。

玹子与保罗两人显在的道德观的不同，潜在的文化、宗教、伦理价值观上的差异，会导致无穷的烦恼和矛盾。所以，当保罗求婚时，玹子去向父母征求意见。"澹台勉有一个论点，不同文化背景的人结合，必须有一个前提：一方无条件崇拜另一方，玳拉对庄卣辰便是如此。玹子自问，她还到不了那样的地步，所以一

---

① 宗璞：《东藏记》，人民文学出版社 2005 年，第 258 页。

直没有回答。”等她准备要答应的时候，吕香阁插了进来。之后玹子与保罗的争执多了起来，争执的最后往往上升到各自的国家，其实根子在玹子对保罗与香阁的暧昧的不满。当她最后一次看到保罗与香阁亲密地凑在一起，就彻底地与保罗分手了。分手是痛苦的，但玹子并没有像一个真正的新女性那样去追问保罗，到底爱不爱她。她甚至对保罗的解释不置一词，这时的玹子，依然体现出中国女性自尊自爱的传统性格。

玹子最后与卫葑走到一起，是小说情节设置上传奇的一笔。对于整体上不怎么经营情节、故事的《野葫芦引》来说，玹子与卫葑的爱情是浪漫的、传奇的、戏剧性的。细品之下，仍然会发现这个最终的爱情结局，还是由作者某种道德观主导之下的结果。

这个铺垫的线索是这样的：玹子少女时代，屋子里摆满了做各国装扮的洋娃娃玩偶；卫葑的婚礼上，玹子临时顶替做了伴娘；玹子和保罗护送卫葑离开北平；雪妍滑落落盐坡之后，阿难是个没妈的孩子了，既是亲戚的情分又自小喜欢孩子的玹子，自觉地担负起照料的责任；卫葑也在何曼与玹子之间，差不多就是两条道路、两种生活方式之间挣扎。阿难太小，卫葑需要为孩子找一个妈妈。但到底选谁，历史又在重演。当年，在革命伴侣与雪妍之间，卫葑选择了雪妍。现在，卫葑已经经历了革命的最初洗礼，也经历了李宇明的死，他仍然选择了跟雪妍一样出身的玹子。这是他在情感上的自然选择，理性也阻挡不了。他一直犹豫，还有一个原因在于，他觉得玹子应该找到更好的人。

从玹子方来论，她看起来是一个娇小姐，高傲任性，贪玩会享受。“七七事变”当天，玹子只想着去六国饭店的舞会，对峨因劳军腹泻生病，认为太不值得。到后来的一系列转变，如毕业到云南地方政府当翻译，为抗日做贡献；对云南大商人朱延清的求爱断然拒绝；对阿难的细心照料，发现真娃娃远比洋娃娃玩偶可爱；开始与进步青年接触，阅读进步书刊。玹子的转变，可以归结为现实教育了她。在或将亡国的历史关口，每一个中国人都迸发出爱国热情。玮玮的殉国更应该是对姐姐有影响的了。但玹子的转变铺垫得还是不够十分充分。情节太碎，描写不集中，叙事线索拖得太长，淹没了叙事节奏，导致了玹子的爱情也便像是“偶然”事故，而非情节必然。从《南渡记》开篇便开始伏线，最终到《北归记》，玹莳恋才修成正果。

但玹莳恋的情节，还是体现出决定性的时刻、命运的陡转等小说行动的小高峰。之前叙述者看似漫无目的地铺设的偶然性细节，最终导出这样一个意料之外却又意料之中的结果。这一浪漫的爱情书写，仍不失为叙述者的技巧加分处。玹子在大关节上又一次表现出旧家淑女的道德的美好。她的家庭教养、孟家的影响，都意味着玹子与一般所谓的“名媛”的区别。尽管她也曾对自我的定位有过惶惑，“她觉得自己不是读书人，也不是做官人，不是古怪人，也不是平常人，她是个外人”[①]。

正是不愿意再做一个“外人”，玹子勇敢地投入到代表着时代主流的卫莳的怀抱。这是一个旧时代知识女性确认自我的另一种方式，这一方式，甚至可能是那个时代的主流方式。玹子的父亲，看到玹子在读进步书籍的转变，说玹子是“喜读书不求甚解”；却在卫莳求婚时，当即同意了这门亲事，给出了一个父亲的祝福。这是一代开明绅士的写照。尽管他们夫妇深深担忧着卫莳与政治纠缠得太紧，绛初甚至问玹子：“你怎么能搞政治？”却最终因为爱女儿，便无条件地爱女儿的一切，说出：“我们来抚养（阿难），

① 宗璞：《北归记》，人民文学出版社 2019 年，第 15 页。

你去革命吧。”[1]澹台勉夫妇对待玹子婚姻的态度，写得非常美好，把这一对开明的父母刻画得仿佛可见天下父母心。尤其是绛初去送女儿追随女婿一节，一个中国传统中的慈母形象跃然纸上，令人动容。围绕玹子的形象，是作者善写亲情、爱情领域的又一个卓越表现。

玹子爱情的翻转，令读者体会到阅读的惊喜。只不过这惊喜来得迟了一些。玹葑之恋，之所以令读者感动，觉得格外美好，因为它是中国传统文化的魅力体现。中国人都懂得这种情感的诗意与珍贵，亲上做亲，知根知底。宗族之间互帮互助，团结拉扯，血浓于水，世代绵延。当然，在这个似乎带有伦理道德的义务之前，是玹子要真属意卫葑，才符合人物的性格。这也便是叙述者的神来之笔。玹子对卫葑的爱情，都是发生在内心最深处、最潜意识里的，甚至玹子自己也没有意识到，她早已爱上了卫葑。这种心灵相通、心有灵犀的感觉，便是爱情了。爱情生发的各种样式里，电光石火般瞬间明了的爱情，是最浪漫深刻的。玹葑恋自然而然、水到渠成，便是意料之外的意料之中了。说到底，中国是一个“宗族社会”，卫葑能被澹台家接受，这也便是原因之一。这也是玹子在确认自己与卫葑的恋爱关系之后，拒绝了保罗的再次求婚的原因。这段姻缘因为附着的传统文化的色彩，而别具魅力与深意。

最令读者见识命运叵测的一面是峨这个形象。她是嵋的亲姐姐，却性格古怪、疏离，从小怀疑自己不是父母亲生的孩子；在初恋受挫之后，一变成为专心事业的女强人。一个人远离父母家人，躲在云南的大山中研究植物。小说中只要叙述到峨，必定会出现耶稣受难像。峨单恋萧子蔚，告白不成，正在情伤不知所以

---

① 宗璞:《北归记》，人民文学出版社 2019 年，第 35 页。

之时，恰遇仉心雷求婚。她昏蒙绝望之际，答应了仉心雷。却不料二人在山路上，被兵车所挤，仉心雷为保护她而落下山崖。峨践行对仉心雷的婚约，登报表明未婚妻身份，从此潜心植物研究。而这个植物研究的学术道路，正是萧子蔚给她指出的。

这个人物尽管不符合一般淑女的形象，她的意义却在于：她有一个温暖的家，有一群爱她、包容她的家人。任何时候，家都是她坚强的后盾。《北归记》中，当碧初弥留之际，峨深知母亲最放心不下的是她的婚事，她与吴家毂紧急订婚。碧初看到峨拍来的电报，欣慰地合上了双眼。

总之，"四记"中的女性形象折射出作者本人关于女性的人生想象，即对传统女性道德中正面、积极面的肯定与揄扬。

在这些女性中，吕香阁是一个被彻底臧否的人物。这个作者并不感冒的人物，却引起了评论的兴趣，也为作者招致了诸如"贵士贱商"的批评。叙述者在小说中对吕香阁的否定是非常直露的。香阁第一次出场，是从碧初的眼光看去。碧初在《野葫芦引》的女性中，是一个贤明温婉的完美形象。她对吕香阁却有这样的感觉："碧初每次见她，都觉得她又长大了，更惹眼了；每次都更感到她伶俐有余浑厚不足，却不知为什么。"一上来就是被嫌弃的眼光和语调，透露出作者有意要将人物写成反面的意图。紧接着又有跟嵋的练功描写，对香阁的否定更加直白了。"这笑容好像有两层，上面一层是经常的讨好的赔笑，下面却露出从未见过的一种凶狠，几乎是残忍，一种想撕碎一切的残忍。"[①]

这些描写一反宗璞写人写事的含蓄，连汉奸缪东惠也并没有这表面的"恶"。不动声色、温厚含蓄的叙述者不见了。连凌京尧的事敌都写得让人同情，吕香阁的小奸小恶却不容原谅？吕香阁

① 宗璞：《南渡记》，《宗璞文集》（第三卷），华艺出版社 1996 年，第 36 页。

越到后来，简直就是玩弄感情的坏女人代表，最后嫁给丑陋无比的土司。作者绝不会让她跟保罗修成正果，甚至跟严亮祖都不行，可见作者对她的彻底否定。

但如果结合当时的历史情境来分析，吕香阁这一类人，确实堪称最可恶的人了。吕的表现从头至尾都是令人不齿的。抗战时期，一部分人大发国难财，倒卖所谓的一黑一白，黑的是鸦片，白的是大米。吕香阁正是这一类人。“若说唯利是图，吕香阁可以算得上一个。她除了开咖啡馆，还利用各种关系，帮助转卖滇缅路上走私来的物品，那在人们眼中已经是很自然的事了。也曾几次帮着转手鸦片烟，但她遮蔽得很巧妙。”[①] 吕香阁大大地讽刺了知识分子的“义利之辨”，打击了他们“临财不苟得”“君子固穷”的价值观。

在那个知识分子严格审视自己人格道德的时代，义利之辨不但是判断一个人是君子还是小人的标准，甚至是好人还是坏人的标准。联系到孟家，以及整个民族一片饥贫交迫的情境，吕香阁这一类人便显出了十足的自私和卑劣。《野葫芦引》的叙事经过时间的过滤，况兼追忆的思维方式，将当时的时代气息其实是弱化了的。如果我们打开二十世纪四十年代的文学作品，便会发现，当时的小说中随处充斥的穷、饿到了何等可怕的地步。

郭沫若在《月光下》《地下的笑声》、巴金在《寒夜》、靳以在《生存》、王西彦在《假希腊人》里所描写的穷、饿场景，要惨烈得多。战争和大后方的腐败，将知识分子的生活洗劫一空。《东藏记》中也写到孟家住在猪圈上面，碧初要当卖首饰，一家人才能生活下去，包括校长夫人在内的教授夫人们做点心贴补家用。在这种情形下，吕香阁的所作所为，可想而知是多么可憎了。

---

① 宗璞：《东藏记》，人民文学出版社 2005 年，第 258 页。

吕香阁后来发展到破坏玹子与保罗的爱情，就变得十足地恶了。这个人物从头到尾人格卑下，成为彻底的反面人物，但这个过程却令人“不信”，毋宁说是作者对这个人物“性本恶”观念的直接投射。究其根底，还是跟作者的道德主题有关，即吕香阁是一个在国难期大发国难财，完全罔顾个人私德的无良之人。而这与作者本人的道德观构成严重冲突，与整个叙事对知识分子美德的褒扬构成对比。

另一个导致出现如此修辞效果的原因，要推论到作者写作的时代语境。吕香阁是九十年代市场经济原始积累阶段粗鄙、野蛮的象征，这个阶段唯利是图的现实和冷酷大大颠覆了传统道德。吕香阁工于心计，利用一切可以利用的手段，一开始为了改变寄人篱下的处境，以谈恋爱的名义搭上黄瑞学习日文，甚至为日本人做事也无所谓；利用凌雪妍离开北平，又跟着王一离开王村去闯荡；中间还做过商人的外室，到昆明后利用吕家的亲戚关系到严亮祖家借钱开了咖啡厅等等。作者所叙一十人等所信仰的理想主义、崇高道德，在吕香阁所代表的市侩势力面前，受到了严重的挑战。这在《南渡记》中“四女占蜡”一节中即已预言，吕香阁认领的黑色蜡烛是最后一个被吹灭的，可见她的生命力的顽强。与之相比，雪妍青春早夭；峨过着与世隔绝的清苦生活；玹子扑向了完全未知的新领域；嵋也因要成全“孝”而舍弃了与无因的爱情。吕香阁却凭着她的无道德无信仰，获得了她想要的生活。吕香阁衬托出理想主义的陨落以及作者于传统道德的悲悼。

这也是另一种作者对自己这个群体边缘身份的体认。理想主义被功利主义取代，旧道德已成一阕挽歌。

第三章　宗璞创作的美学精神

宗璞的创作，不论是前期、中期的《红豆》《三生石》等，还是后期的《野葫芦引》“四记”，都有一种突出的美学精神，甚至是只属于宗璞的美学精神，可以概括为：抱诚守真，雅正之声。这一美学精神贯穿了宗璞的写作史，亦得到了学术界的高度认可。从宗璞的创作年表来看，不论在哪个年代，宗璞的创作总是把个人同国家、民族的命运紧密地联系在一起。宗璞的真诚，也令她甫一出场就带有独特而鲜明的知识分子意识。宗璞也一直是一个自传色彩较浓的作家。她笔下的人物形象与写作主题，亦令人联想到作家本人在各个历史阶段的经历与体悟；更有一批所谓“内观”[①]式写法的作品，比如《我是谁》《蜗居》《泥沼中的头颅》等，借鉴西方现代派的表现手法，一时开风气之先，寄寓了作家的反思理念。本章分别从抱诚守真的创作态度与写作意识，以及

① 宗璞将文学手法分为“外观手法”和“内观手法”，她在接受施叔青的访谈时说：“我的作品可分为两大类，一类是根据生活反映现实的写实主义手法，我称为‘外观手法’。也就是现在说的再现。《红豆》《弦上的梦》《三生石》等属于外观手法。另一类‘内观手法’，就是透过现实的外壳去写本质。虽然荒诞不经，却求神似。相当于现在说的表现。”见施叔青：《又古典又现代——与大陆女作家宗璞对话》，载《宗璞文集》（第四卷），华艺出版社 1996 年，第 462—463 页。

雅正之声所涵盖的文学风格入手，系统阐述宗璞作品所体现出的美学精神。

第一节　抱诚守真

宗璞将“诚”与“雅”奉为自己的创作原则。她曾说：“诚是真诚，没有真性情，写不出好文章。诚需要勇气、见地，要有人格力量驾驭生活的诸多条件。”[①] 何西来认为，“诚”是一个伦理的概念，儒者就有着“诚心、正意、修身、齐家、治国平天下”的理念，也就是将“诚”当作一种人格教育与人格修养之核心来对待[②]。可见，宗璞所认为的“诚”，主要是指一种道德勇气上的“真诚”，一种有担当的人格力量。何西来则把“诚”引申到儒家的君子人格、伦理规范。

所谓“抱诚守真”，先从“诚”字解。“诚”，信也，实在。衍义指“真心”。引申词如：诚恳、诚挚。“真”，是真实（跟“假、伪”相对），引申真心诚意。还指本性、本原，如返璞归真。综合起来，抱诚守真，是指诚挚诚恳、返璞归真的创作态度和写作意识，同时这种态度和意识正是基于实在的道德勇气，是“修辞立其诚”的诚心、正意。而这一先在的创作态度、写作意识，构成了宗璞的创作个性。

论宗璞的创作风格，无法回避形成这种风格的人格。人格是文化影响的结果。就像坎托所说的那样：“每一个人都置身于一定的文化系统中，都是‘文化化’的人，隶属于一定的‘文明单位’

① 宗璞：《小说和我》，载《宗璞文集》（第四卷），华艺出版社 1996 年，第 314 页。
② 何西来：《宗璞优雅风格论》，《文学评论》2004 年第 1 期。

（文化单位），置身于其中的成员都持有成套的共同信条，鄙夷某些事物而喜好另一些事物，作出选择而且体验某些反应。”[①]于宗璞而言，一定的文化系统对她的人格塑造无疑是最主要的塑造力量。读者在她的小说中，会发现文化影响与心理现实是相互导向转化的。

宗璞一岁时，父亲冯友兰任清华大学哲学系主任；两岁时，家迁至清华园乙所；三岁时，父亲任清华大学文学院院长；十岁时，随父母全家迁至蒙自。“卢沟桥事变”之后，清华、北大、南开大学组建西南联大，冯友兰为联大哲学系教授。南迁之前，是宗璞在清华园的幸福童年：“那青草覆盖的地方，藏着一段历史和我一生中最美好的记忆”；“乙所中的父亲工作顺利，著述有成，母亲持家有方，孩子们的读书笑语声常在房中飘荡。这是一个温暖幸福的家”；“暖意，是从父母的根上来的，是从弥漫在水木清华间的一种文化精神的滋养和荫庇来的”；“父亲对我们很少训诲，而多在潜移默化。他虽然担负着许多工作，和孩子们的接触不很多，但我们却感到他总在看着我们，关心我们。”[②]

有一天，孩子们之间闹别扭，“父亲忽然叫我到他的书房去，拿出一本唐诗命我背，那就是我背诵的第一首诗，白居易的《百炼镜》”[③]。这是宗璞人生中背诵的第一首诗，教导她要“以人为镜”。从此，由父亲选诗，母亲负责督查，幼年的宗璞每天在母亲的房里背了诗，才去上学。短诗每天一首，长诗分段，每天一段。发蒙阶段的古诗背诵，练就了宗璞古典文学的“童子功”。以

① ［美］J.R. 坎托：《文化心理学》，王亚南等译，云南人民出版社 1991 年，第 98、99 页。

② 宗璞：《那青草覆盖的地方》，载《宗璞自述》，大象出版社 2005 年，第 71 页。

③ 宗璞：《那青草覆盖的地方》，载《宗璞自述》，大象出版社 2005 年，第 71 页。

后，读者也将在《野葫芦引》“四记”中看到随处出现、征引的古典诗词，看到冯友兰“家学”对宗璞的影响和塑造。《南渡记》里的“方壶流萤”，便是对这短暂幸福生活的回忆。很快，卢沟桥的隆隆炮声，击碎了北平人宁静而温馨的家园梦。宗璞也随同父辈，泪洒方壶，南迁蒙自，离开了热爱的北平、心爱的清华园乙所。再回来，已是八年之后。

少年时段在云南，宗璞曾回忆说：“抗战到昆明乡下，住处和北大文科研究所很近，十一二岁便到那里看书，浏览了很多书，除文学外，哲学、自然科学的书无所不看，父亲从不加限制。”“我很崇敬我的姑母，但因为一直没有住在一起，她对我影响不大。倒是父亲虽然是哲学家，他在文学方面很有天赋，能写旧诗，并且常谈一些文学见解，对我起了启蒙作用。”[①] 正是这样一个温馨而和睦的家庭，学贯中西的父亲，父母兄弟相伴的幸福童年，以及书香环绕的环境，奠定了宗璞文学写作的人格基础。

宗璞十五岁发表的处女作，是写滇池海埂的散文（作者忘记名字），十九岁发表新诗《我从没有这样接近过你》（此诗为闻一多而作），二十岁发表小说《A.K.C》，二十三岁发表小说《诉》，二十九岁发表《红豆》。在发表《红豆》之前，由于大学毕业分配到政务院文教委员会宗教事务处工作，宗璞并不以为自己会成为一个作家：“因为那时改造思想的决心非常之大，自己不允许有业余爱好……”“思来这也是一种机缘。因常在二号小楼出入，翰老知道有这么一个文学爱好者，又无慧根，不愿与高僧周旋，于是在重建中国文联时，把我调去。若无此调动，我可能要摒弃文学，

---

① 施叔青：《又古典又现代——与大陆女作家宗璞对话》，载《宗璞文集》（第四卷），华艺出版社 1996 年，第 456 页。

专心于宗教工作。”[1]翰老，说的是阳翰生，若无阳翰生将宗璞调到文化单位，也许就无当代作家宗璞了。

那么，“抱诚守真”作为宗璞的创作个性，在作品中又体现在哪些具体的方面呢？首先体现在写作的主客体结合方面。宗璞与自己的写作对象建立起基本同一的关系。读宗璞的小说，读者很容易辨认出作家本人或家族的痕迹，而宗璞对此也无意故意隐藏或曲饰。宗璞一生写作的对象都是以知识分子为主，空间则主要盘桓于校园、家庭（也在校园里）。这是题材意义上的，也是人生经历、生活意义上的。宗璞自小生活在水清木华的清华园，抗战期间随父母去了云南昆明等地，也都是在校园里；大学毕业后先后在一些文化单位工作，又是和一些高级知识分子共事，其中很多人还是过去的师长、同学、校友；二十世纪七十年代起，宗璞和家人迁往父母所在的北大校园，侍奉双亲晚年生活。除了大学毕业后工作到婚前的时段里，宗璞绝大部分的时间，是在校园里度过的，单在燕园（北大校园）就住了六十年。翻开宗璞的散文集，作者尽写了风庐（清华园）、燕园的一年四季、草木烟霞，足见宗璞对校园生活环境的熟悉与眷恋。

有如此生涯，才有如此文章。正是由于对校园生活的熟稔，对高级知识分子的了解，宗璞作起小说来，自然而然地选择了知识分子这一类题材和主题。这也是她拥有的得天独厚的写作优势。她通过知识分子这个群体，观察社会的变化和历史的变迁，反思知识分子的人生道路，考察社会历史中人性的崇高或庸常。《野葫芦引》“四记”，奠定了她在知识分子题材领域的地位，更形成自己别具一格的艺术风格。

二十世纪五十至七十年代末，不论是《红豆》中的江玫，还

---

① 宗璞：《忆旧添新》，载《宗璞自述》，大象出版社 2005 年，第 90 页。

是《弦上的梦》中的乐珺、梁遐，以及《三生石》中的梅菩提、陶慧韵，宗璞的写作对象主要胶着于知识女性群体。而这些人物，在很大程度上是作者自已或熟悉的人物的投影。主人公们往往都有着高洁的精神品格，追求着自己的人生理想。叙事围绕着她们的生活和心灵世界展开，塑造出一系列有着人格操守、精神境界的女性形象。在《三生石》中，围绕着梅菩提的亲情、爱情与友情的书写，治愈着历经劫难的人们的“心硬化”“灵魂硬化”症；慕容乐珺爱抚着故人的孩子梁遐，而后者终于在1976年的清明节，勇敢地走向天安门广场（《弦上的梦》）；女画家米莲予以宽广的襟怀、超脱的精神追求，化解了老对手刘咸几十年的敌意（《米家山水》）；在丈夫辛图堕落于庸俗的市侩追逐中时，妻子绾云仍怀着对精神生活的向往（《团聚》）；黎倩兮与程杭真挚相恋，他们的爱可以超越一切世俗功利的目的，但当爱情与道德相冲突时，牺牲自我、成全他人，发乎情、止乎礼，就是黎倩兮本能的选择（《心祭》）。

到《野葫芦引》之《南渡记》时，宗璞开始回归自己童年记忆中的清华园；《东藏记》则是西南联大的校园生活；《西征记》中，联大学子们走上滇西战场；《北归记》仿佛画了一个圆，双城鸿雪、八度茶花，两代知识分子终于回归于北平清华园，而历史也到了新的起点上。小说叙写了三代知识分子、十几个家庭在抗战风云中的漂泊与坚守、奋斗与选择。雷达曾这样评价《南渡记》和《东藏记》：“现在描写各个历史时段的知识分子的作品多了起来，不少作者把他们的忧愤和思考，聚焦在知识分子问题上，以致我们在激赏其思想锋芒的时候，往往会遗憾于它们写得‘不像’，不够味，未能传达出中国知识者特有的气韵风神，要做到这一点是很难的，有些课不是一天两天能补齐的，而宗璞的‘两记’

基本做到了，它们的特点恰恰是‘像’，是传神。”[①]这个“像”和“传神”，就来源于作者与写作对象主客体高度结合的优势条件。

《野葫芦引》“抱诚守真”的风格，更多地体现在作者尊重自己叙事的“情境逻辑”，比如《南渡记》中，就如实叙述着大学教授们的日常生活。家有仆妇，有专人送冰送奶送菜到户；对沦陷区北平的日常描写，也绝不逢迎读者的阅读期待——诸如壮怀激烈地与鬼子正面厮杀这类场景，显然不符合历史事实。宗璞也总是尽可能地在客观真实的社会情境中塑造人物。例如，在宗璞的笔下，二十世纪三四十年代知识分子的心理图景，是那么真切地符合历史情境。孟樾等人物的言论与选择，无不是当时真实情状的叙写。而小说中道德的展示与风俗的交流，也力求深度吻合历史的情境逻辑。比如，素初的家庭生活、抽鸦片等都照实写来，充分还原呈现了真实的道德与风俗。对宗璞来说，她只是诚实地表达她自己对客观世界的看法和评价。从美学上来说，这一诚实的写作策略，既有助于呈现历史与人物的真相，也有助于宗璞多层次传达丰富、复杂的小说内蕴，传达她自己的内心生活、创作宗旨与外部世界的互动关系。在当代文学中，读者常见到的是以一种流行的时代趣味对人物、情节进行总体设计的长篇叙事。《野葫芦引》却与此种写作风格形成区别。

宗璞将文学手法分为“外观手法”和“内观手法”，《红豆》《弦上的梦》《三生石》等属于外观手法；《我是谁》《蜗居》《泥沼中的头颅》等属内观手法，《我是谁》被誉为“开大陆现代文学先河”[②]之作。不论是她所谓的“外观手法”还是“内观手法”，也

---

① 雷达：《长篇小说笔记之九——宗璞〈东藏记〉》，《小说评论》2001年第6期。

② 施叔青：《又古典又现代——与大陆女作家宗璞对话》，载《宗璞文集》（第四卷），华艺出版社1996年，第462页。

不论是现实主义的还是超现实、意识流的作品，宗璞都是紧紧依托于“现实”进行创作的作家。现实主义的风格于作家是绝对主流，而现实主义对“真实”“逼真”等的要求，一定意义上，本来就对应着“诚”“真”的意图和效果。不管是从创作者一方还是接受者一方，中国读者受“史传”传统影响而形成的根深蒂固的对真实性的执着追求，都成为一种超级稳定的美学趣味。对宗璞来说，家学渊源、个人素养，早已使她确立了提笔为文时的态度，即诚心正意、修辞立诚。

而较之一般女作家写作，宗璞的创作更多宏大意义上的崇高感和神圣感，更多形而上层面的反思和理性色彩。作品始终萦绕着祖国与国家、政治与人、人与真理、入世与出世等等命题的思索与追问。多年来，宗璞虽然远离文坛，却能直面人生。她始终是一位坚持“文学为人生”的作家。

阅读宗璞的作品，常常使人感到充溢其间的一种崇高感。例如，在早期散文中表达的努力学习、报效祖国的热情（《一年四季》《暮暮朝朝》）；抒发家国情怀的《热土》《废墟的召唤》等等。《野葫芦引》则以知识分子的拳拳报国心，他们的尽伦尽职，以及“临难不苟免、临财不苟得”“君子固穷”的浩然正气，打动读者。王蒙曾这样评价《野葫芦引》前两记：“喷发着一种英武，一种凛然正气……”[①] 事实上，宗璞也特别重视文学的道德意义和伦理价值，一直强调生活的“神圣感”。她在一篇创作谈中说：“近年来，在一部分人中似乎很缺乏这种感情了。好像生活里没有什么是神圣的，值得为之努力，为之献身。我这篇小文若能使读者感到一点祖国山河之美，祖国文化之美，还有祖国未来之美，又从这点

① 王蒙：《读宗璞的两本书》，《当代作家评论》2002 年第 1 期。

美的倾慕中，得到一点神圣感，就太好了。”[①] 这种神圣感，正是宗璞抱诚守真的创作个性的体现。

宗璞的真诚、勇气和道德精神，体现在她的写作上，也体现在她的做人上。考察一个作家的人格，一定要观察她在日常生活中的表现。刘心武曾撰文说，宗璞是一个天真的人，甚至听不懂文坛间的是是非非。曾有一位颇有地位的读者，严厉地批评了《弦上的梦》，用语甚为苛刻。但宗璞对此却毫不介怀。刘心武接着写道：“这种以大悲恻对待人世争端的态度，令我感佩，却也使我觉得，世上几人能如此？我说宗璞大姐是菩萨，这也是例证之一。”刘心武在文章最后总结说：“宗璞大姐是真正的闲云野鹤，若问她有何抗癌妙方，我代她答曰：永葆一颗超功利的无尘童心！”[②] 宗璞的《弦上的梦》，是最早写 1976 年“天安门事件”的作品。这篇小说对十年动乱的深刻叙写，虽然招致了某些读者的严重误读，却也充分证明了宗璞作为一个作家的道德勇气与责任担当。林斤澜曾调侃说：“自己跟宗璞在两个方面很相似：一曰双方没怎么担任过职务。二曰在文学‘档次’上，历来处于‘边缘’状态，不知宗璞以为然否？”[③] 风趣的林斤澜一边说宗璞与自己在文学档次上同属“边缘”，一边在文中带着懊恼的口气问自己“为什么写不出《我是谁》”，足见林斤澜对宗璞的胆识与才华的推崇。作为宗璞的同龄人，王蒙对宗璞的人格多有了解，评价也很高：“你大概不能不承认，她的精神是清洁的，她常常是远离文坛乃至脱尘拔俗的，更不会去媚哪个俗。正因为她甘于寂寞，所以从来

---

① 宗璞：《关于〈西湖漫笔〉之漫笔》，载《宗璞文集》（第二卷），华艺出版社 1996 年，第 219 页。

② 刘心武：《阿姨，还是大姐》，《时代文学》1989 年第 6 期。

③ 林斤澜：《意外的宗璞》，《时代文学》1989 年第 6 期。

不觉得也不诉怨什么寂寞的。一切的闹闹哄哄、蝇营狗苟、是是非非里，都没有宗璞的存在和印迹。她受过很好的教育，她的作品里弥漫着书香，然而她连高级职称都没有。许多老作家老领导关心过她看病难的事，到了，她的职称问题也解决不了。却原来，没有高级职称的人才更‘高级’呢。她的寓所里也有朋友们的身影，桃李不言下自成蹊，然而她没有自己的一伙儿，她和她的友人们只知谈‘义’‘艺’，从不言‘利’。君子之交淡如水，从宗璞身上你体会到了真谛。……最近一次作代会前后，有些作家为自己的‘一官半职’奔走得辛苦。有些作家为打掉与自己不是一个圈子的候选人也是使出了浑身解数，把他们的告状信收入文集，堪称奇观。宗璞对此木然无觉，大家也几乎忘记了她。”[①] 由于人情世故的原因，同时代人的评价，往往是要打折扣的。但王蒙对宗璞的高度评价，并没有不切实际的虚誉。他的认识和判断，与宗璞的实际情形，大体是相契合的。

宗璞在《悼念陈岱孙先生》一文中写道：“陈先生身上体现了人格的中西合璧，既有中国的发自内心的礼，又有西方的平等精神，这样的人愈来愈少了。”[②] 发自内心的礼，指的是敬重的态度与言行，合之于平等精神，应该就是东方的君子与西方的绅士的合璧。这种君子人格与平等精神所合成的境界，某种意义上，也是宗璞自己的境界写照。而从此种中西合璧的人格境界，必能生发出抱诚守真的创作态度与写作意识。

---

① 王蒙：《兰气息　玉精神》，《时代文学》1989 年第 6 期。

② 宗璞：《悼念陈岱孙先生》，载《宗璞自述》，大象出版社 2005 年，第 106 页。

第二节　雅正之声

在古汉语中，“雅”常指纯正的、合乎规范的。《论语·述而》：“子所雅言，《诗》《书》，执礼皆雅言也。”训诂书有《尔雅》《广雅》《大雅》《小雅》，是《毛诗序》所说“言王政之所由废兴”[①]的；“案诗《大雅》《小雅》及《尔雅》，古注疏皆训为正”[②]。可见，“雅”的原初意义，是“正”，通“政”。这种正，包含着善，有着政治伦理学的意义。比如《论语·八佾》中，“子谓韶，‘尽美矣，又尽善也’。谓武，‘尽美矣，未尽善也’”[③]。可见儒家的伦理美学，称扬美善合一。因为武乐“多杀伐之声”，故而“未尽善”。后世儒家皆提倡“助人伦、美教化”的伦理美学，将“善”的美学功能与意义，进一步强调而成为一种传统美学精神。[④]读者在《野葫芦引》“四记”中便能深味到这种道德价值与审美价值的统一。“雅”在现代汉语中引申为文雅、雅致。

宗璞在论及“诚与雅”时，认为“雅”就是艺术性。事实上，“雅”也是宗璞的文学风格的基本品质。宗璞作品的“雅”，既指典雅、雅致的艺术性，言辞有典据，高雅而不浅俗，同时，又指纯正的气质和雅正的风格。本文中“雅正之声”，结合这两方面的意义，一方面是典雅、雅致，另一方面，是纯正、崇正。

宗璞真正意义上的处女作《红豆》，已奠定其“端直雅正”的格调。后续的写作虽然中断了一些年，到《野葫芦引》时，其文

---

① 郭绍虞主编：《中国历代文论选》（第一册），上海古籍出版社1979年，第63页。

② 〔清〕蔡世远编：《钦定〈古文雅正〉》，《蔡世远　蔡新学术研究文集》（六），中国人民政治协商会议漳浦县委员会等编，2012年，第4页。

③ 杨伯峻译注：《论语译注》，中华书局2009年，第33页。

④ 参见李泽厚：《论语今读》，生活·读书·新知三联书店2014年，第115页。

端直、雅正而深粹的风格，几乎达到了炉火纯青的境界。小说中随处溢出的古今中外的诗词和文学典故，都是对读者的选择和考验。而精心所作的序曲、间曲，更是气势磅礴、铿锵伟丽，充分展示出作者学问淹博、才情逼人的风神。[①] 而此种风神正是作者精神气度、心灵气质的集中体现。

在当代作家中，似宗璞这般具有雅正风格的作家，为数并不多。王安忆在读了《东藏记》后表示："它里头的那个语言，它的那个格调，一比就知道我们差多少。"[②] 指的正是宗璞所具有的中西合璧的艺术修养。在宗璞这里，传统文化及西方文学的功底，已经成为一种修养、一种趣味、一种眼光，化在作家的整个创作活动中。

在文学创作上，语言明显地与作家的品格气质有关，与作家的思想、情操有关。而作家对文学事业采取的态度，严肃与否，直接影响作品语言的质量。语言是发自作家内心的东西，有真情才能有真话。虚妄狂诞之言，出自辩者之口，不一定能感人；而发自肺腑之言，讷讷言之，常常能使听者动容落泪。这是衡量语言的天平标准。孙犁就是根据这样的认知，盛赞《鲁鲁》的语言，称之为优美的无懈可击的文学语言："宗璞的文字，明朗而有含蓄，流畅而有余韵，于细腻之中，注意调节。每一句话的组织，无文法的疏略，每一段的组织，无浪费或蔓延，可以说字字锤炼，句句经营。"[③] 孙犁的评价，可谓知音之论，是对宗璞语言风格的

---

① 卞之琳曾撰文称赞《南渡记》中的序曲和间曲："你看《南渡记》的序曲多首和间曲一首，哪一句不是平仄合律，谐韵合辙，功力之深，令我从小也偷偷小戏学写过旧诗词的大为吃惊，而且使我猛然憬悟了旧曲牌抑扬顿挫的节奏以至旋律的非凡功能。"见卞之琳：《读宗璞〈野葫芦引〉第一卷〈南渡记〉》，载《宗璞文学创作评论集》，人民文学出版社编，人民文学出版社 2003 年，第 160 页。

② 王安忆：《学问与生活》，《南方周末》2001 年 7 月 12 日。

③ 孙犁：《人的呼喊》，载《宗璞文集》（第四卷），华艺出版社 1996 年，第 452 页。

准确判断和深刻概括。

宗璞在论及自己的写作时说："作品要能耐读，反复咀嚼，愈看愈有味道。要做到这一点，除了基本修养外，只有一个笨拙的法子，就是改，不厌其烦地改。……最近写的长篇，有一段写四遍，写了又改，从头写起。"[①]这正是宗璞的语言能得到专家和读者一致好评的原因。

尽管越到晚年身体状况越差，创作的困难越来越大，但是，不可否认的是，《野葫芦引》"四记"的语言却也显得越来越精练和纯净，显示出非凡的精湛技艺。这种境界不是随便哪个作家都能达到的，只有那种拥有语言超高天赋与后天极高修养的作家才能如此。当然，由于年龄和健康的原因，从《东藏记》之后，文本中言辞、叙述不当的小失误也在增多。总体而言，这些小失误都只不过是《野葫芦引》"四记"的白璧微瑕。

评价小说的语言，并不能如诗歌、散文那样，单纯地以语言为本体，因为小说语言需要服务于叙事，只有完美地服务于叙事的小说语言，才能称之为成功的语言。试以《南渡记》中雪妍的日记为例，来分析阐释宗璞小说语言所体现出的"雅正"风格：

> 1936年8月30日　星期日
>
> ……天凉多了。今天清早我们往双清去，他叮嘱我加件外衣。两个月来，他一直很少正面看我。我一直怀疑他认不认得我。看来还是认得的。
>
> 他的脸色很阴沉，近来常常这样，我想他和我一起时，不像我这样高兴。其实我也不是高兴，只是心甘情

① 施叔青：《又古典又现代——与大陆女作家宗璞对话》，载《宗璞文集》（第四卷），华艺出版社1996年，第461页。

愿，毫无道理的心甘情愿。

沿路有各种不知名的野花，他不时摘一朵给我。有一次递花时竟看我，先是长长的叹息，然后说："你听过这话吗？——华北之大，摆不下一张书桌？"我难道是傻瓜吗？一点国家大事都不知道吗？他微笑。我想问他，是不是和我散步浪费了他的爱国时间。但我忍住没说，那太没有礼貌了。

双清门前的台阶最有意思，上着上着，眼前忽然出现门中的大树，树下的池塘，塘边的小路。他慢慢说："生活中也是一样，会忽然出现想不到的事。这门造得有趣。"我说："没想到这里有门，可进不进来由你呵。"但这里并没有别的路，除非退回去。

"可是时光不能倒流。"他说。他难道也觉得已经印在心上的，是拂拭不去的么？

卫葑掩住日记本，回想去年的挣扎。他一月份参加抗日宣传团，随即参加中华民族解放先锋队，二月加入共产主义青年团，六月转为共产党员。他以为无论有多少条性命奉献给事业都是不够的。不曾想匀出一点来。可是雪妍闯进来了。她的柔情像一面密织的网，把他笼罩住了。他想挣扎出来，开学以后决定不进城，不进城却忍不住天天打电话，有一次通话一小时四十分，只好自己取消了对自己的禁令。可是还不肯心甘情愿，要折磨雪妍和自己。

掀开日记本，已是白雪皑皑的冬天了。[①]

---

① 宗璞：《南渡记》，《宗璞文集》（第三卷），华艺出版社 1996 年，第 100 页。

雪妍与卫葑之恋，是《南渡记》中一片亡国气氛中最明媚、美好的情节。金圣叹批《西厢记》是韵笔，是一派“花娇月媚文字”。在《南渡记》里，也多有韵笔，浪漫而唯美的情调，成为全书的亮点。雪妍的日记几乎篇篇都缠绵悱恻，一往情深。这一篇日记无一字多余，尤擅借景物自然转折，从而独辟出一种叙事的灵境。头段“他的脸色很阴沉”，二段“沿路有各种不知名的野花，他不时摘一朵给我”，引出卫葑的心理矛盾，使叙事“思与境偕”，从而产生一种“韵外之致”。两人的对话，更妙在一语双关，将卫葑的进退两难、两人爱情发展的曲折，通过“门”的进、退写出来。卫葑本没想到要爱上雪妍这样一个小姐，正如文中出现的“门”一样。因为没有别的路，又不能退回去，两人的时光也不可能倒流。形象的对话，即使是在日记中，其实是转述，还是达到如此生动机警的效果，这便是好小说的语言了。对话能够产生直接感。哪里有对话，哪里就会产生生动的场景。

作者采用了双声共鸣的叙事结构方式，就是让雪妍的日记与卫葑的回应相互对话。如此一来，叙述的节奏加快了；在雪妍一方，日记的第一人称的代入感，缩短了与读者的距离；在卫葑一方，读者与卫葑共同阅读这些日记，无形中形成共谋关系，读者的参与度大大增强，小说也便好看了。读者被悬念鼓舞着，情绪调动起来，激起审美的感受。雪妍的日记能取得这样的阅读效果，除了叙事手法，最主要应归因于宗璞的语言。她描写少女细腻、多情的婉转心绪，精确、传神，达到了精美、纯净的艺术效果。其风采韵度、滋味兴趣，令读者仿佛又见《红豆》，甚至比《红豆》描写少女初恋时的情形还要精美深邃，使小儿女的爱情书写达到顶峰。

这些日记，还形象、生动地塑造出了雪妍、卫葑的性格。雪妍正如她的名字，雪花般晶莹、纯洁，她纯情、善良，为了爱情可以不顾一切，但世家淑女的教养又令她始终温柔有礼。卫葑对爱情的矛盾态度折磨着她，但她不偏激、不疯狂。卫葑从与雪妍的恋爱开始，就挣扎于革命与爱情、“爱”与“信”之间，“有人说，他爱他所不信的，信他所不爱的”①。这个人物浓缩了二十世纪中国青年知识分子革命者的矛盾与挣扎，具有高度的典型性。

整个《野葫芦引》，包括前期《红豆》《三生石》等作品中的爱情描写，都是一种“雅正之声”。在宗璞所写的爱情里，从来没有低俗的趣味，更不依靠能激起读者感官兴奋的手段。而小说中的男女主人公们，往往都是高雅、浪漫的文艺青（中）年。在这其中，作者的语言选择，更是直接促成了这种高雅的格调。她的这一语言风格，可从卫葑离开北平去往延安的情节描写中看出来：

“学校不能去。”卫葑把头向左略侧，“这就叫有家归不得！”

“最远只能到颐和园，不能再往西开了。”保罗说明。

“那就可以。”卫葑已经胸有成竹。只要找到颐和园里那个民先队员，通知过他，就可以越过西山，到冀北根据地。

他们在扇面殿小院里分手。玹子从她的镂空白皮手袋里拿出所有的钱，塞给卫葑。卫葑接下了。“后会有期。”他说，“麻烦你回去后给雪妍打个电话。”“说什么？”玹子认真地问。“就说你遇到的这一切。”卫葑觉得心里有什么东西往外涌，什么时候能不凭借他人把心里话告诉雪妍？他不想凭借他人说什么。

① 宗璞：《西征记》，人民文学出版社 2009 年，第 295 页。

“好。”玹子忽然眼圈儿红了，“我会去看她。”

“还请和三姨妈说一声。”卫葑看着眼前的玹子，觉得她就是他的亲人的代表，就是他的北平的代表。他就要离开这一切了，他怎么舍得！

保罗伸出手来，严肃地说：“祝你顺利。”

“谢谢你，我会记住你的好心。”

保罗示意玹子离开。他们往院门外走去，穿过大藤萝架不见了。

绿色的小院里只有寂静的画面，没有活物，蝉也没有鸣叫。卫葑不由自主地跪下来，亲吻那细草茸茸的土地。我的爱人，我的家，我的实验室，我的北平城！我会再回来的！①

这一段最后的直抒胸臆，令读者泪目。一个为了理想信念舍家别妻、放弃学业的青年革命者形象跃然而出。小说并没有从正面写卫葑如何革命，而是从他的“舍弃”来写。卫葑与心爱的妻子刚刚完婚不过两天；从此远离他最爱的物理实验室，离开眷恋的北平和亲人……这些“舍弃”，正是卫葑的悲壮之处。

作者从这种舍弃的情感开始着笔：“学校不能去。”“这就叫有家归不得！”“什么时候能不凭借他人把心里话告诉雪妍？他不想凭借他人说什么。”“没有活物，蝉也没有鸣叫。卫葑不由自主地跪下来……”有关卫葑的对话或描写，几乎全采用了否定式，一连七个“不”“没有”，暗示出卫葑内心最深处的不舍与痛苦。通过这一系列长短句的铺排，到卫葑跪下来亲吻细草茸茸的土地时，寓情于景，情景交融，被否定性压抑的情感爆发出来，达到审美

---

① 宗璞：《南渡记》，《宗璞文集》（第三卷），华艺出版社1996年，第113—114页。

的最高点。这便是“繁弦既抑、雅韵乃扬”[①]的美学效果了。

宗璞对语言的特殊敏感，体现在遣词造句上，也落实到对读者的影响上。抒情性与叙事性完美融合，获得了强烈的感染效果。卫葑是一个有行动、有情节的人物。在这一段告别之前，作者也给予了足够的情节让他告别娇妻，需要玹子的帮助，才能辗转离开。为了革命，卫葑毅然选择奔赴延安。所以，卫葑的离开，在情节上具有一种悲壮之美。作者此时的抒情，恰到好处地渲染了这种悲壮之美。

这一段所体现的宗璞的“雅正之声”，是由语言的“视觉化”实现的。一连七个“不”“没有”的运用，将小说语言的内在节奏、情感韵调塑造出来，营造出萦绕不断的声音韵味，并最终推动形成小说的叙事韵律。小说的意境和诗意是建立在视觉化的“字”之上的，是靠书面化的“字”来表现韵味的。而这种“炼字”，超越关注口语化的“音”，乃是一种雅文化的传统。

在《东藏记》的开头部分，也可以看到宗璞小说语言上的风格特点：

> 昆明的天，非常非常的蓝。
>
> 这是一种不可名状的蓝，只要有一小块这样的颜色，就会令人赞叹不已了。而天空是无边无际的，好像九天之外，也是这样蓝着。蓝得丰富，蓝得慷慨，蓝得澄澈而光亮，蓝得让人每抬头看一眼，都要惊一下，哦！有这样蓝的天！
>
> 蓝天上聚散着白云，云的形状变化多端。聚得厚重

---

① 此二句来源于东汉蔡邕的《琴赋》，见〔唐〕欧阳询：《艺文类聚》，汪绍楹校，上海古籍出版社 1995 年，第 783 页。

时如羊脂玉，边缘似刀切斧砍般分明；散开去就轻淡如纱，显得很飘然。阳光透过云朵，衬得天空格外的蓝，阳光格外灿烂。

用一朵朵来做量词，对昆明的云是再恰当不过了。在郊外开阔处，大朵的云，环绕天边。如一朵朵巨大的花苞，一个个欲升未升的氢气球。不久化作大片纱幔，把天和地连在一起。天空中的云变化更是奇妙。这一处如山峰，层峦叠嶂，厚薄相接处似有溪流落下，那一处如树丛，老干傍着新枝。这一朵如花盆中鲜花怒放，那一朵如小船，正待扬帆起航。它们聚散无定，以小朵姿态出现总是疏密有致、潇洒自如；以大朵姿态出现则如堆绵，如积雪，很有气势。有时云不成朵，扯薄了，撕碎了，如同一幅抽象画。有时又几乎如木如石，建造起几座七宝楼台，转眼便又坍塌了。至于如羊如狗，如衣如巾，变化多端，乃是常事。云的变化，随天地而存，苍狗之叹，也随人而长在。

奇妙的蓝天下面的云南高原，位于云贵高原的西部，海拔两千左右。高原面上有大大小小的坝子一千多个。这种坝子四周环山，中部低平，土层厚，水源好，适合居住。昆明坝可谓众坝之首，昆明市从元代便成为云南首府。在美丽的自然环境中，出了些文武人才。一九三八年一批俊彦之士陆续来到昆明，和云南人一起度过一段艰难而又振奋的日子。

明仑大学在长沙和另两个著名大学一起办校，然后一起迁到昆明。没有宿舍，盖起简易的板筑房，即用木槽填土，逐渐加高。洋铁皮作屋顶，下雨如听琴声。这在当时，是讲究的了。缺少设备，师生们自己动手制造。用铁丝编养白鼠的笼子，用砖头砌流体试验的水槽。缺少图书，和本省大学商借，又有长沙运来的，也建了一个图书馆，虽说很简陋，学子们进进出出，读书的气氛很浓。人们不知能在这里停留多久，也不知明天会发生什么事，却是把每一天都过得很充实。[①]

从写天的蓝，依次到云朵，到蓝天下的云南高原，到高原上的众多坝子，再到其中最好的昆明坝子，最后落脚到“一九三八年一批俊彦之士”和“和云南人一起度过一段艰难而又振奋的日子”。这六个小自然段，如史诗的开头，从天写到地，从地写到人，宏大而优美，奠定了《东藏记》的调子：两代知识分子和西南联大的学子们，在这祖国的蓝天白云之下，弦歌不辍，薪火相传，谱写了一段中国历史上的传奇，一曲知识分子的正气歌。汪曾祺曾说：“语言的奥秘，说穿了不过是长句子和短句子的搭配。一泻千里，戛然而止，画舫笙歌，骏马收缰，可长则长，能短则短，运用之妙，存乎一心。”[②]用这段关于语言的精警之论，来评价宗璞小说的语言，是非常适合的。

我们可以进入这几段引文的细部，考察一下其中的长短句搭配：“这一处如山峰，层峦叠嶂，厚薄相接处似有溪流落下，那一处如树丛，老干傍着新枝。这一朵如花盆中鲜花怒放，那一朵如小船，正待扬帆起航。”这组句群以代词“这”“那”，整齐地

---

① 宗璞：《东藏记》，人民文学出版社 2005 年，第 1 页。

② 汪曾祺：《中国文学的语言问题——在耶鲁和哈佛的演讲》，《文艺报》1989 年 1 月 16 日；载《汪曾祺全集》（第四卷），北京师范大学出版社 1998 年，第 222 页。

起句，而整体又大体遵循“一单两偶”的句式结构，“这一处如山峰”是一单句，后面紧连着两个偶句；相同地，“这一朵如花盆中鲜花怒放”，后面又紧连着两个偶句；“一单两偶”的句式，隐含着文人语言的雅韵情调。

启功分析诗歌句子的排列组合的时候说：“汉语骈语和诗歌的句子，其规律性的排列组合形式就是：‘……单行句 + 偶句上下句 + 单行句……’不仅韵文如此，散文也如此。”[①] 他举了刘禹锡的《陋室铭》的例子：“山不在高，有仙则名。水不在深，有龙则灵。斯是陋室，惟吾德馨。苔痕上阶绿，草色入帘青。谈笑有鸿儒，往来无白丁。可以调素琴，阅金经。无丝竹之乱耳，无案牍之劳形。南阳诸葛庐，西蜀子云亭。孔子云：何陋之有？”这种句子的排列方式，对熟读古代经典的宗璞来说，早已成为一种文化底蕴、一种眼光和修养，成为宗璞为文时的修辞根基。

汪曾祺曾以桐城派作文的方法指出，汉语的声韵无非“神气、音节、字句”。所谓“神气不可见，于音节见之；音节无可准，于字句准之”，“简单地说，就是平仄声要交错使用。一句话都是平声或都是仄声，一顺边，是很难听的”[②]。汉语的特点是有四声，“声之高下”便具有了音乐性，也便形成了汉语的审美规律。宗璞深受中国传统文化浸润，自小熟背古典诗词，这种古汉语的声律修养是自然渗透在字里行间的。

宗璞的语言，完全经得住语言修辞的分析。例如，“这一处如山峰……”这一段文字的平仄：峰（平）、障（仄）、下（仄）、从

① 启功：《古代诗歌、骈文中的语法问题》，载《汉语现象论丛》，中华书局 1997 年，第 12 页。

② 汪曾祺：《揉面》，载《汪曾祺全集》（第三卷），北京师范大学出版社 1998 年，第 184—185 页。

（仄）、枝（平）、放（仄）、船（仄）、航（仄）。它们的平仄关系是：平仄仄仄平仄仄仄。这是平起仄收了。再看这一组句群：“云的形状变化多端（平）。聚得厚重时如羊脂玉（仄），边缘似刀切斧砍般分明（仄）；散开去就轻淡如纱（平），显得很飘然（仄）。”从句意上来说，“云的形状变化多端”是一个单句，“聚得厚重时……”“散开去……”是依附于这个单句的两个偶句，句群关系依然是一单两偶；它们的平仄关系是“平仄仄平仄”，依然是平起仄收。

再看后续这一组句群：“它们聚散无定，以小朵姿态出现总是疏密有致、潇洒自如；以大朵姿态出现则如堆绵，如积雪，很有气势。有时云不成朵，扯薄了，撕碎了，如同一幅抽象画。有时又几乎如木如石，建造起几座七宝楼台，转眼便又坍塌了。至于如羊如狗，如衣如巾，变化多端，乃是常事。云的变化，随天地而存，苍狗之叹，也随人而长在。”这一组句群以“以”“如”“有时”等连词、关联词串连起整齐而错落的句群，又以“小朵”“大朵”“如”“又如”“有时”“有时又”缀合起大段文字。正是这种整饬有序的句式，包含着微妙的语言韵律，使语言的内在节奏起起伏伏，造成一种情感韵调。

《东藏记》的开头，实际上是全书的“谋篇之韵”，是作者内在情志和精神品味的显现，也是全书文章之气的折射，昭示了整个文本的创作句法，全面彰显出宗璞小说“雅正之声”的声韵和气韵之美。真正的中国艺术家，总是懂得“以心灵映射万象，代山川而立言”[1]，用主观的生命情调与客观的自然景象交融互渗，最终形成艺术的“意境”。宗璞对小说的意境营造是深有自觉的。

① 宗白华：《中国艺术意境之诞生》，载《美学与意境》，江苏文艺出版社 2008 年，第 160 页。

她曾评价曼斯菲尔德的小说：她的作品内外浑成，情景交融，虚实相生，而达到一种意境，她自己独有的诗的意境。正是与曼氏心有窃窃，宗璞既能从曼氏小说中看到“意境”的营造，更能在自己的小说写作中实现“意境”的营造。

这个开头，从写天、云到高原再到人，就是儒家所谓“大乐与天地同和，大礼与天地同节”[①]的形象表现。尤其是关于“云”如赋一般的铺排，其中的奥义，何尝不是对两代知识分子在历史沧桑中人生与命运的隐喻。云谲波诡、白云苍狗的时势变幻，挡不住这生生的节奏。这生生的节奏，正是中国艺术境界的最终源泉，而真正的艺术家总是在作品中体现出天地境界。

宗璞在《西征记》的开头这样写道：

> 昆明下着雪，雪花勇敢地直落到地上。红土地、灰校舍和那不落叶的树木，都蒙上了一层白色。天阴沉沉的，可是雪白得发亮，一切都似乎笼罩在淡淡的光里。这在昆明是很少见的。学校的大门镇静地站着，不管两侧墙壁上贴着多么令人震动的标语、墙报，它都无动于衷，又像是胸有成竹。几个学生从校门走出，不顾雪花飘扬，停下来看着墙上，雪光随着他们聚在这里。各样的标语壁报，或只是几句话，有的刚贴上去，有的已经掉了一半，带着厚厚糨糊的纸张被冷风吹得飒飒地响，好像在喊叫。
>
> “这是你的战争！This is your war！”[②]

① 〔汉〕郑玄注，〔唐〕孔颖达等正义：《礼记正义》，上海古籍出版社 1990 年，第 660 页。

② 宗璞：《西征记》，人民文学出版社 2009 年，第 1 页。

同样，这个开头也是《西征记》全书的“谋篇之韵”。《东藏记》以“云”开头，《西征记》以“雪”开头，云象征着两代知识分子在云南边陲复杂的政治、历史生活，雪象征着民族战争的严酷和中国人决不投降、抗战到底的决心和气势。

作者是这样表达这种决心和气势的：勇敢地直落到地上、雪白得发亮、淡淡的光里、镇静地站着、胸有成竹、聚在这里、飒飒地响、喊叫、这是你的战争！内在的情感强度，仿佛是波浪，一波推着一波向前，最终推出了“这是你的战争”！用反复出现的强有力的语气和语调来强化这决心和气势。句群前呼后应，血脉相通。中国古典性审美文化的韵调，正在于这种气盛言宜、通体流畅的美的形式之中。

《南渡记》的开头是北平燠热烦闷的暑天，与强敌入侵、国将不国的气氛相统一；《东藏记》以“云”开头，《西征记》以“雪”开头，《北归记》以奔流的嘉陵江开头，象征着民族奋斗的历史。宗璞“以心灵映射万象，代山川而立言”，用主观的生命情调与客观的自然景象交融互渗，并最终形成自己艺术的“意境”。又总是能从精细处着笔，字字锤炼、句句经营，使小说的语言像水的灵动，一波一波循着内在的情感律动，最终结构全篇。孙犁关于宗璞语的“字字锤炼，句句经营”的评价，实在是很切实的不刊之论。

宗璞笔下的爱情描写，细腻深情、典雅浪漫，却从无艳靡、轻浮之虞，是一种雅正之声；其他内容或题材的表现，也无不是在雅之中透出纯正、崇正的美学风格。因此，“雅正之声”正是宗璞小说的美学精神。

第四章 《野葫芦引》的叙事分析（上）

《野葫芦引》"四记"（《南渡记》《东藏记》《西征记》《北归记》），是宗璞于 1985 年五十七岁才开始写作的长篇系列。这个二十世纪五十年代以来就有的写作计划[①]，历时三十三年，2018 年才最终完成。作者的身体健康情况，只在创作《南渡记》时稍好一些。创作《东藏记》时大病一场，眼疾加重，视网膜几度脱落。从《东藏记》后半部分起到《西征记》直至《北归记》的写作都是口授。《北归记》写作将近一半时，宗璞差一点脑中风，住进了重症监护室。在这样极度艰难的情况下，作者仍坚持完成了自己的夙愿。

《野葫芦引》是宗璞人生经验的最大规模集中，亦是集大成式的文本。由于笔触主要聚焦于校园和知识分子群体，"四记"还堪称百年知识分子的镜像之作。整个文本用一种纯净的文体写成，

① 宗璞曾经解释何以到 80 年代才开始动笔："到 80 年代，确实写作比较自由了。很早以前就想要写昆明那段生活，写抗战时期我的经历、所见所闻。我九岁的时候抗战开始，跑到昆明去，这对一个人的影响确实很大，我的记忆非常清晰。50 年代我就想写，可是那个时候，就算我很坚持按照自己的'本色'来写，也肯定会受到社会思想的制约，不可避免地会写得很概念化。所以，有时候事情拖一拖，倒也不一定完全是坏事。"见吴舒洁：《宗璞：写作对我来说像春蚕到死蜡炬成灰那样自然》，《青年报》2018 年 6 月 17 日。

字斟句酌，精雕细刻，延续了宗璞细腻、写实的风格。无论是从当代文学史角度，还是对宗璞个人来说，《野葫芦引》“四记”都具有极为重要的意义。

本章从宗璞写作《野葫芦引》的创作机制入手，以“向历史诉说”的叙事动机、《野葫芦引》的“时空体”形式等内容为阐述对象，揭橥《野葫芦引》的叙事形态。

第一节 宗璞写作的历史意向

“向历史诉说”，最早出自宗璞一篇《向历史诉说》的文章。这篇文章写于 1995 年，是为纪念父亲冯友兰一百周年诞辰而作。后来又用作 2010 年出版的《向历史诉说——我的父亲冯友兰》一书的书名，该书是宗璞怀念父亲的散文汇编。2019 年，宗璞在接受记者采访时，谈《野葫芦引》的创作，又一次提到“向历史诉说”。

“卢沟桥事变”后，北大、清华和南开三校合一，南迁至云南成立西南联大，保存民族文化的薪火。在大后方的空袭威胁、物质贫困中，西南联大的师生们弦歌不辍、薪火相传。更有两千多名联大学子走上滇西战场，以血肉之躯写就民族抗战的决心和伟业。宗璞要书写这些精英知识分子在民族存亡的关口体现出的风骨和精神，书写这些学贯中西的巨匠学子们的历史生活和人生抉择，“不然对不起沸腾过随即凝聚在身边的历史”[①]。宗璞要书写历史，历史也选择了宗璞。陈平原在评论当代抗战文学时说：“宗璞呢，我以为颇具‘史家意识’——其系列长篇立意高远，气魄

① 宗璞:《宗璞文集》（第三卷）封面，华艺出版社 1996 年。

宏大……我以为，在中国，能写抗战的作家不少，能写好抗战中的大学生活的则寥寥无几。屈指数来，当世作家中，最合适者，莫过于从《红豆》起步、兼具学识与文采的宗璞先生。”①

《南渡记》于1987年完成，父亲冯友兰于1990年去世；《东藏记》于2000年完成，宗璞的先生于2004年去世；从《东藏记》开始，宗璞的视网膜脱落，头晕频频发作，半边身子麻痹，只能在助手的帮助下口述成文，七年才写完。《西征记》于2008年12月底完成，此时的宗璞已经是八十高龄的老人；她将自己的写作称作“蚂蚁衔沙”：“打了‘西征’这样一场大仗，在尘灰中打捞起湮没的历史真实，让诗意的向往飞翔起来，纵然只能做到一星半点，也要费大精神。人还能剩多少力气，炼丹需要真火，真火是靠生命燃烧的。”②《北归记》写到将近一半时，宗璞差点脑中风，住进了重症监护室。从二十世纪九十年代以来，宗璞的健康情况一直不容乐观，几乎每篇作品都是同病魔斗争之余的胜利品。“痴心肠要在葫芦里装宇宙，只且将一支秃笔长相守。”③这正是宗璞创作《野葫芦引》“四记”的真实写照。

对小说的修辞而言，重要的是“为什么讲”。早在1996年出版的《宗璞文集》（第三卷）的封面上，宗璞就曾说明过自己的创作意图：“写小说，不然对不起沸腾过随即凝聚在身边的历史。”④这种对历史的使命感，是很多作家创作的动力。再推而广之，可以联系到知识分子自古以来就有的使命意识。中国的知识者，总是自觉地将自己与历史使命、社会责任、家国天下等概念

---

① 陈平原：《小说家眼中的西南联大》，《群言》2007年第12期。

② 宗璞：《新春走笔话创作》，《人民日报》2011年2月4日。

③ 杨柳：《“痴心肠要在葫芦里装宇宙”》，载《宗璞文学创作评论集》，人民文学出版社编，人民文学出版社2003年，第391页。

④ 宗璞：《宗璞文集》（第三卷）封面，华艺出版社1996年。

联系在一起。这仿佛成了一种精神遗传，我们在代代的知识者身上看到这种可贵的品质。历史也总会选择一些知识分子或作家，或两个身份兼而有之的人物，通过叙事来达成自己的修辞目的："我写这部书，是要寻找一种担当的精神，任何事情要有人做，要有人担当，也就是责任感。在担当起责任的时候，是不能只考虑个人得失的，这是很自然而然的事情。"①

小说所叙的抗日战争年代正是中华民族危机四伏、生死存亡的"至暗时刻"。《野葫芦引》"四记"以孟家为中心，讲述三代知识分子和十几个家庭经历大学南迁，在日寇的空袭下坚持办学，明仑大学学生深入前线作战，以及胜利之后返回北平的历史故事。小说中的每一个人物都在历史的舞台上经受着是非功过、道德良心的考验，承受着各自命运的艰难选择。宗璞与父兄、家族亲历的这一段民族历史，于她而言，是一段刻骨铭心的记忆。如果不写，她觉得"对不起历史"。

作者历时三十三年，中途经历了亲人的逝去、眼睛失明、差点脑中风等等事件，健康状况几乎已令她"禁笔"。又是什么执念，令她坚持完成了"四记"，甚至《接引葫芦》？对历史的使命感、责任心，就是最大的创作动力了。正如宗璞在文章中所说的那样："八年抗日战争的苦和恨是渗透在我们全民族的血液中的。我没有直接参加过战争，但战争的阴影覆盖了我的少年时代。我想一个人经历过战争和没有经历过，是很不一样的。在成长时期经历和已是成人的经历，也很不一样。"②为了复原这一段历史，作者于1980年曾亲去昆明联大旧址，为闻一多先生衣冠冢和纪念碑各写一首小诗。纪念碑这首是这样的：

---

① 舒晋瑜：《即使像蚂蚁在爬，也要继续写下去》，《中华读书报》2016年4月6日。

② 宗璞：《祈祷和平》，载《宗璞自述》，大象出版社2005年，第247页。

那阳光下极清晰的文字
留住提炼了的过去
虽然你能够证明历史
谁又来证明你自己[1]

“谁又来证明你自己”，这便是宗璞创作《野葫芦引》的创作机制中，一个非常重要的因素。“历史”的撰述，往往是由历代知识分子来完成，但知识分子自己的历史，又由谁来书写呢？这又一次涉及知识分子认同的深层动机。与抗战时西南联大历史相关的另一个细节，是冯友兰先生所撰的西南联大纪念碑的碑文。碑文这样写道：“唯我国家，亘古亘今，亦新亦旧，斯所谓周虽旧邦，其命维新者也。”其识断、气魄、情感、文采，历来被高度赞誉。一时成为名篇，广为传诵。“这篇文章是父亲平生得意之作。……抒国家盛衰之情，发民族兴亡之感，是中国现代史上一篇大文。”[2]西南联大碑文所表达的，对刚从抗日战争中走出来的中华民族的殷切希望和一片赤诚的爱国之心，曾激励了多少巨匠学子为日后祖国的繁荣昌盛而贡献力量。“杨振宁先生说，他第一次读到‘旧邦新命’这四个字时，感到极大的震撼。他还对清华中文系的同学说，应该把纪念碑文背下来。”[3]西南联大的历史伴随着宗璞从童年到青年。于作者而言，不论是从经历体验，还是情感记忆来说，这一段生活都很难忘怀，值得书写：“而且我要表现的不只是我自己，是一个群体，一个时代。我不一定成功，但

① 宗璞：《九十华诞会》，载《宗璞自述》，大象出版社 2005 年，第 26 页。
② 宗璞：《九十华诞会》，载《宗璞自述》，大象出版社 2005 年，第 25 页。
③ 宗璞：《我生命中的那些人物》，东方出版中心 2017 年，第 106 页。

不试一试我是不甘心的。”[①]《南渡记》出版之后，为创作《东藏记》以及《西征记》，作家又一次亲赴云南，故地重游：“1988 年站在国殇公园，看到一个残破的小碑，我站在秋风中，不禁泪流满面。”[②]这正是亲历者才有的情感，这种情感也一定会找到突破口。事实上，读者在《西征记》中，将陪同小说主人公们，经历那一场于中华民族来说，异常艰难又分外壮烈的滇西战场的抗战。

除了情感表达的需要，更为理性的叙事动机，还在于还原历史的真实：“要想留住一点痕迹，不只是感情的寻找，也是历史的需要。我近来深为历史抱不平。掺进来的假冒伪劣的文字太多了，以致我几乎不想读书。”[③]“回来后，我写了一篇文章，题目是《不要忘记》。中国人已经忘记得太多了。”[④]于是，她便立志要将自己和家族亲历过的这段历史，秉笔直书，记录下来。虽说是以小说的形式叙述出来，但“四记”因为作者记“史”的初衷，而表现出一种兼具史书征实的风格。这一史书风格甚至很大程度决定了《野葫芦引》的叙事面貌。

除了“为什么讲”，还有一个“为谁写作”的问题。布斯认为，“小说修辞的最终问题，决定作者应该为谁写作”[⑤]。从宗璞的访谈、自述来看，“向历史诉说”，这个对历史、对诉说的渴望，隐身在隐含作者之中，对叙事的形态起到了决定性的作用。它意味着宗璞的“历史”，既是被讲述的历史，也是作者所倾诉的对

① 宗璞：《我与人民文学出版社》，载《宗璞自述》，大象出版社 2005 年，第 244 页。

② 宗璞：《我与人民文学出版社》，载《宗璞自述》，大象出版社 2005 年，第 245 页。

③ 宗璞：《过去的瞬间》，载《宗璞自述》，大象出版社 2005 年，第 86 页。

④ 宗璞：《祈祷和平》，载《宗璞自述》，大象出版社 2005 年，第 249 页。

⑤ ［美］韦恩·布斯：《小说修辞学》，华明、胡晓苏、周宪译，北京联合出版公司 2017 年，第 440 页。

象。从《野葫芦引》“四记”的叙事形态上可见出，戏剧性、情节、故事等一般吸引读者的手段，在《野葫芦引》“四记”中较多地被别的叙述形态所取代；或者说，戏剧性、情节、故事的含量，降到了一个较低的层面上，而突显出了某种史书风格：沿着时间的经线和空间的纬线，以实录和“征实”的叙述手法为主，《野葫芦引》“四记”成为一部以记、诉为修辞特点的带有自传色彩的编年体叙事。作者也曾表示过：“常苦于拘泥于史”。比如，《野葫芦引》“四记”严格比照历史中的真实时间为叙述线索，体现出对小说素材的“记”；除了《野葫芦引》“四记”本来具有的回忆性与抒情性特点，每记中还有多篇插入的抒情性文字，是作者直接的“倾诉”。可见，做一部近“史”的小说，是作者主观上即已拟定好的修辞策略；而倾诉的心理冲动，符合一位世纪老人的思维特点。

整个文本严格地以时间为经线，可见出从 1937 年 7 月 7 日到 1949 年春季的清晰的时间脉络，以及在这一时段所发生的历史事件。这些事件或作为叙事背景存在，或因人记事地予以记述。作者所叙述的群体，是以孟家为中心的包括外围的亲友们，以及大学校园内的师生。一群高层知识分子，他们在历史的各个关头所做的选择和他们的命运，尤为引人注目。“卢沟桥事变”过去八十多年了，抗日战争的历史也逐渐淡出人们的视野与记忆。但对宗璞来说，抗日战争时期在北平的童年，以及九岁随父辈南迁的那段历史，既是写作的“历史题材”，亦是追溯中国当代社会的发展与变迁的历史线索。

从“卢沟桥事变”写起，于小说的结构来说，故事往往从一个突变的节点上开始，这较有戏剧性。而对宗璞来说，美好、平静的童年生活，因这个历史节点而发生了“双城故事”（从北平到昆明）。在民族生死存亡的危难时刻，父辈们为保存民族文化薪火，在云南边陲历尽艰险、矢志不渝地工作与著述；西南联大的学子们走向战火纷飞的滇西战场；更有一班小儿女随着父母南渡北归，在动荡烽火中成长、锤炼。作为见证者，宗璞通过《野葫芦引》的写作，对这一段大历史提供了自己的洞见和认识。

《野葫芦引》“四记”的叙述将史书的风格与自传、回忆录的叙事特征结合在一起，呈现出一种风格独特的叙述形态。叙述者提供了一部基于个人视角的历史，也是一部特殊群体的历史，其中有着对于过去的大量洞见，而此时作者的智性，升华到人生的高点，形成一种成熟的世界观。

另一方面，促使这部小说最终能在如此艰难的条件下完成，一个不能忽视的因素，正是作者父亲冯友兰的言传身教。宗璞告诉记者说：“这几年我身体不好，也不知道该写什么，是不是写。在这个问题上，我的亲友们也分成了两派。但我认为必须写，因为我觉得不写就对不起这段历史。我决定写，无论遇到什么困难。我父亲到了八十岁才写《中国哲学史新编》。”[①] 正是在父亲这个榜样的激励和示范下，宗璞在难以想象的健康状况下，完成了《野葫芦引》“四记”。父女俩晚年写作的经历，有着惊人的相似性。同一间书房、同样的失明，父亲在九十五岁的高龄完成了《中国哲学史新编》，女儿完成了《野葫芦引》前二记。宗璞正是在师法父亲的过程中，实现了自己早年的夙愿。父亲对女儿的心愿也是了解的。他对女儿的小说写作寄予厚望：“近几年，每逢我的生日，父亲总要为我撰写寿联。九〇年夏，他写了最后一联：‘鲁殿灵光，赖家有守护神，岂独文采传三世；文坛秀气，知手持生花

---

① 艾江涛：《宗璞：不写对不起历史》，《三联生活周刊》2019 年第 40 期。

笔，莫让新编代双城。'"[1]就在这一年的 11 月，冯友兰先生去世。这一联，有老父亲临终嘱托的意味。作为数十年陪伴在父亲身边的女儿，冯友兰对宗璞的影响是全面的。在作者众多的身份中，"父亲的女儿"，是宗璞晚年最为看重的身份。

自二十世纪七十年代，宗璞迁回北大，陪伴、照顾父母。尤其在母亲过世之后，父亲几近失明，又要写作《中国哲学史新编》。她成了父亲的"秘书、管家兼门房，医生、护士带跑堂"；父亲过世之后，又撰写了大量回忆父亲生平、学术生涯的文章。宗璞的晚年生活中，有两件最重要的事。其一，是《野葫芦引》的创作；其二，便是撰文纪念父亲。当记者问她"为何花费如此多的精力写与父亲相关的文章，以至让一些人有她过于维护父亲之感"，宗璞答："因为我更了解父亲，我知道他不是像那些谣言所说的那样的人。我为父亲说话，有打抱不平的因素。""我要把我亲身经历的历史写下来，起一点正视听的作用。"[2]某种意义上说，宗璞晚年的这两件大事，是联系在一起的。说到作者创作《野葫芦引》的创作动因，"为父亲说话""以正视听"，也是一个不容忽视的心理动因。而这个动因将在孟樾这个人物的塑造上有所反映。

在《野葫芦引》之前，宗璞还未写过长篇小说。她的写作经验是不断积累、逐步升级的："短篇然后中篇，然后长篇，我写小说的路是循规蹈矩的。"[3]而她人生的阅历、丰厚的学养、卓越的文采、独特的生活经验，都将是写作长篇的优势条件。因为"叙

---

① 宗璞：《三松堂断忆》，载《宗璞自述》，大象出版社 2005 年，第 30 页。

② 艾江涛：《宗璞：不写对不起历史》，《三联生活周刊》2019 年第 40 期。

③ 宗璞：《第二卷说明》，载《宗璞文集》（第二卷），华艺出版社 1996 年，第 1 页。

事的目的是传达知识、情感、价值和信仰”[①]，“说到底，我们读者看小说不仅仅是为了看个故事，而是要扩大知识面，增加对世界的理解”[②]。事实上，《野葫芦引》的叙事，也为我们传达了令人动容的知识、情感、价值和信仰。读者通过阅读《野葫芦引》，对 1937 年 7 月至 1949 年春的中国历史，尤其是高层知识分子的生活与历程，有了不同于过去的新认识、新意识，极大地增加了读者对世界的理解。

宗璞如果不写，于她自己，于读者，都将会是一个巨大的遗憾。宗璞最终实现了这个当代写作史中的壮举——高龄、跨年代之久以及作家自我的完成性。当然，促使作者以极大毅力最终完成《野葫芦引》“四记”的另一个心理机制，即是对任何一位作家来说，创作的“当下此时”都会成为文本中一种隐在的生命痕迹。对宗璞而言，对老年、生命之谜的质询与象征性解决，也是小说创作的一个潜在动机。这从整个文本笼罩的晚期风格可见一斑。晚期风格所寓含的对生死问题的解决，是萦绕着老年作家写作的基本性现实。

正如杰拉德·普林斯关于“动机”（motivation）的解释：环境、原因、目的和冲动的复合体，它控制人物的行动（并使其显得貌似真实）。[③]我们因此可以说，宗璞的创作动机，正是以上分析中环境、原因、目的和冲动的复合体。

---

① ［美］詹姆斯·费伦：《作为修辞的叙事：技巧、读者、伦理、意识形态》，陈永国译，北京大学出版社 2002 年，第 23 页。

② ［英］戴维·洛奇：《小说的艺术》，卢丽安译，上海译文出版社 2010 年，第 9 页。

③ ［美］杰拉德·普林斯：《叙述学词典》，乔国强、李孝弟译，上海译文出版社 2011 年，第 130 页。

第二节 《野葫芦引》的“时空体”[①]形式

在考察《野葫芦引》的形式时，会发现时间与空间的结合关系，显得尤为突出。对《野葫芦引》而言，时间性本来就是第一义的。因为这是一部介于纪实与虚构之间、带有自传色彩的编年体小说。但这个编年体的叙事，却极大地依赖于小说的空间表现。“野葫芦”，即是空间的象征，它象征着作者“痴心肠要在葫芦里装宇宙”的空间意识。而小说中最大的物理空间就是“双城鸿雪”中的“双城”。《野葫芦引》“四记”以离开北平到昆明为开始，以重归北平为结束，在空间上画了一个圆，似乎又回到了起点，但时间已经过去了八年。加上《北归记》中的四年，这个时空不可分割的叙事联合体，把小说各个部分紧密地组织在一起，产生了小说的主题意义和情感价值。“时空体”本身即可看作“人生之路”的转喻，“好像时间流入了空间并在空间里慢慢流淌”[②]。还有一些空间，比如校园、战场、方壶、腊梅林等等，也都在小说中与时间一起，构成了小说时空体的具体表现。

巴赫金小说理论中的“时空体”概念，有助于我们阐释“四记”中时间与空间结合的叙事结构。巴赫金从爱因斯坦的物理学中借用了一个时空（chronotope）概念，用以阐明小说世界的结构方式：“为了揭示文学中作为艺术表达形式的时空关系的内在联系，我们提出 chronotope（本义即‘时空’）这个概念……其要旨

---

① “时空体”概念，是巴赫金在《小说的时间形式和时空体形式——历史诗学概述》(《巴赫金全集》第三卷，河北教育出版社 1998 年）中提出的，原文的概念解释较为分散，故本文采取了苏珊·斯坦福·弗里德曼的援引。

② [苏] 巴赫金:《小说的时间形式和时空体形式——历史诗学概述》，载《巴赫金全集》(第三卷)，白春仁、晓河译，河北教育出版社 1998 年，第 275 页。

在于，它表达了时空的不可分割性……可以说，时间能变浓，能长出肌肉，能在艺术上看得见；同样，空间也是有负载的，能回应时间、情节和历史的律动。这两个轴心的交叉和指示词的融合便是艺术上的时空体的特点。”[①]巴赫金更多的是在小说体裁的意义上阐发“时空体”概念的，在本文中，我们取这个概念的“时空的不可分割性”意义，也即正因为“时空不可分割”的叙事进程构成了《野葫芦引》“四记”的小说结构方式。

《野葫芦引》“四记”的时间线索非常清晰，从 1937 年 7 月 7 日起，到 1949 年春天。其间的时间走向无疑是线性的，作者甚至多处标明了那些“历史时间”“日常生活时间”[②]的具体日期。这里的历史时间、日常生活时间，体现为一种真实时间，也即传记时间，与巴赫金所谓传奇小说的“传奇时间”相对，是一种世俗生活时间，也即日常生活里那循环往复的时间。与达维德·方丹描述《包法利夫人》的时空，也非常相似：“是一种有厚度有黏性的时间，在空间中匍匐前行”[③]。《野葫芦引》“四记”中时间的稳定性，益发促进了小说对空间的依赖。

双城，是小说中最大的两个空间。1937 年 7 月 7 日卢沟桥的炮声，使小说的主人公们，嵋以及家族发生了从北平到昆明的南渡事件。之后的空间表现遍布《野葫芦引》的叙事。在这里，由于时间的稳定性，着重以空间分析为主，阐述在叙事结构中，空

① ［英］苏珊·斯坦福·弗里德曼：《空间诗学与阿兰达蒂·洛伊的〈微物之神〉》，载《当代叙事理论指南》，［美］詹姆斯·费伦、彼得·J. 拉比诺维茨主编，申丹等译，北京大学出版社 2007 年，第 208 页。

② ［苏］巴赫金：《小说的时间形式和时空体形式——历史诗学概述》，载《巴赫金全集》（第三卷），白春仁、晓河译，河北教育出版社 1998 年，第 279 页。

③ ［法］达维德·方丹：《诗学——文学形式通论》，陈静译，天津人民出版社 2003 年，第 65 页。

间如何负载了情节，回应时间、情节和历史的律动，与时间构成不可分割的叙事进程，并多大程度上决定了叙事的形态。

空间在小说中以两种方式起作用。其一，它是一个结构，一个行动的地点。其二，空间还可以作为背景。[①]以《南渡记》中的“方壶”为例，它既是一个结构，一个行动的地点，还是一个空间背景。它是孟家人在北平校园的居所。对孟樾来说，这里是他在学校乃至社会上的地位的象征，也是他的形象得以塑造的场所。方壶，相传是东海三仙山之一。历代帝王为了接近神仙，在园林里挖池筑岛，模拟海上仙山的形象。乾隆将传说中东海的龙宫移植到圆明园，取名方壶胜境，被誉为圆明园最美的景观。方壶，也是紫砂壶的一种器型。在《野葫芦引》中，校长秦巽衡住的是“圆甑”。甑，是中国古代的蒸食用具。可见圆甑、方壶都是根据建筑的形状而命名。方壶与圆甑平行出现，足见在叙述者笔下，孟弗之在明仑大学的地位和影响。方壶的另一个寓意，与历代文人隐居时自号的居室名有关。如宋代诗人汪莘，自号方壶居士。以上种种透露出来的微妙象征及联想，都为这个人物形象附着上了作者欲附之上的信息。

在《北归记》中，秦巽衡校长最终离开明仑去台湾之前，与孟樾还就方壶、圆甑有过几句对话。“巽衡说：‘这四个字究竟是什么意思，你想过没有？’弗之道：‘大概是说住在里面的不过是——’巽衡抬手插话道：‘不过是酒囊饭袋之人。’两人大笑。”[②]这彼此会意的大笑，既有无用书生面对政治历史风云的无奈，更有对此身份的自矜与自怜。

---

① ［荷］米克·巴尔：《叙述学：叙事理论导论》，谭君强译，中国社会科学出版社1995年，第108页。

② 宗璞：《北归记》，人民文学出版社2019年，第264页。

《南渡记》中，孟弗之是和庄卣辰一起最先出场的。一般而言，小说中最先出场的人物即是主人公了。接着作者就写到方壶，书房是一个更小的空间，属于孟弗之一个人。这个空间是他形象塑造的重要场所。这种描写寓所的手法，使人联想到《红楼梦》。贾母带刘姥姥参观大观园一节，金陵诸钗们的住所被曹雪芹一一写来。历来被认为是借寓所曲写主人性格命运的经典笔法。事实上，住所在揭示主人的性格、爱好及性情方面，确实有着不可忽视的作用。比如，秦可卿的卧房的描写，就将人物性格及最后的命运揭示得淋漓尽致。黛玉、宝钗等的居所无不浸透主人的性格情性。宗璞是熟读《红楼梦》的，小学时就和兄弟们在上学的路上对回目。《红楼梦》等中国传统经典名著作为潜在的文化底蕴，对《野葫芦引》的写作构成一定影响："进入弗之的书房。书房在孟家是禁地，孩子们是不准进的。书桌更是连碧初也不能动的。书房中有一副对联，是从泰山石峪拓下来的，这几个字是'无人我相，见天地心'。台灯的灯身镌满五千字的《道德经》。接着他开始写他的著作《中国史探》"[①]。文人知识分子的形象，往往借助于楹联来双关表意。这副对联，便是作者理想化地塑造人物的手段。"无人我相"，出自《金刚经》，原句为：无人相，无我相，无众生相，无寿者相。对联的重点在下一句：见天地心。天地心，就是天道。这副对联，意即看破表象，感受到天地至理的意思。令人联想到冯友兰的"人生四重境界"中的最后一重，也就是最高境界：天地境界。这正是作者寄寓在这个人物身上的境界写照。

从书房的摆设，尤其是对联的寓意，叙述者的目的是使人物显得更加真实可触。背景本身可以展现故事，是刻画人物的重要手段。几件道具往往可以省去作家几页篇幅的人物描写，可使人

① 宗璞：《南渡记》，《宗璞文集》（第三卷），华艺出版社 1996 年，第 9 页。

物行动更加令人信服，使虚构故事增添真实的色彩。在这里，时间让位于空间，空间产生了叙述，并在人物塑造、主题思想方面发生着作用。

宗璞这样描写吕碧初的卧室："是方壶中最舒适的一间房，她在这里度过一生最美好的时光。十多年来弗之的学问事业年年精进，嵋和小娃都在这里出生……室中件件家具都是她精选心爱的……"[①]对孟嵋和孟合己来说，方壶是他们的乐园世界。这里是家，是无忧无虑的童年，是有安全感的生活。而当这一切失去后，孩子们的天堂失去了，一个安全的空间也随之消失了。小说正是从这个"失去"的陡转开始写起。方壶是叙事的起点，也是终点，只不过经过了时间的空间毕竟不同了。失去了方壶，孟家人随大学南迁。目的地是云南昆明。在那里，孟家人找到了藏在腊梅林中的家。

腊梅林，是一个新的承载着孟家人情感与寄托的空间。在这个空间里，"爹爹拿一本书坐在腊梅林下读"。到孟家来的访客，都先穿过腊梅林，客者闻着花香而来，主人听得梅林路上或喧哗或轻悄的脚步声。这个腊梅林的空间，在叙述者的叙述中，使读者仿佛领受了三种感觉：视觉、听觉和嗅觉。腊梅林的形状、颜色，通过嵋的视角表现；客者或家人穿过腊梅林总会有各种声音可以辨识；一家人在腊梅盛开的季节，嗅着花香的生活。在这个新的空间里，家的认同感达成，家人们感觉到安全和温馨。这个腊梅林，更是一个语义上的象征，凌冬开放的腊梅花，象征着抗战中不屈的民族精神。所以，当腊梅林被炸，作者忍不住借碧初的口吻写下了《炸不倒的腊梅林》，这一插入式抒情文章的写法，在"四记"中都有表现。例如，《南渡记》中有历来被认为是孟樾

---

① 宗璞：《南渡记》，《宗璞文集》（第三卷），华艺出版社 1996 年，第 142 页。

的心灵独白的《野葫芦的心》。

先是方壶，接着是腊梅林，这两个孟家人的居所，都因日本入侵而失去、毁掉了。通过这两个空间的情节，叙述者叙述了一个中国家庭在战争中的遭遇。另一方面，从方壶到腊梅林，是从一个空间到了另一个空间，小说也便在叙事结构上进入到新阶段。这正是空间在小说结构上的表现，使得故事从一个空间到另一个空间地拓展。在空间拓展的同时，一系列的对照也由此展开。小说开篇的北平，是孩子们眼里的天堂，日本人占领后就是一个亡国奴的牢笼。人们怀着解脱的心情逃离出来，逃到云南，在云南怀念着北平。在这里他们又有了一个腊梅林的家，可以替代方壶安放一家人的身心。但好景不长，腊梅林也被日机炸掉了。孟家人从尊贵的教授人家，到与猪同住。“它们散发的特有气味和不停的哼哼声透过地板缝飘上来弥漫全屋”[①]；“最可怕的是坑里还养着猪，它们哼哼着到木板下来接取新鲜食物，还特别欺生，遇见人来，似有咬上来的架势。所以城里人来用这坑时，大都手持木棒，生怕被咬上一口。”[②]空间的变化，体现出一系列的对比。如顺心—不顺心、幸运—不幸、熟悉—生疏、安全—不安全等等，这些心理上的落差，是通过空间的对比实现的。

在《南渡记》中，整个第六章是写南渡的旅途。旅行总是一个好情节，因为它形象地表示了小说要求的距离感。这个距离，即是一个空间。在“船”这个空间里，之芹死在了船上。这件事对嵋的震撼和打击，使她从幸福的方壶走出来，见到了世界残酷的一面。在嵋这里，空间的划分，是以内部与外部为基础的。“内部”与“外部”之间形成一种对照、对立的关系。海上航行中

① 宗璞：《东藏记》，人民文学出版社 2005 年，第 97 页。

② 宗璞：《东藏记》，人民文学出版社 2005 年，第 97 页。

“船”这个外部空间，充满了不测的危险。当然，外部空间也意味着“自由”，所以嵋一班孩子会在船上欢呼。联系整个旅途，嵋们经历了海上的惊涛骇浪、之芹的死，经历了火车上的抢劫，丢掉了嵋精心收拾的小箱子。那里面藏着无因送给她的萤火虫手镯，预示着两人的爱情没有结果。在嵋的视点下，离开方壶的空间，就离开了一个安全的空间。外面是与之对立的一个也许自由，但充满危险的空间。在叙述者潜在的心理结构中，这正是以方壶为代表的校园空间与外部空间的某种对照。而对这一空间的穿越，最终到达行动的目的地。在这一过程中，几个主要人物都有了一种变化，或增长了见识，或历练了心性。

碧初的慈母形象也是在这个外部空间里，进一步塑造出来的。她温和而坚韧，有涵养有风度。带着一班家眷南下，从一个北平的教授太太历练成经风雨、临大事的女性。她的形象自然地与金士珍形成对比：

> 碧初回头，立刻转身扶住之芹：李大姑娘，你怎么了？之芹摇摇头。金士珍也来扶住，说：就你事儿多！玳拉说她大概要晕倒，几个人连扶带抱，让她进房睡下，只见她脸色惨白，直出虚汗。金士珍慌了，不知怎么好。碧、玳二人商量，先让她抿些糖水，又找出多种维他命捣碎灌服了，过一会儿，她脸色回复过来，渐渐好了。之芹的脸色渐好，士珍的脸色就不大好看，若是在家，就要发作埋怨，说女儿照应不好自己，怎么帮着照顾弟、妹和家？岂非大大的失职！……这时金士珍已吃完饭，用餐厅的小毛巾擦着嘴走进来，大惊小怪地说：孟妹妹心眼儿真好，这么招呼之芹，之芹真不争气，上路本来

就艰难，还生病！也太娇气了！李姐姐就是有点儿晕船，一会儿就好。嵋辩解地说。士珍撇撇嘴，大有嫌她多管闲事之意。……碧初温和地说：饭都凉了。吃馒头吧。舀了一勺刚添上来的热汤给她。嵋慢慢把馒头泡在汤里，忽然抬头问："为什么有些人是那样的？""世界不是方壶，你慢慢就知道。"碧初温柔地鼓励地微笑。[①]

碧初对待孩子倾尽心力，温柔亲切；金士珍却迷信愚昧，对孩子们严厉而冷淡。在后三记中，这种家庭间的对比叙述还将延续。事实上，《野葫芦引》"四记"有很大一部分内容是发生在家庭这个空间里的。

香粟斜街三号，在《南渡记》中是一个重要的空间。"什刹海旁边香粟斜街三号是一座可以称得上是宅第的房屋。和二号四号并排三座大门，都是深门洞，高房脊，檐上有狮、虎、麒麟等兽，气象威严。原是清末重臣张之洞的产业。"[②]这一段描写的文字，是吕清非社会地位的间接说明。作者对这一空间的偏爱，主要体现在《南渡记》中的重头戏，吕清非老人的故事发生在这里，他最后拒绝出任伪职殒命于此。这里是以吕清非老人为中心的碧初等的娘家，也是吕清非的形象得以塑造的重要场所。还是澹台玹、澹台玮、绛初、赵秀莲、吕贵堂、吕香阁等人在此聚合的空间。四女占蜡、玹子与保罗的故事、汉奸缪东惠的情节，等等，都发生在这个空间。姑表兄妹们在此相聚玩闹，承载着嵋们的童年记忆。

小说中的校园与外界的空间对立，可以说，时时体现在小说

① 宗璞：《南渡记》，《宗璞文集》（第三卷），华艺出版社1996年，第213页。

② 宗璞：《南渡记》，《宗璞文集》（第三卷），华艺出版社1996年，第31页。

的叙事中。叙述者把大部分的笔墨用在了校园事件、情节的叙事中，因为这是作者所熟悉的生活和场景。一旦离开了校园这个空间，可以明显感觉到叙述者的场景叙事变得完全倚靠材料或想象了。这种校园与外界空间的对立还反映在作者的情感、认知中，而这些必定对小说结构产生潜在的影响。

一、空间的主题化表现

在《野葫芦引》的叙事中，空间常被“主题化”，其自身就成了描述的对象本身。“野葫芦”就是一个有关主题的空间。野葫芦里装的是什么？“痴心肠要在葫芦里装宇宙。”这句话是关于整部小说的内容题旨而言的，也是作者的叙事境界的追求。其题旨与“纳须弥于芥子”同义。所谓“芥子纳须弥”“和光与物同”的境界，正是一位惯看历史风云、曾经沧海的老作家的自我期许。“纳须弥于芥子”还对应着小说的空间布局与素材选择。除了《西征记》，小说叙述大多主要盘桓于校园和家庭等静止空间里，所叙之事也被裁剪得较为细碎，几乎完全融入了细节的描写、叙述里。宗璞将“野葫芦”自谦为“芥子”，里面的内容则为“须弥”。暗含着“器”虽小，包容的却是芸芸大千世界、渺渺宇宙之道。而这一切，都需要读者去仔细辨认、揣摩。须弥山一般庞大丰富的内容，在某种意义上也对应着百科全书式写作。而阿恩海姆却认为，此类写作风格是某种“晚期风格”的表现。关于这一点，在第五章有详述。

在《南渡记》第一章的末尾，叙述者以孟樾的口吻作了一篇《野葫芦的心》的文章，这篇直抒胸臆的文章可谓整部小说的“文眼”，是小说关于知识分子与时代的题旨所在。孟樾在这里表达了强敌入侵、国将不国的历史时刻，每一个中国人的爱国之心；还对自己一生进行了“预叙”：“我其实是个懦弱的人，从不敢任性，总希望自己有益于家庭、社会，有益于他人。虽然我不一定做到。我永远不能洒脱，所以十分敬佩那坚贞执着的秉性，如那些野葫芦。”① 如果说，野葫芦具有“坚贞执着的秉性”，那么，这“坚贞执着的秉性”又指向什么呢？这秉性即是知识分子在野却要兼济天下的本质。

这段心曲自述，也在某种意义上引出“葫芦里装宇宙”的“宇宙”。这个“宇宙”既包括老一代知识分子的道路、人生选择，也包括青年一代的爱情选择，还有嵋们的童年记忆。“人其实不知道历史是怎么回事，只知道写的历史。所以人生、历史都是‘野葫芦’，没办法弄得太清楚。那为什么是‘引’呢？因为我不能对历史说三道四，只能说个引子，引你自己去看历史，看人生的百态。”② 葫芦通糊涂解，这也便是一个世纪老人对历史无法说清道明的复杂意绪吧。这个主题意义上的空间，将会在读者、阐释者的共同参与之下，从这个动态的交流系统继续探讨葫芦里的“宇宙”。

浦安迪发现中西方文学中有一个共同母题，那就是园林。他认为：《红楼梦》选择园林题旨作为中心，与西方许多寓言巨作以“安乐居所”（locus amoenus）为中心，有着惊人的相似。但是，园林寓意的要旨，东西方则有所不同。西方注重真假乐园的区别，或者上帝安排得井然有序的世界与造物主的天国之间的区别；中国注重宇宙和个人在自成一体的生活背景上融合。这种不同表明，

---

① 宗璞：《南渡记》，《宗璞文集》（第三卷），华艺出版社 1996 年，第 39 页。

② 艾江涛：《宗璞：不写对不起历史》，《三联生活周刊》2019 年第 40 期。

从同一特定的环境中可以推演出不同的哲理。[①] 方壶、腊梅林、香粟斜街三号等空间，被作者饱含深情地写来，即有这种中国人注重宇宙自然与人合一的哲学背景和文化旨趣。中国传统小说对于空间的经营历来格外重视，空间构成了小说结构的重要一极。而小说中时间、空间、人物、视角、动作等等，往往也是纠合在一起的，不能截然分开。

二、时空关系与叙事节奏

经过细读，我们发现，不论是方壶还是香粟斜街三号，令人遗憾的是，这两个空间主要是“行为的地点”（the place of action），而不是“行动着的地点”（acting place）[②]。这导致小说的叙事大多数时候呈静态化，靠着空间的来回转换来推进叙事，而动作与情节的因果链叙事，这种增加小说叙事节奏的动态化推进则相对较少。

如果说，方壶与外部世界形成安全与不安全的对照，与遥远的腊梅林构成一种结构上的先后关系，以及幸福与痛苦的对比，那么，香粟斜街三号，就似乎是一个背景式的空间。在这里，空间等同于描写。而描写是插入性质的，也因此是拖慢叙事节奏的。这些空间描述，似乎只为增加现实主义的效果。

在小说里，宗璞这样写道：“玹子住前院西首小跨院，三间小北房，两明一暗，院子没有正经的门，只从廊上的门进去，大家就称之为廊门院，房子全像绛初上房那样装修过，棕色地板绿色

① ［美］浦安迪：《中国叙事学》，北京大学出版社 2018 年，第 163 页。
② 参见［荷］米克·巴尔：《叙述学：叙事理论导论》，谭君强译，中国社会科学出版社 1995 年，第 108 页。

纱窗，中西合璧的布置。”[1]类似这样的纯空间描写，在香粟斜街三号发生过多次。直到“最突出的是满屋摆满了洋囡囡，实际也不全是娃娃，而是各种各样的玩偶”，才总算为后来玹子惩罚自己的玩偶来出气的情节，铺垫了一个于叙事有益的描写。小说中大量存在的这种描绘的功能，仅仅突出了一般的写实功能。

在宗璞的笔下，“一出夹道小门，虽然是红日高照，却有一种阴冷气象，蒿草和玮玮差不多高，几棵柳树歪歪斜斜，两棵槐树上吊着绿莹莹一弯一曲的槐树虫，在这些植物和动物中间耸立着一座三开间小楼。楼下是一个高台，为砖石建筑，高台上建起小楼，颇为古色古香。油漆俱已剥落，却还可看出飞檐雕甍的模样。一个槐树虫在绛初面前悬着，玮玮立刻勇敢地向前开路”[2]。这些描写似乎是动态空间了，突出了玮玮的勇敢，但它们更明显的作用也许却是拖慢叙事的节奏，因为过多的空间描写使时间次序中断。

在小说的情节叙事里，碧初回方壶帮进步学生焚毁文件，本来是一个较为紧张的情节。但叙述者仍有闲暇写道：“夹道树木已落尽叶子，路面扫得干净，连路边杂草也拔得精光，小溪近岸处结了薄冰。”直到“快步走向厨房小院时，觉得从秦家移来的荷包牡丹，也已经枯萎了”，整整两个自然段的沿路景物。最后要挖文件了，还不忘描写枯萎的荷包牡丹。再一次证明，当空间被广泛描述时，时间次序的中断就不可避免了。

显然，宗璞无意在一个因果叙事链中增添各种悬念、情节、机遇、起伏，她真正的兴趣，可能在于通过回忆的纪实，丝毫不错地或是客观真实地将历史还原呈现出来，在此过程中，达到某

---

① 宗璞：《南渡记》，《宗璞文集》（第三卷），华艺出版社 1996 年，第 52 页。

② 宗璞：《南渡记》，《宗璞文集》（第三卷），华艺出版社 1996 年，第 56 页。

种文化史的旨趣。例如“荷包牡丹，也已经枯萎了”这个细节，是对之前碧初从秦家移来荷包牡丹的续写，抒发一种家园破败的情感；于读者来说，以为紧急处理学生掩埋的文件必须雷厉风行，叙述不能拖泥带水。叙述者在此与一般读者的阅读期待交错了。而作者的读者，也许能够理解此处的妙处：中国注重宇宙和个人在自成一体的生活背景上融合。“荷包牡丹”上寄托着孟家人的家园情怀，这个审美的精神需求，也即文化需求，正是作者所代表阶层的习性和品位。相似的例子还有吕清非老人的死，这个悲壮的情节是《南渡记》中最有分量的情节了。但吕老人死后，叙事却陷于入殓、上香、化纸钱，写了一页半。对作者来说，这些死后的礼仪也即文化上的意义，是更重要的呈现内容。

宗璞对描写景物历来深为钟情。她年轻时最喜欢的两位作家之一哈代（另一位是陀思妥耶夫斯基），就是写风景的大师，对宗璞产生过深刻的影响。哈代小说中的景色、景物描写，每每与他的叙事紧密嵌合在一起，起到了用风景衬托叙事、表达情绪的绝妙作用。宗璞亦对风景非常热爱，自称“改不了山水旧癖、烟霞痼疾”。宗璞后来又对曼斯菲尔德深有研究，而“曼是写景的能手”[①]。她概括曼氏的景有“眼中景，心中景”。早在《红豆》时期，已见出宗璞写景的精湛表现。她曾说：“《人间词话》有云，昔人论诗词有景语、情语之别，不知一切景语皆情语也。不止诗，小说也是如此。”[②]可见，写景对宗璞所具有的写作发生学上的意义。她极擅通过景物描写，寓情于景、情景交融，达到“天人合

① 宗璞：《试论曼斯斐尔德的小说艺术》，载《宗璞文集》（第四卷），华艺出版社1996年，第241页。

② 宗璞：《试论曼斯斐尔德的小说艺术》，载《宗璞文集》（第四卷），华艺出版社1996年，第241—242页。

一”的叙事境界。

除了景物表现是作者的艺术特色之一，宗璞在小说中还善于制造气氛、烘托情绪。正如她评价曼斯菲尔德的小说：“她不是靠故事，而是靠情绪，情绪造成气氛，透入读者万千毛孔中，所以戴其斯称她的小说为意象文学，而诗，正是意象文学。”[①]某种意义上说，这也是宗璞对小说的诗意追求。这可以用来阐释为什么宗璞写碧初处理学生文件，会有大段的庭院描写。这些描写的本意浸透着作者对方壶的深深眷恋，她通过各种意象，来抒发有家不能回、任凭家园破败的伤感情绪。

宗璞对曼斯菲尔德也是有着客观的评价的，肯定的同时，也认为：一方面表现出细致、抒情的特色以及和诗的血缘关系，一方面也表现了视野狭窄的缺陷。[②]如果没有《西征记》，《野葫芦引》也许也会堕入“视野狭窄”之讥。幸好在《西征记》，宗璞令读者领略到作者写作史诗性大作品的气度与视野。《西征记》虽然有些地方残有“报告”的痕迹，但终于走出了封闭的校园空间，走向了战火纷飞的滇西战场，因而成为内容最丰富、最生动的一记，是四记之“转”，可谓之高音华彩部分。

---

① 宗璞：《试论曼斯斐尔德的小说艺术》，载《宗璞文集》（第四卷），华艺出版社1996年，第240—241页。

② 宗璞：《试论曼斯斐尔德的小说艺术》，载《宗璞文集》（第四卷），华艺出版社1996年，第248页。

第五章 《野葫芦引》的叙事分析（下）

这一章继续《野葫芦引》的叙事分析，集中探讨“四记”的内容与形式的安排。从某种意义上可以说，《野葫芦引》是宗璞献给父亲冯友兰的作品。长篇四卷中处处可见冯友兰的影响，读者在小说中也常常与冯友兰的言论、思想相遇。《野葫芦引》“四记”亦与《三松堂自序》《中国哲学史新编》等冯友兰的著作形成某种互文性关系。

在如何做一个作家方面，父亲冯友兰给出了具体的建议，那就是：“世界上有两种书，一种是无字天书，一种是‘有字人书’”。[①] 提示宗璞要从自然、社会、人生这三部无字天书中汲取营养，要用至精至诚的心劲把无字天书酿造成文字。也曾书写龚自珍的诗句赠予女儿：“虽然大器晚年成，卓荦全凭弱冠争。多识前言畜其德，莫抛心力贸才名。”勉励宗璞淡泊名利、一心向学。[②] 冯友兰在《〈宗璞小说散文选〉佚序》中，用佛经中“纳须弥于芥子”这一句禅语来谈小说的创作。他说：“好大的一座须弥山，要把它纳入一颗芥子，这是对于一篇短篇小说的要求。至于

---

① 冯友兰：《〈宗璞小说散文选〉佚序》，载《宗璞文集》（第四卷），华艺出版社 1996 年，第 450 页。

② 见宗璞：《蜡炬成灰泪始干》，载《宗璞自述》，大象出版社 2005 年，第 45 页。

怎样纳法，那就要看小说家的能耐，但是无论怎样，作者心中必先得有一座须弥山。”[①] 这一观点，对《野葫芦引》的叙事起到了决定性影响。

本章拟从“纳须弥于芥子”的内容安排与境界追求入手，进一步探讨小说寓宏大于微细的结构方式、小说的“记”与“诉”，以及叙述者与文本动力等问题，深入辨析《野葫芦引》“四记”的叙事形态。

第一节　寓宏大于微细的结构方式

“须弥藏芥子，芥子纳须弥”，是佛经的典故，意指佛门和世俗社会是相通的，芥子和须弥山也可以互相包容。芥为蔬菜，子如粟粒，佛家以“芥子”比喻极为微小。须弥山原为印度神话中的山名，佛家以“须弥山”比喻极为巨大。须弥藏芥子是事实，芥子纳须弥是禅理。历史上关于须弥、芥子的讨论，以南朝齐代傅翕的《还源诗》最为深透。他认为“诸相皆非真实，巨细可以相容”，以此劝世人不要执着于眼前的名利、地位、荣誉等，事物是会转化的，荣华富贵不过是过眼烟云。

冯友兰在《〈宗璞小说散文选〉佚序》中，用“纳须弥于芥子”来勉励宗璞的小说创作。时已八十六岁的冯友兰，显然将自己的诸般心绪寄托在了这一句禅语里。也已渐入晚年的宗璞，欣然接受这句佛经上的话，对宗璞而言，它包含着对生命的领悟，也包含着创作方法上的启示。它是小说在宏观意义上对于内容安

① 冯友兰：《〈宗璞小说散文选〉佚序》，载《宗璞文集》（第四卷），华艺出版社1996年，第450页。

排的想象，对应着小说的空间布局与素材选择。将自己的“野葫芦”自谦为“芥子”，里面的内容则为“须弥”。从佛经的角度来说，只有高僧才能在一粒小豆中看到大千世界。所以，纳须弥于芥子，也便有了某种意义上的自我期许。芥子、野葫芦的意象，都暗含着这样的哲理意味——此“器”虽小，但里面所包容的，却是芸芸大千世界、渺渺宇宙之道。

事实上，“四记”的内容确实有如须弥山一般庞大，可谓巨细不遗、深藏玄机。叙事既有《南渡记》的细腻、精致，也有《东藏记》的老到机锋，更有《西征记》的大气磅礴，以及《北归记》的冷峻犹疑。

上一章我们探讨了《野葫芦引》的“时空体”形式，这个小说形式，不是传奇小说的形式，也并没有按亚里士多德为悲剧所排四要素[①]来安排小说形式。也就是说，除了用“时间”作为统一的线索，整部长篇“四记”，并没有一个统一的整一性叙事悬念，小说毋宁说是开放的，是树状的结构，它大体按时间的顺序，把作者认为值得一记，或必须纳入情节的事件组织起来。这并不是说它没有情节，而是情节被切分得过于细碎，且过多的内容安排，分散了叙事的主干。在此过程中，作家追求一种“百科全书”式写作。正如巴赫金所言，“希腊小说力求达到一定百科性，而后者是这一体裁所固有的特点”[②]。而在阿恩海姆看来，这其实也是某种晚期风格的表现：“在这里，一位年老艺术家的智慧正在诉说，对他而言，对象世界已经在他面前脱去了伪装。洞察这个世

① 亚里士多德认为悲剧应包括六个成分，对应于小说，有四个成分是共通的，即情节、性格、言语、思想。见［古希腊］亚里士多德：《诗学》，陈中梅译注，商务印书馆 2005 年，第 64 页。

② ［苏］巴赫金：《小说的时间形式和时空体形式——历史诗学概述》，载《巴赫金全集》（第三卷），白春仁、晓河译，河北教育出版社 1998 年，第 281 页。

界以外的东西，既内在于这个世界又超越这个世界，正是一种涅槃的整体性，而艺术家本人所托付的就是一种无在（nowhere）的创造性。”①写作“四记”时的宗璞，追求思想的高远，对悲剧性有着一种自然而然的偏好；关注作品“整体的生命”；与中年成熟期相比，对文学的理想化程度甚至提出了更高的要求。整部长篇使读者见识了作者在认识能力、审美能力方面所表现出的年龄优势。但几乎终身生活在校园里，作者经历、体验的广狭也会反映在小说中。这就不难理解为什么除了《西征记》，其他三记的叙事内容总不过在家庭、校园盘桓。读者看到的历史内容可能失之于细碎、驳杂；而有的人物的性格及命运，又未能得到深入的、更充分的显示。但不可否认的是，经由叙述者的叙述，在不动声色的文字和声音里，一个斑斓而深邃的叙事世界得以呈现。作者最终还是达到了自己“纳须弥于芥子”的修辞效果。

一方面，要达到将“须弥山”纳入“芥子”的修辞效果；另一方面，也不得不承认作者年老体衰、力有不逮。《南渡记》于1987年年底完成，冯友兰于1990年逝世，这对作者来说是一个巨大的打击。自己也开始生病，致使《东藏记》写了七年之久；《西征记》于2008年完成时，作者已八十岁；《北归记》创作将半的时候，作者由于脑溢血住进了重症监护室。

由于上述原因，读者便看到了整体叙事的某种碎片性或者说“无机性”。除了老年写作的健康状况之外，显然，还跟作者的“须弥与芥子齐”“生死涅槃齐”的思想有关，跟“和光与物同”的平等心、解脱心有关。我们不由得想到傅翕所作《还源诗》：“还源去！生死涅槃齐；由心不平等，法性有高低。……般若无形

---

① ［美］鲁道夫·阿恩海姆：《对美术教学的意见》，郭小平、翟灿、熊蕾译，湖南美术出版社1993年，第380页。

相，教作若为观。……但息是非心，自然成大智。……志小无为大，芥子纳须弥。还源去！解脱无边际；和光与物同……”①傅翕此诗，历来被赞妙理深远，至诚恳切。他从佛法的角度，劝人回复到自然本原的境地，从而得到真正的解脱。生死涅槃齐、心平等、但息是非心、芥子纳须弥、和光与物同，等等，都不同程度地以某种宇宙观或方法论的背景，体现在《野葫芦引》“四记”的叙事中。与上述阿恩海姆所论晚期风格的一些美学特征重合。

小说中的这个“须弥山”，真如一个大千世界，形形色色、林林总总，都被作者观察、记录。细小的物什，也被给予了平均的笔墨。比如，《南渡记》一开始，是卫葑与雪妍的婚礼。庄卣辰作为证婚人讲话，他的讲话充满抗日激情，语言修辞准确而精练，很好地做到了为叙事的主题服务。如：“‘今天最大的事是卢沟桥的炮声’，卣辰说，这是中国人的骄傲。”②可是在这慷慨激昂的讲话前后，却出现了各种杂多细碎的场景描写，玮玮、碧初、嵋、无因、小娃、庄太太等一干人全都被提点到。对庄太太的衣饰进行了重点描绘：“庄太太是英国人，是卣辰的继室，不是无因的母亲。她身材修长窈窕，自认为很有资格穿旗袍。这时穿一件银灰色织锦缎镶本色边旗袍，高领上三副小蟠桃盘花扣子，没有戴首饰，只在腕上戴一只手镯型小表。”③这一段对庄太太穿旗袍的描写，本身是极精美、富有审美价值的，但在此处，如此精致、细腻的描写却明显有喧宾夺主之嫌，读者不知道叙事的焦点到底在哪儿。

作为一种语境考察，有必要看看二十世纪三四十年代的文学

① 张勇：《傅大士研究》，巴蜀书社2000年，第233页。
② 宗璞：《南渡记》，《宗璞文集》（第三卷），华艺出版社1996年，第25页。
③ 宗璞：《南渡记》，《宗璞文集》（第三卷），华艺出版社1996年，第25页。

作品。那时候的作家绝大部分注重写外部的活动，“比如开会、争论、游行、罢课、下乡，而忽略了日常经验世界”[①]。有意思的是，作为回看的同历史写作，《野葫芦引》“四记”，则又太盘桓于日常经验世界，而日常经验的琐碎、非连贯性（无机性）及意义的缺乏等，都导致了叙事中结构的散化，叙事中也充满了相互异质的美学元素及风格。对包括进步学生、大学教授们的现实处境，大多是侧写，或“点到”。尽管是皇皇四卷的体量，但叙事线索繁多、人物众多，作者的笔墨分配难免有时显得平均，于是，就多少呈现出以上论到的“侧写”与“点到”。这个“侧写”与“点到”，也许是作者有意为之。作者曾对曼斯菲尔德深有研究，她发现曼氏发展了侧面叙述的自由形式，允许作者在叙述中随时出现或消失[②]。对比看看《野葫芦引》的叙述和聚焦，仿佛是这句话的佐证。

作者采用如此的叙事策略还有一个因素。毕竟所记绝大部分人物是有原型的，作者向来又是以“诚”为自己的创作圭臬，即使是一些故事性、戏剧性很强的情节，也不愿意做过多停留与渲染，至于小说常会追求的夸张、变形等叙事手法，对已进入老年写作的宗璞而言，显然早已无哗众取宠之心，而一心向往返璞归真之境界了。对这一问题的阐述，可从宗璞的这一段话见出：“前几天遇到一位研究中国文学的美国朋友，她说一般认为中国作品不重视技巧，只有生活；美国作品技巧甚高，没有生活。我想如果二者相较，也许还是前者为好。”[③]这段话可以视为宗璞晚年关

① 赵园：《艰难的选择》，上海文艺出版社 1986 年，第 198 页。

② 宗璞：《试论曼斯斐尔德的小说艺术》，载《宗璞文集》（第四卷），华艺出版社 1996 年，第 249 页。

③ 宗璞：《广收博采，推陈出新》，载《宗璞文集》（第四卷），华艺出版社 1996 年，第 220 页。

于小说理念的剖白。

小说通常被认为是由“整体性”和“统一性”来统摄整个叙事的。为突出小说所谓的主干，作家们必得削减掉大部分多余的枝杈。而主干上的叙事则被严格地执行着因果律等叙事逻辑。现实主义的叙事成规，已将读者培养成视事件时间与小说时间同步的审美习惯。读者不习惯在他们和事件之间出现多余的讲述者或引导者。他们更喜欢通过自己的眼睛直接看到事件的进程，而不是通过叙述者，甚至最好也不要是某个小说中的人物，来使他们觉得自己被叙述者主宰。读者喜欢纯粹的“显示”，而不是“讲述”。叙述者隐形或退出，才能体现出戏剧性。这也便是为什么，我们在绝大多数的当代小说中看到主要人物加单一行动，来“显示”故事的叙事。这些小说，深谙戏剧或电影蒙太奇手法对读者的魅惑，擅长以场景的组接来再现生活，将中间的概述缩小到最短间隔。这是因为，情节使读者产生真实的、与时间同步的感觉。行动的直接性能带给读者悬念以及生动的阅读效果。当然，现代主义以来的小说，已经大大突破了这些森规戒律。

那么，早年写过《红豆》《三生石》的作者，不懂得这些现实主义的叙事成规吗？显然不是。她说：“这两年我常想到中国画，我们的画是不大讲究现实比例的，但它能创造一种意境，传达一种精神，这就是艺术的使命了。这方面的想法我以后在作品中还会表现出来。”[①] 她甚至知道自己的这种写作方式会有什么样的效果：“我的有些作品不注重情节，也不用白描叙述的手法，有些费解，遂贻‘曲高和寡’之讥。”[②] 显然，宗璞很明白自己有些

---

① 宗璞：《给克强、振刚同志的信》，载《宗璞文集》(第四卷)，华艺出版社 1996 年，第 310 页。

② 宗璞：《小说和我》，载《宗璞文集》(第四卷)，华艺出版社 1996 年，第 313 页。

作品的写法，可能会招致不一样的评价。而进入老年写作的《野葫芦引》最终所呈现的叙事面貌，便是作家的有意为之了。因为风格要求有取舍，取舍则推出和确定了选择者的个性（他的世界观，他的理想、评价、情感等等）。对宗璞而言，写出知识分子作为“内在的人”“自由又自足的主观精神”，是最大的理想和情感。而“写人的精神世界的小说，很难靠情节来结构作品”[①]。作者所叙的群体的本质特征，决定了这是一群以思想、观念过活的群体。他们具有沉思性而非行动性的特征，清醒又软弱，致力于追求个人道德的圆满。但当面临民族大义的选择时，则又体现出中国古代士人“临难毋苟免”的正义精神。这些特性，使他们的生活方式总体上倾向于静态而非动态。以孟樾的形象论，虽不至于完全成为思想的代言人，但不可否认的是，这个人物因承担表现知识分子主题使命而成为最重要的角色，凸显出更多的思想、文化等抽象色彩，而缺乏生活化的、性格上的行动情节。小说关于性格的刻绘与“写历史”之间，便产生了某种叙事裂隙。性格本应在行动中实现，但因为叙事缺乏行动，也便失去了性格在行动中所能爆发出的能量。这当然与知识分子的特定身份、特定本质有关。作为知识分子的一些基本心理素质，比如总是“沉思的”“内省的”，自然会通过作者的叙事反映出来，况且作者本人即是其中一员。

小说的这种“时空体”形式，某种意义上也决定了人物形象的塑造方式。这些人物必定是时空化的，也就是说，他们按照作者的时空结构进入或退出叙事，除了几个作者非常在意的人物，其他人物的设计大多如此。他们本在历史中，随机地进来，自由地退出，为了作者的风格取舍而存在，而叙事也必定是为了注入

---

① 高行健:《现代小说技巧初探》，花城出版社 1981 年，第 76 页。

作者的世界观、理想、评价和情感为目的的。例如，钱明经、白礼文、江昉、李涟、刘仰泽、尤甲仁等人，虽然较少有对他们的大团块的情节叙述，情节都是以日光流年式的细碎白描来表现，却依然令读者感到了这些高级知识分子的熟悉和亲切。他们有其声口、有其性情，生动可感、充满情趣。作者的白描手法早已臻化境。[①]

这些高级知识分子的共性与个性，雅癖与嗜好，甚至缺陷与短处，都写得如此真实、传神。然而，这真实与传神，也许仍然拘囿于明清笔记小说的方法范畴里。对大多数读者来说，他们的阅读习惯、审美趣味早已经被培养成了西方十九世纪小说或这种小说的变体的固定模式。当然，现代小说的结构模式已日趋开放。日本作家川端康成的小说，就显示出一种开放的散文化的风格："川端康成的小说中，往往是一点一滴、一层又一层的印象和感受，并无情节可循。作家东一笔，西一笔，像点画派的笔触，读者在读小说的过程中，不知不觉受到感染，等小说读完了，便发现人物的形象也就活在眼前了。"[②]读完"四记"，读者也许会收获如此相类的阅读感受。

有趣的是，同样是叙写那段历史的作品，如巴金的《火》、李广田的《引力》、老舍的《四世同堂》（当然全本是八十年代才出版，写作时间应为四十年代），也同样地表现出结构的散化，这成为一个较为普遍的问题。宗璞虽然获得了从容回望历史的叙事时空，但结构的散化与碎片化仍然如影随形。也许，我们可以找到一个更为根本的原因来解释这个问题。

海登·怀特在他的《后现代历史叙事学》中阐述了历史编撰

---

① 关于人物的白描手法，在第二章有较多实例。

② 高行健：《现代小说技巧初探》，花城出版社 1981 年，第 76 页。

因何与文学叙事有相类的叙事学方法。“编年史是一个纯粹罗列的事件的名单，它是开放的，因而无始无终，没有高潮和低谷，但它并不是混乱无序的，而是按事件发生的年代顺序排列的，是经过编年史家的精心选择的。这样，经过这个选择和编序的过程，事件就变成了‘景观’或‘发生过程’，就有了可辨认的开头、中间和结尾，然后通过具有‘初始动机’‘终极动机’或‘过渡性动机’的描写，编年史中的事件就具有了意义，这就是‘把编年史变成故事’的过程。”[①] 参照这一过程，便能理解《野葫芦引》的内容安排了。除了《南渡记》更注重小说的戏剧性，可见出作者有意制造的一些戏剧性情节与对比结构，其他三记在纪实的框架中，以追忆与叙史为主，体现了以上编年史安排内容的方法。

至于如何解释历史事件，通过细读《野葫芦引》，会发现宗璞大多数时候采用了“语境论模式”来为小说情节或人物编织解释。所谓语境论模式，就是把事件置于所发生的具体“环境”当中去解释：“这涉及事件与周围历史空间的关系，与这个空间内其他事件的关系，以及在这个时间和空间的特定环境里，历史动作者与动因之间的互动关系，这就是采用这种方法的历史学家 W.H. 沃尔什和艾赛亚·柏林所说的‘类联结’。所谓类联结，是要找出所要解释的客体与同一语境中的不同领域相联结的线索，追溯事件发生的外部自然或社会空间，确定事件发生的根源或判断事件可能带来的后果，从而把历史中的全部事件和线索编织成一个意义链。”[②] 例如，在《东藏记》中，孟弗之因写文章被国民党抓捕。

① ［美］海登·怀特：《后现代历史叙事学》，陈永国、张万娟译，中国社会科学出版社 2003 年，第 2 页。

② ［美］海登·怀特：《后现代历史叙事学》，陈永国、张万娟译，中国社会科学出版社 2003 年，第 2 页。

这个情节令人联想到冯友兰1943年被捕的事件。小说对此可以说是复原了当时的情景[①]。孟弗之被捕前后的心理活动，真正做到了“修辞立其诚”。对这一事件的解释，在小说中表现为情节编排，作者通过孟弗之与校长秦巽衡的对话，与萧子蔚、江昉等的对话，把事件放入当时的语境，塑造了一位正直、正派，坚持学术独立、自由精神的知识分子孟弗之的形象。在被捕的时候，他也不免恐惧忧虑，被放回来之后，夜晚难以成寐，感叹“勿使蛟龙得”。作者对此一情节，一直有衬写和呼应。《北归记》中刘仰泽跪在头人的屠刀下，就是这一情节的衬写与情节循环。这一记中，还将弗之讲乌台诗案的历史课不厌其烦地详述下来，也是大有深意的。仍然是将弗之比类苏轼的遭遇，并在小说中直斥了掌权者的独裁、对知识分子的迫害。

从以上例子，我们可知作者既要记史实，又要为自己的叙事提供布局和意图。史实，以及围绕史实的解释，还有作者对这些解释的布局与意图，势必在结构上造成一定的“无机性”，这里所谓的无机性是相对于小说所要求的高度的情节、结构的整一性而言。因此，采用史书写法的《野葫芦引》，便会最终呈现“纳须弥于芥子”的形态了。

《野葫芦引》“四记”，《南渡记》“起”，《东藏记》“承”，《西征记》谓之“转”，《北归记》为“合”。由此可见，“四记”大结构上即有中国传统文章作法的色彩。中国小说的传统，尤其是文人小说，由一个主导动机构成叙事结构的统一连贯性，似乎历来不发达。所以，在讨论中国小说时，我们也不应再以西方的“叙事统一性”作为绝对的准绳。诚如浦安迪所说，中国最伟大的叙

① 对此一情节，第二章有大段引文与分析，在此略过。仅为阐述《野葫芦引》的史书撰写方法。

事文作者并不曾企图以整体的架构来创造“统一连贯性”，它们是以“反复循环”的模子来表现人间经验的细致的关系的。

以《南渡记》为例，它的结构方式，便倚重于中国古典小说常用的形式：循环往复。如吕清非的大部分情节，直到他死之前，是回忆或诗词的循环往复；吕清非的情节又与嵋们的情节相互穿插着一起循环。浦安迪认为中国叙事文学的连贯性来自“结构”与“纹理”并重的模式，这种模式营造出独特的艺术成就。他辨析了不同文化之中，人们对“事”的定义的不同：“中国叙事文学和中国哲学一样，是用‘绵延交替’及‘反复循环’（即我所用的 ceaseless alternation 和 cyclical recurrence）的概念来观察宇宙的存在，来界定‘事’的含义的。”[①] 这就解决了中国古典小说与西方小说对于情节的理解的差异性。即便是西方，也大有一类作家，对读者一味要求情节、故事的趣味深为烦恼：“弗吉尼亚·伍尔芙把使小说家‘被迫提供情节，提供喜剧、悲剧和爱情趣味’的普通读者看作暴君。”[②] 事实上，西方小说自伍尔芙、普鲁斯特、福克纳等的意识流小说之后，就打破了传统小说按故事情节来组织叙事的模式，小说的结构方式开始了多元化、开放性的多种路径实验。

例如，《北归记》中讨论严亮祖之死的意义的座谈会，这个座谈会承担了塑造孟樾、刘仰泽、晏不来等人物的使命，为传达叙述者关于这些人物在政治见解上的分歧而存在；紧接着，又有一个“五四精神研讨会”，这便是中国叙事文学中所谓的“绵延交替”及“反复循环”了。叙述者要传达自己关于政治史或文化史

---

① ［美］浦安迪：《中国叙事学》，北京大学出版社 2018 年，第 61 页。

② ［美］韦恩·布斯：《小说修辞学》，华明、胡晓苏、周宪译，北京联合出版公司 2017 年，第 85 页。

的意见。“五四精神研讨会”后，叙述者借钱明经之口贬抑了刘仰泽：“又有人说刘仰泽是江昉第二，钱明经听了，和晏不来议论道：‘刘仰泽说得都对，江先生也是这么说，可是他们两个人不在一个层次。’”[①]这些叙述，都是极富内涵的，它的隐喻与暗示性，深藏在叙述者的字里行间。刘仰泽大概是一个投机革命、偏激傲慢的人，原型是真实历史中的某一个人物。联系李之薇和刘仰泽去云南最偏远地考察少数民族，刘仰泽在头人的砍刀前下跪的情节，会发现叙述者对刘仰泽的贬抑是前后一致的。

宗璞是一生追求“真”的作家。这体现在她将“诚”奉为宗旨。最吸引她的外国作家，都是因为“真”和“真实”，才走进她的心扉[②]。于是，我们看到了太多过于实录的、自然主义的呈现。作者认为这是真实的生活，只要是真实的，就是有价值的，就应该得到表现。

《野葫芦引》“四记”不同程度地存在着有见必录、巨细不遗的特点。作者对庞大、芜杂的叙事对象的兴趣，致使叙事常常面临失去控制的危险。更兼“但息是非心”“芥子纳须弥”“和光与物同”的境界追求，不可避免地出现相互矛盾的片断与思想。这个琳琅满目的“大千世界”，正在考验读者的耐心与修养。日常生活是琐碎的、局部的，充满了片断与瞬间。“动作”也总是随着作者的笔端变成突发的且不连贯的。视点跳跃过多、过频繁，好像大千世界都要令作者记上一笔、呈现一下。世间的形、色、人、物都被平均地分配了笔墨。

一般的作家总被指摘没有细节，或者细节不真实；对宗璞来

---

① 宗璞：《北归记》，人民文学出版社 2019 年，第 96 页。

② 见《宗璞文集》（第四卷），宗璞写过评论的几位外国作家，包括陀思妥耶夫斯基、哈代、曼斯菲尔德、波温等，宗璞对他们全都有“真”“真实”的评价。

说，细节太多，充满了细节。甚至细节过分精美，显出精神贵族式的奢华。不论是风俗描绘、器物描绘，还是别的描绘，都是工笔细描且充溢着雅致情趣。这是因为作者认为："每一个细节除了叙述作用之外，几乎都有象征意义。细节或比喻的目的是创造气氛，引出主题——永不直接说出的主题。"[①] 这句话本是宗璞用来评价曼斯菲尔德的，我们却在其中看到这评语与作者的互文性，以及作者写作的秘密。宗璞正是极擅知识分子的某种情调与氛围，使人物镶嵌在其中。作者的笔触盘桓于校园与家庭，在细小的过程和琐事上运用各种意象，生出无穷的象征。这种叙事选择也因为宗璞自己的方法论："她宁愿从一个小范围的环境出发，安排各种象征，给予内涵，造成气氛，从内到外去探讨人的活动。"[②] 这句话本是宗璞评析曼斯菲尔德的小说的，但这种手法或方式，我们在宗璞的小说中同样也看到了。可以说，在《世界文学》编辑部从事外国文学的翻译和研究，对宗璞的创作有着巨大的影响。如果说宗璞自童年至青少年时段，接受的是来自父母家族的传统文化的影响居多，那么工作之后主要接触的则是外国文学，宗璞的写作体现出这两方面影响的合成。

在创作《南渡记》之前，宗璞对两位外国女作家深有研究，分别写了评论。一位是曼斯菲尔德，一位是波温。她评价波温的小说："一本包含了如此重大政治内容的小说，仍然以气氛取胜，是很难做到的，而波温做到了。"[③] 并评价波温的小说：宽广丰富，

① 宗璞:《试论曼斯斐尔德的小说艺术》，载《宗璞文集》（第四卷），华艺出版社 1996 年，第 243 页。

② 宗璞:《试论曼斯斐尔德的小说艺术》，载《宗璞文集》（第四卷），华艺出版社 1996 年，第 245 页。

③ 宗璞:《打开常春藤下的百叶窗》，载《宗璞文集》（第四卷），华艺出版社 1996 年，第 272 页。

博大深宏，琐事而深刻。联系对照《野葫芦引》的叙事形态，可知宗璞翻译、研究波温，一定是在另一位作家身上看到了自己。这两段对波温作品的评价，完全适用于《野葫芦引》“四记”。

正是这种大量负载着中国传统文化精华以及西方小说技巧的文本，某种意义上说，它不是给一般读者阅读的，它有自己的理想读者和期待读者。它也是文学研究很好的读本。对于真正懂得这个群体，懂得那段历史的人来说，《野葫芦引》也许恰是集大成者。它集纳了太多历史的、文学的、政治的、文化的、哲学的、人性的信息和资料。

第二节 “记”与“诉”

不论是之前的《双城鸿雪记》，还是后来的《野葫芦引》之《南渡记》《东藏记》《西征记》《北归记》，宗璞对这一部作品的命名，都有一个“记”字。记，是古代一种散文体裁，可叙事、写景、状物，抒发情怀抱负，阐述某些观点。在写法上大多以记述为主而兼有议论、抒情成分。“记”的文字含义是识记，在这种含义基础上，“记”逐步获得了它的文体意义，成为经史中一种专事记录的文章体式。作为一种文体，“记”在六朝获得文体生命，唐代进入文苑，宋代其内容得到拓展，形式更加稳固。明清时主体性色彩更加浓厚。这个“记”的文体学形态值得注意，在分析“四记”的叙述时，“记”的文体特征将在多大程度上，使叙述呈现出目前的面貌。

另一个值得注意的字眼是“诉”。这个“诉”，更多地来自那篇叫《向历史诉说》的文章。“诉”一字有三种含义：说给人听、倾吐、控告，而这三种含义都围绕着一种行为，向诉的对象用语言的方式进行表达。宗璞开始《南渡记》创作时已是五十七岁，到《北归记》完成，已是九十高龄。“诉说”，正符合一位跨世纪老人倾诉的思维特征。更何况，“以正视听”“为父亲打抱不平”的愿望，也是《野葫芦引》创作的潜在动机。联系到作者在二十三岁时写过一篇小说，叫作《诉》。似乎作者对“诉”这种话语方式情有独钟。2019 年宗璞接受记者的采访，谈《野葫芦引》的创作，又一次提到“向历史诉说”。这个对历史诉说的愿望，隐身在《野葫芦引》的叙述者的声音之中，与“记”一起，对叙述起到了总提调的作用。

首先是“记”。《野葫芦引》“四记”有着严格而清晰的时间线索。可以推断，作者有类似日记、年表或家族大事记之类的原始文字资料，因为文本中经常清楚地记载着在某一天、某段时间里发生的事情。

比如《南渡记》中第二章：“日子掀过一页，七月九日。”[①]“弗之永不会忘七月二十九日清晨北平城内的凄凉。”《东藏记》中，“孟弗之一家终于在一九三九年夏天迁到龙尾村”[②]。《北归记》中，“一九四七年一月，正是三九天气，北风扑面风头如刀”[③]。如此等等，标示出清晰的真实的时间线索，显示出编年体小说的叙事方式。

这些由时间挑起的叙事，很快随着时间的结束而结束，它们并没有发展下去成为具有因果关系或连续统一性的“情节”。接下去的叙述则会又停在哪一天，发生了一件值得记叙的事。叙事

① 宗璞：《南渡记》，《宗璞文集》（第三卷），华艺出版社 1996 年，第 41 页。
② 宗璞：《东藏记》，人民文学出版社 2005 年，第 96 页。
③ 宗璞：《北归记》，人民文学出版社 2019 年，第 152 页。

序列显出记叙的而非情节、故事的，也即“事实的”而非虚构的特征。

例如，《南渡记》中：

> 弗之永不会忘七月二十九日清晨北平城内的凄凉。好像眼看着一个振鬣张鬃、猛烈髬髵、紧张到神经末梢的巨兽正要奋勇迎战，忽然瘫倒在地，每一个活生生的细胞都冷了僵了，等人任意宰割，弗之自己也是这细胞中的一个。
>
> ……
>
> “完了！全完了！”吕贵堂抬起头，满脸泪痕，“咱们的兵撤了。北平丢了！”昨夜兵车之声果然是撤退！弗之长叹，扶起吕贵堂来。贵堂问：“您说告诉老太爷吗?”碧初闻声走过来，一手扶住床栏，定定地望着弗之，一面眼泪扑簌簌落下来。“晚一会儿，让太太们去说。”弗之略一沉吟道。“南边的工事都拆了，昨天还严严整整，今天躺在那儿，死了一样。三姑父，您说怎么办哪！?”吕贵堂呜咽着说，不等回答，掩面跑了出去。
>
> “我出去看看。”弗之扶住碧初的肩，让她坐下。不等她说话，便匆匆往街上来。
>
> 这些天虽有战事，北城一带铺面大都照常开。而这时所有的铺面都上着门板，街心空荡荡，没有人出来洒扫。绚丽的朝阳照着这一片寂静，给人非常奇怪的感觉。
>
> 地安门依旧站着，显得老实而无能，三个门洞，如同大张着嘴，但它们什么也说不出。它们无法描绘昨夜退兵的愤恨，更无法诉说古老北平的创伤。它们如同哑

巴一样，不会呼喊，只有沉默。地安门南有一个巡警阁子，阁子里没有人。再往南有一个修自行车小铺，门开着。弗之走过去，见一个人蹲着摆弄自行车。站了一会儿，这人抬头说："我打门缝里瞧着了，难道咱们真不能打！"过了一会儿又说："前面的沙包都搬走了，您自个儿往前看看。"他们并不认识，可在这空荡荡的街上，他们觉得很贴近。因为他们的命运是共同的，他们就要有同一的身份——在日本胜利者掌心中苟且偷生的亡国奴！[①]

可以说，这种先冠以一个时间点，接着开始记述日常的生活流，就是"四记"的一个基本写法。这一段开头，记述的是"卢沟桥事变"后北平守军撤离，孟弗之等的思想与心情。如此绵延推演下去，每个人的故事都是"记述"出来的，是通过别人的言谈"告诉"出来的，或者以某个人突然上门造访的方式来转变或进入另一个叙事目标。而不是通过情节、故事的戏剧性冲突、因果关系"显示"出来的。

这种记、诉还体现在《东藏记》中昆菁校长章咏秋、赵玉屏等一些人物，应该是实有原型，她们因为作者"记诉"的叙述方式而存在；作者是要回忆、记录自己在云南的中学生活。按小说创作的规律，一般不重要的人物，或只是环境类场景设置关系到的人物，是不需要起名字的。若起，就一定要在情节叙事中起到一定作用。然而章咏秋、赵玉屏以及《西征记》《北归记》中的一些人物，并没有在叙事链中起到情节性的作用。

《东藏记》中第一章第一节，记述了嵋去听了一堂英语课。课

① 宗璞：《南渡记》，《宗璞文集》（第三卷），华艺出版社 1996 年，第 70—71 页。

中的外籍教师夏正思，应该就是日后宗璞的老师温德的原型。好在这个人物一直还是有一些情节和线索的，尤其是被尤甲仁当面诽谤一节，可以看作为了突出尤甲仁恃才傲物、目空一切的性格特征；但从故事、情节上论，这个听课的记述，完全可以独立出来成为一篇纪念散文。因为篇幅太长，记叙文的文体特征暴露无遗。究其写作心理，是为了凸显南渡的学子们，在外部条件如此艰难的状态下，依然孜孜好学的精神。也有这堂课的记忆实在是太深刻的因素，以至于“很久很久以后，嵋还记得在一片昏黄的灯光笼罩下那本不属于她的一课”[①]。“偷豆”等情节，亦是叙述者自己津津乐道，读者却不甚了了。因为与主干情节无甚关系，叙述的回忆成分是明显的，文本“记述”的方式也是一目了然的。

听课、偷豆等的情节，还反映出一个热奈特所关注的叙事问题，即通过控制故事时间与叙述时间的时序、时长、时频关系，来体现最好的叙事节奏。《西征记》中，为了遵守叙述者一开始设定的“有限全知”的视角，玮玮的从军生活，很大一部分就靠他的行军日记了。通观《野葫芦引》“四记”，会发现书信、日记的表现手法使用率较高。书信、日记是缩短与读者之间距离的方法，是调整视角、声音，增加叙事表现手段的方式。阅读书信，会令读者一起参与叙事，有“信是写给自己”的错觉；日记也由于是第一人称叙事，有效地拉近了与读者的距离。但这两种表现手段并不能多用，过多使用会使叙述破碎，产生人为干预过多的印象。书信、日记都属于“插曲”的性质，插叙过多，令人觉得枝节横生，拖慢叙述节奏。最重要的是，书信、日记，都是记叙文的文体。它们是“讲述”，而非“显示”。《西征记》中还直接出现了“长官日记”，来推进战争的进程。因为玮玮不过是一名翻译官，

① 宗璞:《东藏记》，人民文学出版社 2005 年，第 12 页。

滇西主战场的战况并不能依靠玮玮的视角来呈现。但是以“小节”的方式在文本中出现的“长官日记”，好像是叙述的补丁，有外来的、突兀的文本印象，它们也不是“显示”。

好在由于这一卷材料的丰富、采访的扎实，即使有报告文体的隐约痕迹，《西征记》依然以自己的真实和宏伟打动人心。从《西征记》开始，作者之前过于内倾的写作视角，终于为之一破。“文人”小说的局限被内容的扎实、叙述的壮伟而取代。一个女作家，却也敢于挑战《战争与和平》的战争场面，展示出了宗璞全面的艺术创作能力。

宗璞这样叙述福留参加战斗的情节：

> 天又在下雨，高黎贡山上的中国远征军继续向上攀登。他们的下一个目标是北斋公房的敌堡。苦留随着队伍走，停歇吃干粮时又想起福留。新伙伴都不知道这个孩子，他只自己想着。
>
> 嘿！吃饭的时候靠近点！是福留！他好像从地底下钻出来似的，笑嘻嘻地说。
>
> 苦留大喜，拉福留坐在身旁，一面把干粮袋递给他。福留没有接，却从怀里掏出两个面饼，得意地递了一个给苦留：你看你看，我请你的客。
>
> 苦留说：“你连粑粑都有了，好大的本事。”面饼的来历不必问，是敌人的遗物，它们和袋中炒米都经雨水泡过，糟软又带有霉味，两人分吃着，好像吃的是一桌宴席。
>
> ……
>
> 苦留参加了地面攻击。那是在下午，又一轮飞机轰

炸以后，敌人的射击忽然减弱了，堡内火光熊熊，随着夜色降临，火光越来越强烈，照得四周如同白昼。

士兵们冲进堡内，营长、连长都在其中，一连串的射击把要冲出来的日兵打倒在地。碉堡四周响起冲锋的呐喊声，震动山谷。士兵不断地冲进来，把剩下的敌人逼在墙角，双方刀枪并举，尸体倒成一片。营长腿上负伤，倒下又爬起来。有几个日兵逃出碉堡，慌不择路，坠崖而死。

苦留停下来喘息，忽然看见福留躺在墙边血泊中，已被炸几段，面目勉强可以辨认，似乎带着笑。[①]

福留、苦留的“娃娃抗日”，将当时中国全民抗日的真实场景还原出来，而这些孩子只不过是战争中的孤儿，被动地卷入战争然后身死。民间英雄彭田立抗日飞军的传奇，疲瘦伤残却仍在为战争筑路的云南妇女，在战争中失去妻儿、精神失常的老战……这些形象与情节是作者全面综合的小说结构能力的加分项，许多情节令人泪染双眸、情难自已。作者以自己的赤诚真情，贯注到文本之中，打动了读者，高扬了爱国主义旋律。《西征记》的“转”，最终实现了宗璞要谱写一曲抗日正气歌的创作理想。

到《北归记》时，人物多了刘仰泽、徐还、燕殊等。刘仰泽是《北归记》中一个重要人物，后续会有一些他的情节、故事。可是徐还、燕殊等就有“走过场”的嫌疑。这些人物被作者记述进来，是因为实有，而作者要“向历史诉说”。

《野葫芦引》“四记”，既以“记”的总体语法方式来结构叙事，而不以紧密的因果关系设置故事情节来组织文本，那么，故

① 宗璞:《西征记》，人民文学出版社 2009 年，第 107—108 页。

事主题的一致性或单人物角度的视角，通常是这一类叙事连贯为整体的策略。这一策略一般多用于短篇小说。尤其单人物写作角度，几乎成为短篇小说的经典写法。《野葫芦引》“四记”则显然是用“主题的一致性”来统摄叙事，是按时间顺序叙写的编年体小说。

因为要“记史”，历史中的人物本来是杂多的，作者也便设置了过多的主要人物。读者本是跟着嵋的视角、声音进入叙事的，却发现嵋的视角、声音经常被其他人的视角或声音中断。又兼嵋的视角、声音，直到《北归记》之前，都体现出低龄化，甚至儿童化的特征，与抗日主题、宏大叙事的关系，便呈现出某种游离状态；孟弗之等中年知识分子本来应是叙事的主体，但总是侧写、点到等记述的文体方式，也令这一部分内容的重量分散了。一般说来，作家如果想把读者的注意力集中到故事中一个或两个主要人物身上，就应该把主要笔墨和情节给他们。这一个或两个主要人物，需要从内心世界和外部环境两个方面来合力塑造。而为了突显效果，对其他次要人物则不必大规模地进入他们的内心世界，只写外部动作即可。在近景、远景的效果区分上，也应将主要人物推置于离读者最近的位置上，而把其他次要人物维持在背景或远景上。①

关于“诉”，除了前面论到的“告诉”，很多人物的情节是通过第三者告诉出来的。“四记”中还有一个“倾诉”的诉。几乎每一章或二三章结束时，都会有一篇抒情式告白文字。比如《野葫芦的心》，是孟樾的心灵自语；《没有寄出的信》，是卫葑对雪妍的倾诉，也是卫葑对自己走上革命道路的抒情式交代；《棺中人语》，

---

① 参见［美］利昂·塞米利安：《现代小说美学》，宋协立译，陕西人民出版社1987年，第153页。

是死去了的吕清非不甘的自诉。后三记，莫不是如此。从情感上来说，这是叙述者直抒胸臆的需要，比如《流不尽的芒河水》，是为了替雪妍与卫葑终于团聚而激动感慨，也是雪妍不久将逝于芒河水的预叙。玮玮死后，又有一篇绛初哭子的《梦之涟漪》等等。从内容上来说，有时则补足了正文无法纳入的叙事内容。比如《东藏记》中的《流浪犹太人的苦难故事》，这一部分内容无法跟叙事主干发生关系，但作者于这类人物又非常熟悉，他们在宗璞的历史中真实存在过，从世界反法西斯阵营以及犹太人与中国人同病相怜的境遇来说，作者难以舍弃这部分内容，便以这种方式纳入了。宗璞之所以敢于打破叙事的连贯性，插入这些抒情散文，显然也是受到后现代拼贴、嵌入叙事等手法的鼓励。

时至今日，小说早已超越了简单的娱乐功能。况且，“叙事的模式有偏向于形式的结构模式和偏向于内容方面的价值模式之别（叙事所需要的高度的技巧因素集中反映在这里）”[①]，而《野葫芦引》的叙事宗旨，显然是偏于价值模式的。因为宗璞对于小说的偏于价值模式的定位，决定了小说所呈现出的叙事面貌。

从小说体裁而言，体裁本身的发展，即是一部历史。“一个体裁从不单独存在，所以才有了介于奇怪和奇异之间的幻想体裁，介于类似于虚构小说和传记间的自传。”“体裁是在新颖作品的激励之下诞生的，通过模仿建立传统，只是在‘新作品已有体裁的习惯性依赖中’分化或残存。”[②]从这个意义上来说，建立在现实主义小说传统基础上的叙事成规，从来不是固定不变的，而边界也总是处在游移之中。宗璞在《野葫芦引》之前的创作实践，就

---

① 徐岱：《小说叙事学》，商务印书馆2010年，第26页。

② ［法］达维德·方丹：《诗学——文学形式通论》，陈静译，天津人民出版社2003年，第121页。

分为现实主义和现代主义两种手法，也曾言："现实主义和现代主义，再现和表现相结合，似乎是世界性的趋向。"[①]可见，做到现实主义与现代主义、再现与表现相结合，已是作者的一种创作理念。在《野葫芦引》中除了现实主义的再现，还有大量现代主义的表现手法的应用。到了晚期写作的《野葫芦引》，也许作者本就有着打破叙事成规，创作一部最大的实验小说的叙事动机。"四记"中那些相异的叙述成分，有时是抒情的，有时是叙事的，有时则又是戏剧的，分别代表着三种哲学范畴，即主观的、客观的、主客观的。而这三者的融合，正是一种重新解释历史的叙事方法，至少是一种尝试。

第三节　叙述者及文本动力[②]分析

本节的"文本动力"，来源于詹姆斯·费伦与彼得·拉比诺维茨在《作为修辞的叙事》一文中提出并阐释的一个重要概念（该文是《叙事理论：核心概念与批评性辨析》一书的导论）。他们的修辞叙事理论认为在作者媒介、文本现象以及读者反应之间，存在一个反应循环。而在这个反应循环中，叙事文本与读者动力的综合是作者实现自己的交流目的的关键方式。因此，对叙事进程的研究就是理解叙述如何制造效应的重要源头。而所谓的"文本动力"是内在的过程，通过这一过程，叙事从开头经由中间向终

---

① 施叔青：《又古典又现代——与大陆女作家宗璞对话》，载《宗璞全集》（第四卷），华艺出版社 1996 年，第 465 页。

② 参见［美］戴维·赫尔曼、詹姆斯·费伦等：《叙事理论：核心概念与批评性辨析》，谭君强等译，北京师范大学出版社 2016 年，第 6 页。

点移动，而读者的动力则表现为读者对与这些文本动力相应的认知、情感、伦理道德以及审美的反应。文本动力与读者动力之间的桥梁由三类叙事判断所形成，分别是解释的、伦理的、审美的判断。这些判断搭建为桥梁，是由于它们在叙事中被读者再次编码，而一旦完成编码，它们的各种相互作用便导致读者多层次的反应。本节引入这个概念，是为了阐释解析《野葫芦引》的叙事进程，通过分析叙事进程中文本动力的运作方式，最终达到研究“四记”的叙事形态的目的。

“纳须弥于芥子”，在本章是指小说的内容与形式安排。作为小说形式的重要组成部分，叙述者这一概念，在《野葫芦引》中显得尤为重要。我们先从小说的叙事者入手，接着探讨文本动力的运作方式。

当我们讨论《野葫芦引》的叙事时，会发现隐含作者只在“表明意味”这个意义上被使用到。威廉·内勒斯有个说法：“历史上的作者写作，隐含作者表明意味，叙述者则叙说”。[①] 宗璞是一个一生执“诚”为创作圭臬的作者，而《野葫芦引》的叙事目的，是“向历史诉说”，本着存史的心愿。某种意义上，这是一种接近“透明的叙述”。因此，叙述者便不再是“戏剧化的叙述者”，而是一个在传统意义上又有所创新的叙述者。

《野葫芦引》“四记”的文本，向读者充分证明了叙述人口吻的重要性。如果按故事与话语这个叙事分层来论，《野葫芦引》“四记”的话语层相对故事层来说，显然要庞大、重要得多。如果说故事缺乏统一连贯性，没有情节动机，也少因果逻辑，这些指责只能算以西方小说的叙事成规为准则，某种意义上，并不完全

① ［美］詹姆斯·费伦：《作为修辞的叙事：技巧、读者、伦理、意识形态》，陈永国译，北京大学出版社 2002 年，第 51 页。

适用于中国小说，那么，《野葫芦引》整体叙事存在不同程度的零散化，以及被晚期风格所笼罩的疏离感，却也是某种程度的事实。而强大的叙述者，始终在文本中发挥着决定性的作用，文本中时刻萦绕、回响着叙述者的声音。这一切，都使话语层相对于故事层，具有了格外重要的意义。

正如浦安迪所谓："当我们翻开某一篇叙事文学时，常常会感觉到至少有两种不同的声音同时存在，一种是事件本身的声音，另一种是讲述者的声音，也叫'叙述人的口吻'。叙述人的'口吻'有时要比事件本身更为重要。"①

通过细读，我们发现《野葫芦引》的叙述者的叙述方式主要表现为：用回忆或预叙的方法组织叙事，指明时间出处，以记忆为证。在几乎所有的主题上体现自己的思想职能。叙述者在文本中表现了叙述者性格，而非显示型叙事的反映者性格。所谓戏剧化的叙述者，要求最大限度的故事、情节的设置，要求只有人物的语言而没有作者的语言。对照看来，《野葫芦引》"四记"保持了严格的客观、中立的叙事态度，但由于不以情节的整一性为目标，叙述者讲述的声音，就显得尤为重要。

热奈特曾写道："如果说大家都感到《追忆逝水年华》'不再完全是一部小说'，它在其水平上结束了体裁（各种体裁）的历史，并和其他几部作品一起开拓了现代文学无边无际的、似乎尚未确定的领域，那么这显然归功于议论对故事，随笔对小说，叙事话语对叙事的'入侵'……"②我们在《野葫芦引》"四记"中，也比较多地看到叙事话语对叙事的"入侵"。随意撷取一段文字，

---

① ［美］浦安迪：《中国叙事学》，北京大学出版社 2018 年，第 14 页。

② ［法］热拉尔·热奈特：《叙事话语　新叙事话语》，王文融译，中国社会科学出版社 1990 年，第 183 页。

来说明《野葫芦引》中叙述者的重要性。这是《东藏记》中叙述嵋与小娃上学的情节：

> 嵋和小娃上的学校名为华验中学。这是大学师范学院设立的一所有实验性质的中学，计划将中小学十二年缩短为十年。嵋上高中，小娃上初中。人们也不再称小娃为小娃，而叫他合或合子。先生们送子女来上学时，常戏言道：“我们送实验品来了。”
>
> 各学校现在都能正规上课，不需要以草莽坟堆为课室，而华验中学却开始了较为浪漫的教学生涯。他们没有校舍，没有教室，一切都在打游击状态。他们用大学的和别的中学的空教室，别人不上课，便上一堂两堂。有时索性在大树下，黑板挂在树上，树荫遮着，清风吹着，好不惬意。他们用大红油伞遮挡小雨，好像在细雨中长出了一片红蘑菇。蘑菇伞下年轻的脸儿个个神情专注，上课时听见落在自己头顶的雨声，真是空前绝后的伴奏。
>
> 他们的教师很不一般，好几位大学教授来对付这些实验品。教嵋这一班几何、代数的老师是梁明时的学生。梁明时有时也来上几节课，同学都很感兴趣。有人说，你们这一班若是不出一个数学家，可真对不起梁先生。梁先生说，别的什么家多多益善，数学家和哲学家则是越少越好。嵋向弗之学说这话，弗之笑：“因为这两样东西能让人越学越糊涂，若能越学越明白就是万幸。”[①]

---

① 宗璞：《东藏记》，人民文学出版社 2005 年，第 235 页。

就《野葫芦引》而言，遥远的旧日生活清晰可见、情感深挚，作者在这里进行的是想象性的记忆重建工程。叙述者因此承担了这样的叙述任务："他记录、讲述、对他叙述的故事作出各种评论和解释。这种表现与中国古典小说，以及二十世纪以前的大多数西方小说一样。"① 而我们也确实在小说中看到一些精巧的、属于中国古典小说的技法，比如"添丝补锦，移针匀绣""草蛇灰线，伏脉千里""明修栈道，暗度陈仓"等等。叙述者大多数时候采用了白描的手法，白描不到的地方，则是在"讲述"。因为经营具有整一性的故事、情节与叙述者记"史"的叙述目的之间存在着矛盾。

我们知道，亚里士多德对"悲剧"各元素有一个排序，依次表示重要性的递减。首先是情节，再次是性格（人物），再次是思想，最后是言语。有意思的是，如果按亚氏的四元素来排序，我们发现《野葫芦引》"四记"的排序刚好与亚氏反向。当然，亚里士多德的"悲剧"概念，并不完全等同于小说，后世的小说叙事，无疑要复杂、多元得多。正如亨利·詹姆斯认为，"故事是个意念，只是小说的起点"。小说是一个有机整体，采用描述性而非规定性的叙事方法，并不是原则性问题。他对小说文本的生产守则或法则始终持怀疑态度。反而视虚构叙事是更高级的语言结构，其原理应该是语言的运作是一个综合、整体的进程，而叙述效果的达成大于各部分之和。② 可见，詹姆斯也并不认为小说的唯一方法和使命就是讲故事。他在意的是语言运作的综合过程，也就是说，最终的叙述效果要大于各部分之和。

---

① 罗钢:《叙事学导论》，云南人民出版社 1994 年，第 191 页。

② 参见［美］詹姆斯·费伦、彼得·J. 拉比诺维茨主编:《当代叙事理论指南》，申丹等译，北京大学出版社 2007 年，第 14 页。

詹姆斯·费伦将叙事看作一个从作者到读者的交流循环[①]。自从读者导向理论在二十世纪六十年代兴起，“读者”这一环节就变得愈来愈重要。读者的概念，也细化、衍生出理想读者、隐含读者、假设读者、真实读者等等。在这里，针对《野葫芦引》的叙述分析，我拟从实际的读者、作者的读者、叙述的读者出发，以文本动力与读者动力为中心，阐发作者意图、小说的目的和意义等内容。

如果将叙事的分析聚焦于叙述，那么文本与读者动力的结合就是研究叙述过程的支撑性因素。正是通过叙述中文本与读者动力的结合，作者达到她的叙事意图。文本动力指文本内部产生的叙事动力，而读者动力是由文本动力提供，并在与文本动力交流、反应的基础上形成的阅读动力。读者的动力，表现为读者对文本动力产生的认知、情感、伦理道德以及审美的反应。

对读者来说，一部虚构作品，从某种意义上说，就是一部自传、回忆录或一段历史的模仿品。同理，叙述者则可以被看作一位作者的仿制品。真实的作者为想象中的读者写作，叙述者为叙述者的读者写作。而叙述者的读者将叙述者看成是“真实的”。因此，作为读者，我们将对作品保持两种对立的意识：我们可以将作品看作既不完全是它所表现的，也不完全是它假装所要表现的。一位真实的读者应该认识到，作品只是虚拟的人工制品，作品中的人物，则是综合的虚构。与此同时，一位真实的读者，还需要作为“叙述的读者”，将自己看到的小说内容当成是历史，将人物看成是真实的。如果我们是一位读者，具有这种双重意识便是读者形态的主要方面了。

---

① [美]戴维·赫尔曼、詹姆斯·费伦等：《叙事理论：核心概念与批评性辨析》，谭君强等译，北京师范大学出版社 2016 年，第 8 页。

区分了真实的读者、作者的读者、叙述的读者，我们可以更清晰地解释真实与虚构的关系，再次深入考察作者的意图，考察作者的心理结构或心理事件，如何与外部世界或外在规约产生互动，并最终决定了作品的风格和调子。

我们同时作为叙述的读者和作者的读者，共享了《野葫芦引》提供的叙事，以及叙事中蕴涵的足够多的信息和知识之后，会发现阅读感受发生了奇异的翻转。从最初的不信任、不习惯，到最终意识到，宗璞为自己亲历过的历史，提供了一个富于意义的呈现和解释。这一解释也是她希望能被自己的读者所严肃地获取的。我们看到了一个近乎非虚构的编年史。这一阅读效果的获得，得益于作者的读者与叙述的读者身份的交叠，当我们同时既是作者的读者，也是叙述的读者时，我们懂得了宗璞所能呈现的“真实”。理解了作者要唤起的是一个什么样的世界，以及这个唤起的行为出于何种原因及意图。关于这一部分内容，在第四章有详细阐释。

“因为想到雅俗共赏（当然我不一定做到，可能是雅俗都不赏），这长篇用白描手法。关于雅俗共赏，近来有很多议论。我想所谓‘共赏’其实是向俗靠近，不过还有一个雅字在上面管着，便要有限制，做到不伤雅、不媚俗。”[①] 这一段话，宗璞应该还是就小说的语言或文体方面说的。也即，她考虑最多的是小说的语言或文体。即使为读者考虑到了“雅俗共赏”的阅读效果，但仍然强调了要“不伤雅”，要用“雅”管着“俗”。这便是我们在文本中看到了过多的古诗词的征引、写作，看到了隐喻与暗示的修辞手段，看到了总体的象征手法。这也便是“雅”的总体追求所

① 施叔青：《又古典又现代——与大陆女作家宗璞对话》，载《宗璞全集》（第四卷），华艺出版社 1996 年，第 467 页。

导致的文本效果，说明作者的意图决定了文本的选择。

例如《南渡记》中，吕清非老人所作感怀二首：

其　一

忧深我欲礼瞿昙，痛哭唐衢百不堪。
宵焰蛾迷偏伏昼，北溟鲲化竟图南。
齐竽竟许逐群滥，卞璞何曾刖足惭。
谁使热心翻冷静，偷闲惯见老僧谈。

其　二

众生次第现优昙，受侮强邻国不堪。
自应一心如手足，其能半壁剩东南。
时危时奋请缨志，骥老犹怀伏枥惭。
见说卢沟桥上事，救亡至计戒空谈。①

这些诗词的存在，也许既是一般意义上的雅与俗的讨论，也是它们与叙事确实有无紧密关联的辨析。如果去掉这些诗词，是否会影响叙事效果，不同的读者会有不同的回答。因为作者对于“雅”的追求，读者如果想要成为一个合格的叙述的读者，也便会在对叙述的体认的过程中，被规训为一个能充分领略并深谙其中趣味的读者。某种程度上，这个过程也许正如费伦所说，捕捉象征必然导致阅读叙事文的复杂体验被弱化为搜寻巧妙包装过的隐秘含义的练习。

即使如简·奥斯汀也曾被亨利·詹姆斯贬低：“不论简·奥斯汀措辞何等精巧，我们对她小说进程的兴趣不会超过棕色画眉

① 宗璞:《南渡记》,《宗璞全集》(第三卷)，华艺出版社 1996 年，第 67 页。

鸟站在花园树枝上讲述的故事。”“詹姆斯不屑一顾地把简·奥斯汀的作品视作做针线活时‘胡思乱想’的成果”[1]，事实证明，詹姆斯并没有认识到简·奥斯汀的作品在英国小说史上的技术创新。简·奥斯汀在视角和人物塑造方面的技巧、对女性主体性意识的精妙呈现，是比她的前辈大有发展的。这个事例也证明，性别在评判小说价值方面的影响。奥斯汀的忠实读者中，无疑女性、中产阶级的比例会占到绝大多数。

在这里引述这个例证，更多的是为了说明，即使如会讲故事的奥斯汀，也招致了只有“精巧措辞”之讥。说明在詹姆斯那里，小说家不能视野狭小、经验世界狭窄，如画眉鸟站在花园树枝上。在宗璞这里，也许《南渡记》有着詹姆斯所谓的“画眉鸟”的一面，如金克木也有所评：“我觉得仿佛是看了用纤丽羊毫作蝇头小楷写铁马金戈，听了用少年儿女心眼说大时代中最高层知识分子。”[2]但在《西征记》，则完全破解了“画眉鸟”“蝇头小楷”等所谓的叙事困局。

---

① ［美］戴维·赫尔曼、詹姆斯·费伦等：《叙事理论：核心概念与批评性辨析》，谭君强等译，北京师范大学出版社 2016 年，第 96 页。

② 金克木：《南渡衣冠思王导》，载《宗璞文学创作评论集》，人民文学出版社编，人民文学出版社 2003 年，第 162 页。

第六章　宗璞创作的晚期风格[①]

宗璞开始《野葫芦引》的写作时已近耳顺之年，最终完成已到九十高龄，因此她的写作很自然地呈现出复杂的“晚期风格”——既有文章老更成的雅健，也有某种体能上的力有不逮；既有经验上的丰富和辽阔，也有叙事上的迫促和疏略；既有从容耐心的精雕细镂，也有略显滞缓的拖沓冗慢。凡此种种，皆见之于典雅而蕴藉的文字，亦见之于冷静而舒缓的叙事。只有通过全面而深入的文本考察，才能最终揭示宗璞晚期风格的复杂性和创新性。

在人类艺术史上，“老年创作”是一个很早就被探讨的话题。古希腊哲学家西赛罗的《论老年》，文艺复兴时期的瓦萨里的《名人传》，就涉及了著名画家的晚年风格；十九世纪的斯达尔夫人对老年创作保持乐观：“老年人不再能受到内心情绪的感奋，却充满着各种各样忧郁的思想。这是一个追忆往事的时期，怀念昔日的时期，眷恋曾经爱过的一切的时期。那从青年时代起就同炽热的激情结合在一起的伦理情操却可以一直保持到生命的终结，使人

① 本文使用的“晚期风格”概念，与爱德华·W. 萨义德《论晚期风格》中的“晚期风格”有一致的部分，但同时结合了中国传统上关于老年写作的一些观点和阐述。

们仍然看到那掩盖在时光的阴暗绉纱后面的生活图景。”[①] 阿恩海姆则主张打破进化论模式中晚期衰退的印象，强调应从风格层面全面阐释分析艺术家世界观的变化。

“晚期风格”的概念，由于爱德华·W. 萨义德的《论晚期风格——反本质的音乐与文学》一书的大力阐扬，引起了人们的广泛兴趣和普遍关注。萨义德自称是“阿多诺唯一的传人”[②]，他接过大约五十年前阿多诺有关晚期风格的论题，用清澈、精湛的英语，令阿多诺晦涩深奥的关于晚期风格的思想，在英语世界再次绽放光彩（阿多诺用德语写作）。《论晚期风格》一书在萨义德去世前并没有完成，此书是在后人整理的基础上出版的。尽管如此，萨义德对晚期风格的深度开掘，在学术界各个领域激起广泛的回应。这种反响除了因为萨义德在晚期风格论述上的学术表现，更因为他写作此书时正身临其境地遭遇“晚期”。正如贝克特所说：“死亡不曾要求我们空出一天来给它。”[③] 萨义德与生命对话的写作方式本身，即是一种晚期风格的表现。

萨义德通过写作，用积极的思辨抵御正在到来的“晚期”。诚如他在书中所坦陈的：“由于显而易见的个人原因，它在这里成了我的主题——生命中最后的时期或晚期，身体的衰退，不健康的状况或其他因素的肇始……我将把焦点集中在一些伟大的艺术家身上，集中在他们的生命临近终结之时，他们的作品和思想怎样获得了一种新的风格，即我将要称为的一种晚期风格。”[④] 人们一

① [法] 斯达尔夫人：《论文学》，徐继曾译，人民文学出版社 1986 年，第 122 页。

② [美] 迈克尔·伍德：《导论》，见 [美] 爱德华·W. 萨义德：《论晚期风格——反本质的音乐与文学》，阎嘉译，生活·读书·新知三联书店 2009 年，第 5 页。

③ [美] 爱德华·W. 萨义德：《论晚期风格——反本质的音乐与文学》，阎嘉译，生活·读书·新知三联书店 2009 年，第 1 页。

④ [美] 爱德华·W. 萨义德：《论晚期风格——反本质的音乐与文学》，阎嘉译，生活·读书·新知三联书店 2009 年，第 4 页。

般会将晚期风格与“迟暮”“保守”“颓败”联系在一起。仿佛一个作家总是处女作一鸣惊人，到了中年变得风格成熟、到达顶峰，晚年则一般被认为在退步、不足取。在西方音乐史上，作曲家的中期成就往往被作为批评重点，晚期创作则多被忽略或曲解。在表演领域，除了贝多芬，绝大多数作曲家的晚期作品极少获得演出机会。

然而，在中国的传统文学观念里，晚期风格获致的评价反而偏高。古代文人青壮年时间大都在为官为仕，老了赋闲之后，诗文反臻化境。所谓：“野凫眠岸有闲意，老树着花无丑枝。”（梅尧臣）更有一些诗人，在经历了个人的宦海沉浮或家国的亡破灾变之后，在晚年达到自己的艺术高峰。如杜甫、李商隐、李煜、苏轼、黄庭坚、李清照、陆游等等。“早岁那知世事艰，中原北望气如山”（陆游），生命的阅历、非凡的体验、丰富的经验，这个经验既包括生活经验，更包括艺术经验，此时都达到了顶峰。最著名的例子便是杜甫了，宋人吕大防认为杜诗的功力，是“少而锐，壮而肆，老而严”[①]，就是说少年时诗歌充满锐气，壮年时则恣肆纵横，老年时却法度谨严。杜甫避乱到夔州后诗文进入“老而严”的时期。杜甫在《遣闷戏呈路十九曹长》一诗中自况是“晚节渐于诗律细”（杜甫）。杜甫怀庾信也认为后者“暮年词赋动江关”（杜甫）。中国传统诗论向来“贵圆”，谢朓之语“好诗圆美流转如弹丸”[②]，历世奉为圭臬。这就形成了中国文学一个“尊晚”的传统。

宗璞于近六旬的年龄，开始长篇《野葫芦引》的创作，厚积

---

① 〔宋〕朱弁、吴可、黄彻：《风月堂诗话　藏海诗话　䂬溪诗话》，中华书局1991年，《藏海诗话》第1页。

② 见〔唐〕李延寿：《南史》，中华书局1975年，第609页。

的经验和学养、等待抒发的情感和才思，应该说经由《野葫芦引》找到了出口。经验、技巧、胸襟、格局……这些长篇小说的考验已经不是问题。对宗璞来说，《野葫芦引》恰是一个不遑多让的、有话要说的新领域。当然，宗璞在创作这部长篇时，也是有着充分的晚期意识的。这意味着在写作和生命之间，建立起了某种直接而神圣的生命联系。

第一节　叙事的回忆性与抒情性

热奈特区分叙述为同步的、回顾的、预期的以及插入的方式。[①]《野葫芦引》“四记”的叙述，表面看是“同步的”，但其实作者、读者都明了所叙故事为“事后讲述”，即“回顾的”。《野葫芦引》因此具有回忆性的特点。作为一个世纪老人，宗璞在小说中回顾自己和父辈亲朋的人生，抒情性也是一个自然而然的倾向。叙事表面上故事时间与叙述时间同步推进，但叙事的思维方式却是回忆。如“那时女孩们都和大人一样穿旗袍，穿起来晃里晃荡……”[②]这样一些句子，不经意地透露出回忆的口吻。叙事中，以某一天或某一个时间点展开叙事的线索非常明显。比如《南渡记》中第二章：“日子掀过一页，七月九日。”[③]《东藏记》中，“孟弗之一家终于在一九三九年夏初迁到龙尾村”[④]。《北归记》中

---

① 见［法］热拉尔·热奈特：《叙事话语　新叙事话语》，王文融译，中国社会科学出版社 1990 年，第 12—70 页。

② 宗璞：《东藏记》，人民文学出版社 2005 年，第 62 页。

③ 宗璞：《南渡记》，《宗璞文集》（第三卷），华艺出版社 1996 年，第 41 页。

④ 宗璞：《东藏记》，人民文学出版社 2005 年，第 96 页。

“一九四七年一月，正是三九天气，北风扑面风头如刀”[①]。可证作者是根据自己的日志类的时间线索来叙事的。叙事时时闪现出回忆的影子。

由于情绪模式是回忆，对人物事件是经过深思熟虑的，便不自觉地透露出一再强化的文本的沉思性。如六七岁的小娃，说话的表情也是“沉思的”。小娃沉思地说：“我可不喜欢杀人的飞机。”又比如，“很久很久以后，嵋还记得在一片昏黄的光笼罩下那本不属于她的一课”[②]。在这之前，叙述者细述了夏正思的这节英语课。导致这一文本效果的原因，正在于作者追忆自己的往昔，这正是作者创作的主要的思维方式。回忆、闪回经常出现在小说叙事中。如：“这一笑停留在嵋的记忆中，似是一个特写镜头，和那下马的身影一起，永不磨灭。”[③]作者这时从文本的虚构中、从叙述者的后面走出来，道出了以上的话。像一声叹息，令人不禁想到，这个庄无因必定是某个曾与作者有过情感经历的人物。叙述者经常露出自己的真身，透出回忆的腔调，泄露出小说世界之外作者本人的信息。

《野葫芦引》整个叙事中回忆与沉思的特质是强烈的，而这正是晚期风格的主要表现。记忆的过滤超过了对真实事件直接的、现实主义的记录，叙述总是时不时自觉地开始了重新创造失去的时间的任务，这种文体风格，凸显了与回忆有关的艺术才能。这也导致叙述的间接的书面风格，也因而大部分时候是反戏剧的。在古希腊，人们认为“沉思”是一种美德。但在现代社会，“沉思”却是欠缺行动力的表现，毕竟连哲学都追求要解决问题的实

---

① 宗璞：《北归记》，人民文学出版社 2019 年，第 152 页。

② 宗璞：《东藏记》，人民文学出版社 2005 年，第 12 页。

③ 宗璞：《东藏记》，人民文学出版社 2005 年，第 42 页。

践、行动。

童年生活的追忆对叙述者来说，好似对自己创作的奖励。孩子们的世界总是描述得生动而传神，嵋姊弟俩和玹子、玮玮以及无因的情谊贯穿始终；《东藏记》中嵋和大士吵吵闹闹的情节，尽写少女间真挚无瑕的友情世界，读来令人会心。如果将嵋们的内容做一个统计，会发现孩子们包括长大之后的青年们的笔触，实在占了很大的份额。

对孟弗之这一代知识分子而言，启蒙与救亡的变奏、现代化的渴望与转型，这自“五四”一代知识分子就面临的命运，依然是他们摆脱不了的宿命。一切的选择，包括道路的、人生的、政治的、学术的等等，都在这个框架下艰难前行。或如孟樾主张尽职尽伦，或如江昉走上街头革命，理想主义战士卫葑奔赴延安。还有钱明经、白礼文等各不相同、形态各异的知识分子，“四记”既写出了他们的典型，更写出了他们的非典型；既写出了高层知识阶层所共有的灵魂因子，又充分尊重他们作为每一个独立的个体所具有的个性，有时甚至是病态的个性。如今，为小说提供主题的那个阶层结构已被后工业的“大众社会”所取代。对宗璞来说，整个《野葫芦引》何尝不是对逝去的时代、一个独特阶层的挽歌。其中的悲剧情调，亦大有某种文化溃解的寓言成分。其准确的转录——无论是心灵的还是社会的转录，都是宗璞献祭给一个时代、一个群体的怀旧之物。

与回忆性相联系的是抒情性。这在“四记”中表现得十分显豁，几乎每一章后面所附的插入式文章，都是抒情的散文。对宗璞来说，以文运事、缘情而发，本就是她为文为小说的方式。

"惨痛的事写得平静而有节制，仍有抒情的调子"[①]这句话，原是宗璞评价曼斯菲尔德的小说的，她对曼斯菲尔德的抒情的理解，映射了自己的创作理念。抒情性，正是宗璞小说创作中另一个特点。例如，玮玮疆场殉国一节之后，就有《梦之涟漪》一篇文字，是绛初哭子的直接抒情：

我的爱儿！你可听见妈妈在叫你。前天，我们刚回到重庆，玹子打长途电话来，告诉了你负伤的消息。我们今天已经飞到昆明了。爸爸和我一起来，正在找去腾冲那边的车。爸爸说他还从来没有这样想你。我们很快就会来，我的爱儿，你千万要等着我们！

我们远在万里之外，知道你从军了。你是好孩子。我不担心，因为我已经安排好了，你会留在昆明，若去前方也是短期的。先从姐姐那里，知道你去了保山。我很怪爸爸，怪他没有把事情办好。后来收到你从保山来信，才知道原委。爸爸说，我为我的儿子骄傲。我又能说什么呢？

爸爸老了，头发花白了许多，你再见他时定奇怪，他怎么老得这么快。爸爸说，他不怕老，也不怕死，因为他有儿子，那是我们的延续。

妈妈也老了，可是大家都不这样说。我自己知道，我也不怕，心里很踏实。现在你受伤了，似乎很重。我的心整天在翻腾，一会儿想着你发烧了，一会儿想着你没有药吃。万一——我不敢想了。我的爱儿，你千万要

① 宗璞：《说节制——介绍曼斯斐尔德短篇小说选》，载《宗璞文集》（第四卷），华艺出版社 1996 年，第 258 页。

等着我们！[①]

《野葫芦引》的回忆、抒情风格，使读者时时意识到作者以老年之心绪，反顾童年的生活，小说中的人物由童年成长为青年。时光流转，命运变迁，所有这些所尽和未尽之意，都在这四卷集里深深沉潜，等待懂的读者去挖掘和领悟。"四记"提供了一部基于个人回忆的历史，一部大时代中知识分子群体的历史。晚期风格中常有一种强有力的自传性的冲动，也许会使叙述者的历史叙事滑出二十世纪连续性历史的主流。但《野葫芦引》却因自己的文化学意义上的诉求，成为一部罕见的高雅文化的作品。它抵抗各种历史叙事的普遍化，尤其抵抗通俗社会学的一些观点和看法。而这一切的达成，也许正得益于小说的回忆性与抒情性。正是此种极具个性的真实回忆与真情实感，令读者领略了遍布细节和葆有温度的历史叙事的独特风格。

第二节　晚期风格的非同一性品质

萨义德在《论晚期风格》中引述阿多诺的观点："晚期风格的本质要素乃是分裂与疏离"[②]。这种"非同一性"品质，使风格的分类必然遭遇个体性与规范性的悖立。所谓"非同一性"观念，简单地说，就是不借助体系来整合思想。综观《野葫芦引》，这种"不借助体系来整合思想"，都不同程度地既体现在小说总体的

① 宗璞：《西征记》，人民文学出版社 2009 年，第 209 页。

② [美]爱德华·W. 萨义德：《论晚期风格——反本质的音乐与文学》，阎嘉译，生活·读书·新知三联书店 2009 年，第 10 页。

主题与结构上，也体现在具体的人物和细节中。例如，在整个主题的大历史叙写与小儿女的家长里短之间，在长篇小说的故事性与记叙文、散文的文体之间，在主干情节与结构的碎片化之间，在孟樾等知识分子的“我辈先觉者”与方壶、圆甑的隐士之间，等等。

在《野葫芦引》“四记”中，过多的素材被容纳进来，造成整体性的碎片化。这种碎裂、脱离主干的特征，被阿多诺归结为最主要的晚期风格：“当贝多芬还是一位年轻作曲家之时，他的作品是生气勃勃的和有机的整体，尽管它们现在变得更加难以捉摸和有点怪异，存在着过多的‘控制不住的素材’……它们‘碎裂了’，脱离了作品的主干，‘背离了，没有受到约束’。”[①] 与之相类似的是，宗璞的晚期写作，也变得更加跟随材料自身的暗示逻辑，更为遵从素材内在的自然倾向，常常将看起来并无关联，甚至美学风格相异的材料并置在一起，形成小说中突兀的断裂感与离散感。

在阿多诺犀利、毫不留情的批评观看来，“在艺术史上，晚期作品都是灾难性的”[②]。萨义德则通过引述阿多诺关于贝多芬晚期音乐作品的风格，最终阐释了晚期风格复杂而深刻的悖论。事实也证明，后来的接受使人们终于认识到，贝多芬的晚期风格恰恰是他音乐生涯的至高点，他最后十年的作品是他最伟大的艺术结晶与艺术创造。杨燕迪分析了阿多诺何以对贝多芬的晚期风格多有辩难：“阿多诺看待晚期贝多芬，既有洞见，又有偏见，个中缘由或许不难揣测：作为犹太人他在纳粹德国遭受惨痛经历，而

---

① ［美］爱德华·W. 萨义德：《论晚期风格——反本质的音乐与文学》，阎嘉译，生活·读书·新知三联书店 2009 年，第 11 页。

② ［德］西奥多·阿多诺：《贝多芬：阿多诺的音乐哲学》，彭淮栋译，联经出版事业股份有限公司 2009 年，第 229 页。

作为深刻的哲人他对德国社会和文化为何在二十世纪上半叶走向堕落一直念兹在兹，并由此一路追溯到启蒙时代寻找答案和根源。所以，他甚至在贝多芬晚期的音乐中听到了现代性社会的破裂和灾难。”[①]可见，哲人思考艺术美学问题，也终究脱离不了时代语境和个人遭际所产生的混合影响。

尽管如此，阿多诺批评贝多芬的晚期作品是不被理解、不讨喜的，也因此在他看来是“灾难性”的。这一描述却也在一定程度上是客观事实。杨燕迪亦承认：“就我个人的体会而论，贝多芬的晚期音乐最突出的特征确乎是‘难’——困难，难解，有时甚至‘难听’……贝多芬晚年达到了‘人迹罕至’的艺术高度，对于音乐的常态和一般表演者和听者的‘常识’，当然就会显得困难、难解和‘难听’。也正因如此，贝多芬的晚期作品便成为所有音乐中衡量‘深刻性’和‘哲理性’的刻度和标尺。”[②]“困难”，也许正是崇高美感诞生的条件。在《野葫芦引》这里，读者也许也会沮丧地承认，如果不是有赖于专业读者的深度阐释和启蒙式导引，如“四记”这般充满与文学史、思想史、哲学史互文性的文本，是难以读懂并领会其奥妙之处的，当然也就难以产生愉悦了。而阿恩海姆则通过论述晚期风格往往被延迟接受的心理情结，指出晚期风格一直以来并没有得到细致认真的分析对待。[③]

《野葫芦引》“四记”中《南渡记》是最注重叙事结构的，后三记对编年体史书风格进一步强化，叙事也便进一步以时间线索为中心，而不是以情节、故事的整一连贯性为宗旨了。叙事因此

① 杨燕迪：《从阿多诺论晚期贝多芬谈起》，《文汇报》2020年12月25日。

② 杨燕迪：《从阿多诺论晚期贝多芬谈起》，《文汇报》2020年12月25日。

③ 参见［美］鲁道夫·阿恩海姆：《对美术教学的意见》，郭小平等译，湖南美术出版社2002年，第370—380页。

体现出不可拆解的阅读难度。《野葫芦引》不同程度地表现出对形式经营的淡漠。结构较为松散，且高频律地使用书信或日记的叙事模式，书信或日记虽然能使叙事视角做临时的调整，从第三人称的有限全知，变为第一人称叙述，拉近了叙事与读者的距离，但书信和日记都是插入性质的，且都是记叙文体，而不是“显示”，因而导致整体叙事节奏的拖沓冗慢。

一般而言，长篇小说的表层结构可以允许是分散的，为作家活动留有充分的余地。但深层结构应是有因果关系的，深层结构由情节构成，表层结构由故事构成。如果这种表层与深层关系处理不好，就会显著地影响叙事。但也正如萨义德概括阿多诺作为一个文章家的风格，“最为内在的形式法则就是离经叛道”；阿多诺自己也认为：“文章在当代的实用性，就是那种不合时宜的实用性。”[①]阿多诺在萨义德的笔下，也成为晚期风格的代表，而晚期风格的艺术家要用自己的作品抵抗流行的时代精神与趣味。

正如晚期贝多芬对于调性中心的突围策略是“量”而非“质”的变化。过多的素材被容纳进来，造成整体性的碎片化。这一策略也同样适用于《野葫芦引》。《野葫芦引》中四处漫溢着对各色人等、植物、动物、陈设、景观、色彩等等的描摹。这些描摹不断夹杂在主要人物或事件的流程里，不可拆解，不可粗略浏览。因为稍有不慎，就可能在这些夹杂的景物描摹中漏掉了关键信息。也许，这正是作者以此凸显自己独特性的地方：“文学作品，如果不是独特，又有什么存在的必要？”[②]她似乎就是要扭转读者爱读

① ［美］爱德华·W. 萨义德：《论晚期风格——反本质的音乐与文学》，阎嘉译，生活·读书·新知三联书店 2009 年，第 92 页。

② 宗璞：《独创性作家的魅力》，载《宗璞文集》（第四卷），华艺出版社 1996 年，第 289 页。

“情节”的阅读习惯，而转为读“细节”。这种对细节、文字的精妙鉴赏，来自传统诗文的审美趣味。宗璞的语言表现历来被称道，诗意、诗味、诗趣的艺术造诣保证了其语言风格的实现。某种意义上说，《野葫芦引》“四记”正是读语言、读句子、读细节的文本。

因之，宗璞敢于挑战现实主义小说的一般叙事成规。《野葫芦引》的整体叙事是建立在“非同一性”观念上的，叙述者有意打破读者对于小说的阅读习惯和期待，而作家属意的是关乎她的感悟、记忆和某种意义超越的精神性。正如阿恩海姆引导我们去关注晚期风格中微妙而又深刻的变化，即对精神性的追求。宗璞的晚期风格正是她精神性追求的体现。

这种注重精神性体现的晚期风格，在阿多诺看来，具有一种难以名状的独特性：“重要艺术家晚期作品的成熟（Reife）不同于果实之熟。这些作品通常并不圆美（rund），而是沟纹处处，甚至充满裂隙。它们大多缺乏甘芳，令那些只知道这样尝味的人涩口、扎嘴而走。它们缺乏古典主义美学家习惯要求于艺术作品的圆谐（Harmonie），显示的历史痕迹多于成长的痕迹。”[①] 宗璞在叙事的修辞策略上，也显示出对阅读享乐的拒绝。她对读者阅读自己作品的期待是这样的：“不过这里说的可读性不是躺在花园里或坐在火车上随便翻翻，而是要认真地读，小说要经得起认真地读，也要吸引人去认真读。”[②] 对生活有提高，对人有帮助，就是宗璞那一代作家载道的创作情怀了。从另一个层面来理解，宗璞的晚期创作实际上是非常个人化的创造性转型，她的写作昭示了

---

① ［德］西奥多·阿多诺：《贝多芬：阿多诺的音乐哲学》，彭淮栋译，联经出版事业股份有限公司 2009 年，第 225 页。

② 宗璞：《小说和我》，载《宗璞文集》（第四卷），华艺出版社 1996 年，第 313 页。

文学和小说艺术，不仅仅是生活的消遣和娱乐，还是可以严肃地回答有关世界的本原与人生的意义等哲学命题的叙事形式。

由此，《野葫芦引》在结构上的晚期风格，创生出另类的叙事成就，即文本所贯穿的思想史、文化史的意味和内涵是丰富而深刻的。它们远远地超出了叙事。宗璞在意的是要提供对于过去的深刻洞见。她已经到了可以自由言说的年纪，不需要讨好任何势力或是读者。甚至可以认为，这种不趋流行的风格正是宗璞所要追求的，目的就是“离经叛道”。萨义德所论的晚期风格中“不合群、反潮流、滑入边缘”的美学风格，其实是对某种时代流行的抵抗。对照来看，这种人为的对小说阅读的冲击，打破读者的期待、创造各种新思想，也正是《野葫芦引》的创新之处。正如米兰·昆德拉评价贝多芬：“在最后十年中……他（贝多芬）已经达到他艺术的巅峰……在音乐的演变中，他走上了一条没有人追随的路；没有弟子，没有从者，他那暮年自由的作品是一个奇迹，一座孤岛。”[①]这段话精确概括了贝多芬的晚期风格。基于晚期创作的共通性、晚期风格的相通性，昆德拉对贝多芬这个晚期风格典型代表的评价，或许对我们理解宗璞的晚期风格有某些启示。困难、不讨喜、分裂与疏离……所有的这一切，也许正是创新性的崇高美感诞生的艰难之路。宗璞创作《野葫芦引》的意图并不仅限于呈现知识群体的一段历史，时代生活的完整性、历史的纵深感，无疑也是她所追求的。开始写作《东藏记》的时候，宗璞的健康状况每况愈下，视力极度下降，只能依靠助手，通过口授的方式完成小说写作。到《北归记》时，甚至住进了重症监护室。《野葫芦引》能完成并呈现出如此的精神气象，实在是文学史上的奇迹。《野葫芦引》堪称宗璞的“天鹅之歌”。

---

① ［法］米兰·昆德拉：《帷幕》，董强译，上海译文出版社 2011 年，第 185 页。

《野葫芦引》还是一部充满隐喻与暗示的书，有着犹如冰山在海水之下的庞大的“潜文本”。叙述没有说出的可能远比说出的具有戏剧性。只有深刻理解了《野葫芦引》的潜文本，整个叙事才能凸显出自己的价值和意义。这又是一部有关自由之书。“民主不是只要少数服从多数，还要多数包容少数。”[①]

在《野葫芦引》中，绝大部分的人名、地名或具有隐喻意义或具有暗示性。“野葫芦”便是一个象征；北平的方壶、圆甑，云南的腊梅林，都有着某种象征意味；雪妍与卫葑住蹉跎巷，玹子住宝珠巷，钱明经（精明）住如意巷，尤甲仁夫妇及刘婉芬住刻薄巷……一般而言，现实主义作品大多根据转喻的原则来组织文本，而浪漫主义、象征主义作品则大多根据隐喻的原则来构造文本。《野葫芦引》无疑是现实主义作品，但读者在文本中却看到如此之多的隐喻、象征的运用。这正是作者浸润经典、高雅文化的体现，更是某种现代主义风格的表现。宗璞的创作向来以现实主义为主，但其中杂糅了大量的隐喻、象征手法，目的是突出叙事文本的诗意内涵。

在《东藏记》中，孟樾由于左倾，被上面免去了教务主任职务，由萧澂取代。这一情节早在《南渡记》一开篇就有伏笔：“他说的是：‘苏联革命有其成功之经验。是不是社会主义更尊重人才，能发挥每个人的作用，也能更使人团结？’当时中文系讲师钱明经咳了一声，似乎不以为然。生物系教授萧澂马上岔开了话，一般地说了几点目前形势。‘子蔚谨慎有过于我啊。’弗之暗想。他知道萧澂岔开话是免得多谈主义。”[②]萧澂和钱明经自始至终陪伴着孟樾，像绿叶衬托着红花。萧澂与孟弗之的职位同级，意味

① 宗璞：《北归记》，人民文学出版社 2019 年，第 249 页。

② 宗璞：《南渡记》，《宗璞文集》（第三卷），华艺出版社 1996 年，第 6 页。

着一种竞争关系。但二人从头至尾都是默契、友好的。这一切都是暗示的、内在化的，需要深入细心地去体味，才能明白叙事者的意图。

《野葫芦引》整个文本充满了暗示的和内在化的特征。《流不尽的芒河水》是雪妍的倾诉，也是她将殒命落盐坡的预叙。文中已经点明："其实说它像一小堆雪也可以，一小堆跌落的雪。落雪坡？落雪坡！"玹子最后和卫葑走到一起，既在意料之外，也在意料之中。意料之外，是以玹子的外貌和家世，她本可以找到在外人看来更好的"良配"。作者给这个人物起名"玹"，也是深藏寓意的。"玹"的本意是次于玉的美石。女孩起这个名字，意味着丰盛感、满足感。玹子自小过着锦衣玉食的生活，属于北平城里的"名媛"一流。居然会嫁给政治上激进的共产党卫葑做续弦，实属意外。此"弦"与彼"玹"，就这样被暗示性的隐喻连在了一起。早在《南渡记》开篇中卫葑与雪妍的婚礼上，原定的伴娘因故没到，玹子临时顶替做了卫葑的伴娘。卫葑不看新娘，却笑望玹子的细节，就是一个预叙，预示着两人的姻缘。

隐喻，就其本质而言，是诗性的，因此一部叙事作品可以通过隐喻来丰富、扩大、深化文本的诗意内涵。从某种意义上说，作品是作者从时间中赢取的空间。根据雅各布森的理论，隐喻是在垂直轴，也就是选择轴和联想轴上发生，选择轴实际上也就是空间轴，被选择出来的字词占据了某一特定空间，而它的存在，又暗指着那些与其相似但未被选择的不存在，这种暗指激发读者的联想，引导他去搜寻，捕捉隐藏在意象里的种种言外之意、韵外之致，于是在无形中便大大丰富了作品的意蕴。

王某人、哈察明、陈大富这些带反面色彩的人物的存在，一方面是遵循现实的原则，生活中总有这些奇怪的、否定性的人，这是作者某种齐物论哲学命意的折射。在另一方面，却也是叙述者深藏暗示性的叙事目的的体现。例如王某人对蒋介石露骨的谄媚："'可是莫要忘了每个人的脑壳分量不一样，有的轻些，有的重些。万幸的是我们有一个最丰富、最重要的脑壳，那就是委员长的脑壳。抗战大业、建国宏图都要靠这个脑壳，领袖的脑壳与众不同，他也是大家的脑壳——''可是要把别的脑壳统统砍掉？'一个学生用四川话大声问。还有同学笑出声来，又有同学高声说：'我们关心的不是脑壳，关心的是肚子。'"[①]这种缺乏人格尊严的官僚习气和官僚行为，变相暴露出当时国民党吏治的黑暗与腐败；这与明仑大学一班正直的师生形成强烈对比，更与孟樾等精英知识分子的平等观念相抵牾，也与后续孟樾讲乌台诗案一课相联系。作者借此表达了知识分子对独裁专制的厌恶与抵制，对民主、自由、平等、人权等关乎人的尊严的呼吁。

哈察明这个人物，在战地医院这个环境里被叙述出来，笔墨还不少，且非常集中，这在宗璞的情节设计中是不多见的，显示出这个人物的作用。这个形象与尤甲仁、姚秋尔一样，喜好搬弄是非，至于苛刻地要把有问题的人站笼站死，则又令人联想起作者要为父亲打抱不平，为他说话的心理意识。这些似乎都在解释着什么，暗示着什么。

在全民抗日的高昂情绪中，总有一些性情古怪、行止乖张的人物，称不上是坏人，却总是不合主流。神经质、搬弄是非的哈察明在人群中是边缘的，而老艾，是另一个边缘人物：

"我是一个基督徒，我反对一切战争，别人说我们是和平主义者。因为反对战争，我拒绝服兵役。我们的国

① 宗璞：《东藏记》，人民文学出版社2005年，第275页。

家很开明，安排了这种救护别人的工作。”

“我愿意救人，自己报名来的。不过我不能杀人。”

“如果别人打你，你怎么办？”嵋问，“你不反抗吗？”

“战争太残酷了。”老艾答非所问，“上帝教我们爱一切人，在上帝的光辉里，把战争消灭在没有发生以前。”

“如果已经发生了呢？已经有人在侵略，在抢劫，在杀。”

“如果人人都像我们，就不会有战争。”①

反战的老艾，更是作者某种观念的投射。这种人物的存在，就像整个生态系统中必然会存在一些看似反面的生物，主流应包容这些非主流，甚至是反面的事物。这个主题思想其实是贯穿在整个《野葫芦引》中的，《北归记》中以参加游行或不参加游行的矛盾来体现。没有参加游行的学生不得吃饭，这是主流不包容非主流，后来被弗之等校方批评。整个《野葫芦引》的主题之一就是“兼容并包”，就是要容忍异见，包容非主流的、边缘的存在。这一主题，很多时候是通过隐喻与暗示性，向读者传达出来的。

陈大富作为战地医院的院长，却侵吞倒卖医院珍贵医药物资，最后被军事法庭判决无期徒刑。陈大富本人也是战争的受害者。自己的孩子在日军的轰炸中死去，他收留了好些战争孤儿，为了给这些孩子们吃口好的，他开始倒卖医院物资。四年后，云南解放，狱头却把陈大富放了，说：“现在国不成国，法不成法，你们各自回家吧”②。对这个人物，作者倾注了同情。同样是不要过分苛责平凡人偶尔犯点过错的心理的折射。

---

① 宗璞：《西征记》，人民文学出版社 2009 年，第 173 页。

② 宗璞：《西征记》，人民文学出版社 2009 年，第 243 页。

十字架、小红灯等物象也多次出现。其隐喻与暗示的意义指向小说的主题思想。十字架喻指着西方文明，而小红灯则暗示着中国的传统文明。两种文明的对照，两种思想资源的叠印，是一个大的哲学意义上的叙事背景。东方与西方，传统与现代，先进与落后，保守与激进，这些主题、思想上的对照与矛盾，或隐或显，贯穿了整个文本的文化时空。

十字架在《南渡记》第一章中，开场就出现了。小娃拿着大姐孟峨房中的十字架，向孟樾问起耶稣。这个受难的形象，后来也一直跟着峨，成为塑造峨这个形象的主要物象，暗示着峨先为情所困，后多年躲在植物研究事业中的殉道精神。《南渡记》中，由孟樾来点明耶稣“他爱人，愿意为别人牺牲”，也便具有了一种更广泛意义上的关于“爱人”的观念，即一种西方基督文明的文化色彩。

“十字架”还与“五四”文学、抗战文学以来的文学史形成互文性。“在茅盾的小说《锻炼》中，知识分了陈克明对比他年轻的知识者严洁修说：‘……不但是我们这一代，恐怕甚至于连你们这一代，都是命定了要背十字架的！’”[①] 那时的十字架，是一种因庄严的使命感，而甘愿牺牲自己的圣洁的感情。正如《红豆》中十字架的寓意，江玫为了正义的革命事业，牺牲了自己的爱情。这个十字架的意象，在宗璞这里更多地承载了错过爱情的伤痕意蕴：“我们这一代人”，因为背负了时代的十字架，错过了人生的真爱。

宗璞的晚期作品，不仅在文学风格层面进行了探索和开拓，更为重要的是，她在小说的哲学内涵上所体现出的思想深度。写作使她最大限度地挣脱了尘世俗务的羁绊，沉浸在一个升华了的

---

① 赵园：《艰难的选择》，上海文艺出版社 1986 年，第 231 页。

纯粹的小说世界中，并达到深邃、超越和自由的境界。她带领我们思考世界的本质和人生的真谛，为她自己也为他人寻找和确定世界的意义和人生的价值。

第七章　结论

宗璞的创作，大致可以分为前、中、后三个阶段。在前期、中期，也即《野葫芦引》之前，宗璞的写作与时代、集体意识形态关系紧密。时代因素极大地影响了宗璞写作的主体置入方式。而《野葫芦引》则在1985年以后的思想资源中，将宗璞写作的诸多经验与主题进行了生发和重构。不论是前期、中期，还是后期，宗璞的创作都有一个贯穿始终的写作母题：知识分子的漂泊与守望。她的写作追索了二十世纪中国知识分子的精神历程，完整地描绘出了知识分子在历史变迁中的心灵长卷。在对知识分子主题的书写中，她的创作彰显出“抱诚守真、雅正之声”的美学风格，而其作品深蕴的文学史和思想史内涵，则使宗璞的创作成为当代文学的独特代表。

自1957年之后，知识分子个体就处在被历史主体质询的过程中；六十年代中期之后，这种质询达到极端化的程度。在这个历史逻辑之下，宗璞的前期创作表现出知识分子的身份焦虑。《红豆》《后门》和《知音》等，无不是这种焦虑的折射与释放。出身于知识分子家庭的宗璞，内心充满了身份认同的危机感。获得身份认同的愿望，与创作的内驱力一起，把个人经验从幻想性的意识转化为符合集体意识形态的作品。作品往往将革命、民族、人民等意识，嵌入或取代知识分子的自我意识，从而完成面对新的意识形态环境的自我想象。《红豆》因其经住了历史淘洗的审美价值，堪称知识分子主体置入时代意识形态的具有预言性质的典型文本。如果说作家的叙事都有其深层动因，是为实现某种心理功能而作，那么，宗璞此一阶段的写作则试图将经过初步改造的自我的新形象，通过小说展示出来。《后门》《知音》等小说基于新的时代语境，借助于“移置”与改写，达到了外部规约的要求。直至七十年代末八十年代初的《三生石》《米家山水》，宗璞的知识分子的主体意识才开始回归。

《野葫芦引》是宗璞人生经验、写作技巧的最大规模的集中。对这样一部心血写就的巨著，读者需要保持与之相配的阅读与研究的态度。事实上，《野葫芦引》并不是一部容易看懂的小说。这是一个充满复杂与矛盾、极富暗示性和悲剧性[①] 的文本。叙事的故事时间是 1937 年至 1948 年年底，叙述时间则是 1985 年至 2017 年。如此一来，总的时空跨越了八十年。在这八十年里，国家、社会自抗战以来的发展与变迁，三代知识分子经历的风雨考验，作者个人的人生遭际等因素，都将纳入小说家考量的范围。

《北归记》完成时作家已届九十一岁。宗璞说：“我写这部长篇小说，很希望通过对几代知识分子心路历程的记载，起到一点历史的借鉴作用”；“我很想真实地写出当时的精神是什么精神”；“我也想写出那特定时代的人生遭遇”。[②] 有话要说的作家将生命的

---

① 如果《野葫芦引》“四记”使读者感到过多的悲剧感，也许宗璞的这一段话可以用来解释其缘由：“在经历了‘文革’以后，对世界的总的看法已经定了。不过，经历了更多死别，又经历了一些大事件，对人生的看法更沉重了一些，对小说结局的设计也更现实，更富于悲剧色彩。”见舒晋瑜：《即使像蚂蚁在爬，也要继续写下去》，《中华读书报》2016 年 4 月 6 日。

② 高洪波：《“假北平人”宗璞》，《文艺报》1988 年 2 月 6 日。

真火化为文学的灿烂光华,《野葫芦引》"四记"亦成为当代小说中的皇皇巨帙。而此时，作家的人生经验、智慧襟抱，也达到了人生的顶峰阶段。文学的积累与修养、小说的理念与技巧，都令"四记"成为当代文学中值得期待的文本，亦是作家本人集大成式的写作。由于作家的笔触主要集中在校园和知识分子群体，"四记"还堪称百年知识分子的镜像之作。无论是从当代文学史角度，还是对宗璞个人来说，"四记"都具有极为重要的意义。

宗璞创作《野葫芦引》"四记"的叙事动机，是"向历史诉说"，意欲记史和传史。因此,《野葫芦引》追求一种史书风格，是带有自传色彩的编年体叙事。这个历史叙事，以知识分子的心灵史、精神史的形象描述为主。小说所叙的抗日战争年代正是危机四伏、民族到了存亡关头的"至暗时刻"。《野葫芦引》"四记"以孟家为中心，讲述三代知识分子和十几个家庭经历大学南迁，在日寇的空袭下坚持办学，明仑大学学生深入前线作战，以及胜利之后返回北平的历史故事。小说中的每一个人物都在历史的舞台上经受着是非功过、道德良心的考验，承受着各自命运的艰难选择。除了道德操守上的坚持，伴随这一代知识分子心灵历程的，更是作为民族、国家的"寻路者"的痛苦追寻。作为"寻路者"的直系后裔，宗璞对这一历史过程的聚焦和复原，同样也是知识分子自我认识的需求。除了意欲记史、传史，另一个更为直接的创作动力，也许就是其父冯友兰的言传身教。冯友兰八十岁才开始著《中国哲学史新编》，父女俩晚年写作的经历，有着惊人的相似性。同一间书房、同样的失明，父亲完成了《中国哲学史新编》，女儿完成了她的《野葫芦引》前二记。最终，宗璞在师法父亲的过程中实现了自己早年的夙愿。当然，对任何一位作家来说，创作的"当下此时"都会成为文本中一种隐在的生命痕迹。对宗璞而言，对老年、生命之谜的质询与象征性解决，也是小说创作的一个潜在动机。这从整个文本笼罩的晚期风格中可见一斑。

在内容与形式的安排方面，《野葫芦引》则期望达到“纳须弥于芥子”的境界。须弥山一般庞大杂多的内容，某种意义上对应着百科全书式写作，也对应着阿恩海姆所谓晚期风格的表现之一。整部长篇使读者见识了宗璞在认识能力、审美能力方面所表现出的年龄优势。整个文本用一种纯净的文体写成，字斟句酌，精雕细刻，延续了宗璞细腻、写实的风格。作为见证者，宗璞通过《野葫芦引》的写作，对这一段大历史提供了自己的洞见。一般的作家总被指摘没有细节，或者细节不真实；对宗璞而言，“四记”则充满了细节。由于作家对自己严苛的创作态度，每一个细节都务使其尽善尽美，显示出精神贵族式的奢华。作者又极擅描写知识分子的某种情调与氛围，使人物镶嵌在其中，令读者体味到大众文化狂欢中高雅文化的精神飞地，“四记”因此蕴含着文化史的意味。而中国文人小说传统深厚博大的内涵与技巧，更是在“四记”中有着精心的表现。冯至曾如此评价《南渡记》：“总之你的文笔细致，字斟句酌，可以想见你是通过多么缜密的思考在写这本书。”[①] 如果读者认真地通读细读了“四记”的话，会惊叹于作者叙事的严谨。作品令人一睹什么叫“草蛇灰线，伏脉千里”。如嵋与无因的爱情，在《南渡记》中就埋下伏笔，两人最终无缘无果；玹子由早期的骄傲公主变成阿难的继母，也是在卫葑与雪妍的婚礼上就暗示了两人的姻缘。整个文本得益于这种传统叙事的经验，可见出叙述在这一方面的精心和细腻。

《野葫芦引》在思想规范方面，叙述者的伦理道德观统辖着

① 冯至：《〈南渡记〉读后》，载《宗璞文学创作评论集》，人民文学出版社编，人民文学出版社 2003 年，第 157 页。

叙事，甚至主宰了人物的命运。抗战时期，在大后方的“投机狂潮”“黄金梦”的腐蚀中，一群大学里的知识分子坚守着自己的职业道德、人格操守；在更高的精神层面，不管是新人还是旧人，新道德还是旧道德，在民族大义的关口，知识分子彰显出中国士人、君子的传统道德：临财毋苟得，临难毋苟免；君子忧道不忧贫……孟弗之对人对己都强调要“尽伦尽职”。以孟弗之为代表的知识分子赤诚地爱国，是“先觉者”，坚决主张抗日，为国培育人才，个人则著书立说、痴心学术；在日常生活中，在知识分子看重的“名”上，虽也不免有时有着文人相轻的表现，但保存民族文化薪火、坚守知识分子本分，则是绝对主流。事实上，《野葫芦引》堪称现代知识分子思想体系的形象表现。

《野葫芦引》“四记”的人物谱系主要是一种“范型人”。比如孟樾、萧澂、庄卣辰、江昉、秦巽衡、李涟、梁明时、刘仰泽、钱明经、晏不来等，都是知识分子的形象类型。如卫葑、李宇明等，则是现代文学以来青年知识分子革命者的形象类型，他们与老革命家吕清非构成一种革命的接续与比照关系。除了“范型人”，还有处在“何事”中的人。严格说来，书中所有的人物都处在抗日战争这个大事件中。直接参战的有国民党军长严亮祖、作为大学生走向滇西战场的澹台玮、冷若安、孟嵋、李子薇等，更有民间抗日英雄、传奇人物彭田立以及云南普通民众如老战、苦留、福留等；与之相对的汉奸缪东惠、凌京尧（这个人物作者倾注了同情）；还有几位师母、太太，作为传统“女主内”型的形象，最典型的如碧初，贤惠、识大体，国难当头以自己柔韧的力量维持家庭的存续。另一些人物在爱情中，如嵋、庄无因、雪妍、玹子、殷大士等，峨则很快因单恋受伤变成一个执着于事业的女强人。这些在爱情中的人物和他们的爱情故事，体现出宗璞创作史中的互文性。如卫葑与雪妍、嵋与无因等的爱情，似乎都是《红豆》的续写与改写。

宗璞创作的人物与主题，揭示出她的创作的心理原型，即二十世纪中国知识分子的漂泊与守望。体现在以孟樾为代表的知识精英，在启蒙与救亡、革命与学术、集体与个人之间的心路历程；以及青年知识分子革命者卫葑在革命与爱情、爱与信之间的踌躇矛盾；嵋、江玫等知识女性对爱情与生活的艰难选择，对道德的守望。孟樾这个人物承担着小说有关“知识分子主题”的大部分的主题成分，是作家笔下二十世纪三四十年代中国高层知识分子的典型形象。他像一个先知，更是一个忧国忧民的智者、仁者。但孟樾这个人物形象的圣化与完美，使他不如钱明经、白礼文等更像小说人物。如何既写出人物高尚的品行，又能在真实性、生动性上臻达一个高度，仍是小说创作值得探讨的领域。

作者的古典文学修养以及对西方经典文学的熟稔，都使人物形象体现出这两方面的影响。如小说中随处可见的古典诗词、西方文学经典手法等，这些或已成为某种思维方式，直接影响了作家的行文，不自觉地灌注到人物形象的塑造中，或成为一种隐喻手段来刻画人物；至于哈代、曼斯菲尔德等的叙事手法，则成为一种丰厚的技巧底蕴。当然，“四记”最突出的叙事特点仍然是中国传统小说、文人小说作为一种知识背景和思维图式的精深呈现。比如形象选用。最为人所熟知的如“晴为黛影”“袭为钗副”的描写法，在小说的人物塑造中也可见其惊鸿之影；作者的主要人物大多形成平行或相反的结构设定，并且反复或重新形成这类平行或相反的人物来产生效果。这种模式显然是为了突出人物的个性以及创造一种结构上对称的形式美，使小说的多层次质感得以展现。如孟弗之与钱明经、吕碧初与金士珍、雪妍与玹子、吕清非与凌京尧、澹台玮与庄无因等等，这些人物的塑造即体现了以上的叙述旨趣。

宗璞以细腻、写实的工笔，描绘出二十世纪中国知识分子在历史进程中的心灵长卷，为我们梳理、研究知识分子的人格精神，提供了丰饶的经验资源。由于《野葫芦引》写作时作者已近耳顺之年，最终完成已到九十高龄，因此，她的写作不可避免地呈现出一种“晚期风格”。而后三记口授的写作方式、记忆力的模糊、情感的弱化等因素，也一定程度地影响了叙事。

宗璞晚期风格的表现，在叙述爱情时显得尤为突出，即那种对悲剧性情感的偏爱。有时，青春爱情的炽烈激情往往被忧伤怀旧的回忆所取代。比如，叙述大士和玮玮的爱情时有这样一个细节。前面一段：“这是那永远刻在心上的一刹那，一个人一生中有这样的瞬间，就可以说得上是幸福了。他们命运不同，寿夭不同，但在生命的最后时刻，都在心上拥抱着对方的笑容。”后面紧接着另起一个自然段：“他们隔着煤油箱默然相对。”[①]两颗本应激动跳跃的心变得平静安宁了，使炽烈的青春爱情染上了暮色。当然，这也可以理解为叙述者在这里暗示玮玮将为国捐躯，而两人的爱情最终是伤痛而无果的。某种意义上，这既是宗璞晚期风格的一种年龄和心境的体现，也是作者的伦理道德观的自然反映。记者问宗璞：“您写的爱情一直是只牵手的，最多亲一下脸颊，有没有想过突破一下？”宗璞一听也笑了，差一点笑掉了助听器，顿了顿，才认真回答：“我觉得《西厢记》《牡丹亭》写得很美，但是主人公的大胆举止我是不赞成的，发乎情止乎礼是我们的传统。

① 宗璞：《东藏记》，人民文学出版社 2005 年，第 202 页。

我喜欢这样的爱情。"[1]看完"四记"中的爱情、婚姻描写，确如作者所说，这便是作家的原则和尺度了。孟樾和碧初这一对和谐恩爱的夫妇之间，最亲密的举动也只是"抚抚肩、拍拍手"。即便是钱明经和郑惠枌的离婚，也是风平浪静，不起波澜。郑惠枌亲见钱明经跟女土司的亲密举动，还能笑着对答，令读者见识了二十世纪四十年代读书女性的涵养和风度。

---

① 费祎:《宗璞：什么是小说家的责任》,《光明日报》2019 年 10 月 23 日。

参考文献

作家作品类

宗璞:《宗璞代表作》,黄河文艺出版社,1987年12月第1版。

宗璞:《宗璞文集》(全四册),华艺出版社,1996年2月第1版。

宗璞:《东藏记》,人民文学出版社,2001年4月第1版。

宗璞:《西征记》,人民文学出版社,2009年5月第1版。

宗璞:《未解的结》,浙江文艺出版社,2015年1月第1版。

宗璞:《心的嘱托》,浙江文艺出版社,2015年1月第1版。

宗璞:《二十四番花信》,浙江文艺出版社,2015年1月第1版。

宗璞:《北归记》,人民文学出版社,2019年2月第1版。

传记资料类

冯友兰:《三松堂自序》,江苏文艺出版社,2011年8月第

1 版。

冯友兰:《冯友兰学术自传》，人民出版社，1998 年 11 月第 1 版。

宗璞:《宗璞自述》，大象出版社，2005 年 3 月第 1 版。

研究专著类

A

[美] 鲁道夫·阿恩海姆:《对美术教学的意见》，郭小平、翟灿、熊蕾译，湖南美术出版社，1993 年 7 月第 1 版。

[意] 安贝托·艾柯:《悠游小说林》，俞冰夏译，生活·读书·新知三联书店，2005 年 10 月第 1 版。

B

[荷] 米克·巴尔:《叙述学：叙事理论导论》，谭君强译，中国社会科学出版社，1995 年 11 月第 1 版。

[苏] 巴赫金:《陀思妥耶夫斯基诗学问题》，白春仁、顾亚铃译，生活·读书·新知三联书店，1988 年 7 月第 1 版。

[苏] 巴赫金:《巴赫金全集》，白春仁、晓河译，河北教育出版社，1998 年 6 月第 1 版。

[美] 韦恩·布斯:《小说修辞学》，华明、胡晓苏、周宪译，北京联合出版公司，2017 年 7 月第 1 版。

D

[美] 狄克森、司麦斯合编:《短篇小说写作指南》，朱纯深

译，辽宁教育出版社，1998年3月第1版。

[法] 米盖尔·杜夫海纳：《美学与哲学》，孙非译，中国社会科学出版社，1985年5月第1版。

戴锦华：《涉渡之舟：新时期中国女性写作与女性文化》，北京大学出版社，2007年5月第1版。

F

[法] 达维德·方丹：《诗学——文学形式通论》，陈静译，天津人民出版社，2003年3月第1版。

[美] 詹姆斯·费伦：《作为修辞的叙事：技巧、读者、伦理、意识形态》，陈永国译，北京大学出版社，2002年5月第1版。

[美] 詹姆斯·费伦、彼得·J.拉比诺维茨主编：《当代叙事理论指南》，申丹等译，北京大学出版社，2007年9月第1版。

[美] 约瑟夫·弗兰克等：《现代小说中的空间形式》，秦林芳编译，北京大学出版社，1991年5月第1版。

[英] 罗杰·福勒：《语言学与小说》，於宁、徐平、昌切译，重庆出版社，1991年1月第1版。

[奥] 西格蒙德·弗洛伊德：《精神分析引论》，徐胤译，浙江文艺出版社，2016年6月第1版。

范伯群、朱栋霖主编：《1898—1949中外文学比较史》，江苏教育出版社，1993年9月第1版。

冯友兰：《中国哲学史新编》，人民出版社，2007年3月第2版。

冯友兰：《南渡集》，生活·读书·新知三联书店，2007年5月第1版。

冯友兰：《中国哲学简史》，涂又光译，北京大学出版社，

2010 年 8 月第 1 版。

傅修延：《讲故事的奥秘——文学叙述论》，百花洲文艺出版社，1993 年 1 月第 1 版。

G

［美］约翰·盖利肖：《小说写作技巧二十讲》，梁淼译，北京十月文艺出版社，1987 年 11 月第 1 版。

高行健：《现代小说技巧初探》，花城出版社，1981 年 9 月第 1 版。

郭齐勇：《中国儒学之精神》，复旦大学出版社，2009 年 1 月第 1 版。

郭绍虞主编：《中国历代文论选》，上海古籍出版社，1979 年 11 月第 1 版。

H

［美］戴卫·赫尔曼主编：《新叙事学》，马海良译，北京大学出版社，2002 年 5 月第 1 版。

［美］海登·怀特：《后现代历史叙事学》，陈永国、张万娟译，中国社会科学出版社，2003 年 6 月第 1 版。

［英］肖恩·霍默：《导读拉康》，李新雨译，重庆大学出版社，2014 年 9 月第 1 版。

何兆武口述，文靖撰写：《上学记》，生活·读书·新知三联书店，2008 年 9 月第 2 版。

洪子诚：《问题与方法：中国当代文学史研究讲稿》，北京大学出版社，2010 年 1 月第 1 版。

胡发贵：《儒家文化与爱国传统》，上海社会科学院出版社，

1998 年 2 月第 1 版。

胡军编：《冯友兰论人生》，江西高校出版社，2010 年 1 月第 1 版。

K

[意] 卡尔维诺：《未来千年文学备忘录》，杨德友译，辽宁教育出版社，1997 年 3 月第 1 版。

[美] J.R. 坎托：《文化心理学》，王亚南等译，云南人民出版社，1991 年 4 月第 1 版。

[英] 马克 · 柯里：《后现代叙事理论》，宁一中译，北京大学出版社，2003 年 8 月第 1 版。

[英] 弗兰克 · 克默德：《结尾的意义：虚构理论研究》，刘建华译，辽宁教育出版社，2000 年 3 月第 1 版。

L

[英] 乔纳森 · 雷班：《现代小说写作技巧——实用文艺批评集》，戈木译，陕西人民出版社，1984 年 10 月第 1 版。

[法] 保罗 · 利科：《虚构叙事中时间的塑形：时间与叙事卷二》，王文融译，商务印书馆，2018 年 3 月第 1 版。

[英] 卢伯克等：《小说美学经典三种》，中国社会科学院外国文学研究所等编，方土人、罗婉华译，上海文艺出版社，1990 年 4 月第 1 版。

[英] 戴维·洛奇：《小说的艺术》，王峻岩等译，作家出版社，1998 年 2 月第 1 版。

[秘] 略萨：《中国套盒：致一位青年小说家》，赵德明译，百花文艺出版社，2000 年 1 月第 1 版。

［秘］略萨:《给青年小说家的信》，赵德明译，上海译文出版社，2004年10月第1版。

李辰冬:《李辰冬古典小说研究论集》，中华书局，2006年6月第1版。

李建军:《小说的纪律》，江苏文艺出版社，2009年7月第1版。

李建军:《文学因何而伟大》，华夏出版社，2010年1月第1版。

李建军:《文学的态度》，作家出版社，2011年5月第1版。

李建军:《大文学与中国格调》，作家出版社，2015年1月第1版。

李建军:《小说修辞研究》，二十一世纪出版社，2019年3月第1版。

李洁非:《小说学引论》，广西教育出版社，1995年4月第1版。

〔唐〕李延寿:《南史》，中华书局，1975年6月第1版。

李杨:《50～70年代中国文学经典再解读》，山东教育出版社，2003年11月第1版。

刘方喜:《审美生产主义——消费时代马克思美学的经济哲学重构》，社会科学文献出版社，2013年5月第1版。

刘文英:《儒家文明：传统与传统的超越》，南开大学出版社，1999年12月第1版。

刘小枫:《这一代人的怕和爱》，生活·读书·新知三联书店，1996年12月第1版。

〔梁〕刘勰著，路侃如、牟世金译注:《文心雕龙译注》，齐鲁书社，1982年9月第1版。

罗钢:《叙事学导论》,云南人民出版社,1994 年 5 月第 1 版。

〔明〕罗贯中著,〔清〕毛宗岗评点:《毛宗岗批评本 · 三国演义》,岳麓书社,2015 年 9 月第 1 版。

M

[美]华莱士 · 马丁:《当代叙事学》,伍晓明译,北京大学出版社,2005 年 3 月第 1 版。

N

[美]弗拉基米尔 · 纳博科夫:《文学讲稿》,申慧辉等译,上海三联书店,2005 年 4 月第 1 版。

O

〔唐〕欧阳询:《艺文类聚》,汪绍楹校,上海古籍出版社,1999 年 5 月新 2 版。

P

[土]奥尔罕·帕慕克:《天真的和感伤的小说家》,彭发胜译,上海人民出版社,2012 年 8 月第 1 版。

[美]浦安迪:《中国叙事学》,北京大学出版社,2018 年 8 月第 2 版。

[美]杰拉德 · 普林斯:《叙述学词典》(修订版),乔国强、李孝弟译,上海译文出版社,2011 年 9 月第 1 版。

Q

[斯洛文尼亚]斯拉沃热 · 齐泽克等:《图绘意识形态》,方杰

译，南京大学出版社，2002 年 6 月第 1 版。

启功:《汉语现象论丛》，中华书局，1997 年 3 月第 1 版。

钱理群:《岁月沧桑》，东方出版中心，2016 年 7 月第 1 版。

钱穆:《中国文化史导论》，商务印书馆，1994 年 6 月修订版。

R

[法] 热拉尔·热奈特:《叙事话语　新叙事话语》，王文融译，中国社会科学出版社，1990 年 11 月第 1 版。

人民文学出版社编:《宗璞文学创作评论集》，人民文学出版社，2003 年 10 月第 1 版。

S

[法] 蒂费纳·萨莫瓦约:《互文性研究》，邵炜译，天津人民出版社，2003 年 1 月第 1 版。

[美] 爱德华·W. 萨义德:《论晚期风格——反本质的音乐与文学》，阎嘉译，生活·读书·新知三联书店，2009 年 6 月第 1 版。

[美] 史景迁:《天安门：知识分子与中国革命》，尹庆军等译，中央编译出版社，1998 年 8 月第 1 版。

[法] 斯达尔夫人:《论文学》，徐继曾译，人民文学出版社，1986 年 12 月第 1 版。

邵建:《20 世纪的两个知识分子——胡适与鲁迅》，光明日报出版社，2008 年 1 月第 1 版。

T

谭君强:《叙事理论与审美文化》，中国社会科学出版社，2002 年 9 月第 1 版。

唐贤秋：《道德的基石：先秦儒家诚信思想论》，中国社会科学出版社，2004 年 11 月第 1 版。

唐小兵：《书架上的近代中国：一个人的阅读史》，东方出版社，2020 年 3 月第 1 版。

陶东风：《社会转型与当代知识分子》，上海三联书店，1999 年 9 月第 1 版。

W

［法］贝尔纳·瓦莱特：《小说——文学分析的现代方法与技巧》，陈艳译，天津人民出版社，2003 年 1 月第 1 版。

［德］W. 沃林格：《抽象与移情》，王才勇译，辽宁人民出版社，1987 年 8 月第 1 版。

［英］弗吉尼亚·伍尔夫：《伍尔夫读书随笔》，刘文荣译，文汇出版社，2006 年 4 月第 1 版。

王德威：《抒情传统与中国现代性：在北大的八堂课》，生活·读书·新知三联书店，2010 年 9 月第 1 版。

王立：《文学主题学与传统文化》，中国社会科学出版社，2016 年 9 月第 1 版。

汪民安：《什么是当代》，新星出版社，2014 年 2 月第 1 版。

王卫平：《中国现代知识分子小说史论》，中国社会科学出版社，2009 年 9 月第 1 版。

X

徐岱：《小说叙事学》，商务印书馆，2010 年 6 月第 1 版。

徐洪军编著：《宗璞研究》，河南大学出版社，2017 年 7 月第 1 版。

许纪霖:《智者的尊严——知识分子与近代文化》，学林出版社，1991 年 12 月第 1 版。

许纪霖:《中国知识分子十论》，复旦大学出版社，2003 年 10 月第 1 版。

许纪霖编:《20 世纪中国知识分子史论》，新星出版社，2005 年 4 月第 1 版。

许纪霖:《安身立命：大时代中的知识人》，上海人民出版社，2019 年 8 月第 1 版。

许子东:《为了忘却的集体记忆：解读 50 篇文革小说》，生活 · 读书 · 新知三联书店，2000 年 4 月第 1 版。

Y

[德] H.R. 姚斯、[美] R.C. 霍拉勃:《接受美学与接受理论》，周宁、金元浦译，辽宁人民出版社，1987 年 9 月第 1 版。

叶朗:《中国小说美学》，北京大学出版社，1982 年 12 月第 1 版。

叶庭芳编:《论卡夫卡》，中国社会科学出版社，1988 年 9 月第 1 版。

余英时:《中国历史转型时期的知识分子》，联经出版事业股份有限公司，1993 年重印。

余英时:《中国知识分子论》，河南人民出版社，1997 年 4 月第 1 版。

余英时:《士与中国文化》，上海人民出版社，2013 年 6 月第 2 版。

Z

［美］詹明信：《晚期资本主义的文化逻辑：詹明信批评理论文选》，张旭东编，陈清侨等译，生活·读书·新知三联书店，1997 年 12 月第 1 版。

曾艳兵主编：《西方现代主义文学概论》，北京大学出版社，2006 年 9 月第 1 版。

张毅：《儒家文艺美学：从原始儒家到现代新儒家》，南开大学出版社，2004 年 4 月第 1 版。

赵园：《艰难的选择》，上海文艺出版社，1986 年 9 月第 1 版。

周小仪：《从形式回到历史——20 世纪西方文论与学科体制探讨》，北京大学出版社，2010 年 5 月第 1 版。

〔宋〕朱弁、吴可、黄彻：《风月堂诗话　藏海诗话　碧溪诗话》，中华书局，1991 年第 1 版。

朱义禄：《儒家理想人格与中国文化》，复旦大学出版社，2006 年 10 月第 1 版。

朱寨主编：《中国当代文学思潮史》，人民文学出版社，1987 年 5 月第 1 版。

资中筠：《资中筠自选集：不尽之思》，广西师范大学出版社，2011 年 10 月第 1 版。

宗白华：《美学与意境》，江苏文艺出版社，2008 年 7 月第 1 版。

宗璞文学年表

1928 年　〇岁

7 月 26 日（农历六月十日），生于北平海淀成府槐树街 10 号。父冯友兰、母任载坤为其取名钟璞。原籍河南省唐河县祁仪镇。

1929 年　一岁

9 月初起，父到清华大学任教。全家迁至旧南院（后改名照澜院）17 号。父任清华大学哲学系主任。

1930 年　二岁

约 4 月，家迁至清华园乙所。

1931 年　三岁

7 月起，父任清华大学文学院院长。12 月 30 日（农历十一月廿二日），弟钟越出生。

1933 年　五岁

9 月起，入清华园教师子弟学校成志小学读书。

1937 年　九岁

七七事变发生，7 月中旬家迁至什刹海旁白米斜街 3 号。8 月，与钟越寄住燕京大学内天和厂姑母冯沅君处。9 月，回白米斜街，辍学。同月，父往清华大学、北京大学、南开大学组成之长沙临时大学任教。

1938 年　十岁

4 月，父至昆明，任清华大学、北京大学、南开大学组成之西南联合大学哲学系教授。不久，又随联大文、法学院迁至蒙自。6 月，与姊、兄、弟随母由北平至蒙自，住桂林街王维玉宅内，与陈梦家、赵萝蕤夫妇为邻。8 月，举家随联大迁昆明，住登华街。9 月，与弟钟越入北门街南菁小学读书。年底，家迁至小东城角。小学为避日机空袭迁岗头村，与钟越开始住校。

1939 年　十一岁

秋，家迁至城外龙头村（龙泉镇）。

1940 年　十二岁

年初，因患病休学，由母亲指导学习初中课程。

1942 年　十四岁

秋，考入联大附中初二，住校。

1943 年　十五岁

上半年，因父往重庆、成都讲学，母往成都治病，与弟寄住联大常委、清华校长梅贻琦家中。8 月，父母回昆明后，家迁至北门街。

发表作品：

写滇池海埂之散文（佚题），发表于昆明某刊物，署名“简平”。是为处女作。

1945年　十七岁

1月，家迁至西仓坡新建之联大教师宿舍内。

1946年　十八岁

5月，自联大附中毕业。5月下旬，随父母离昆明至重庆。7月下旬，由重庆返北平，仍住白米斜街。8月，父往美国讲学。是年秋，考入天津南开大学外文系（时西南联大已解散，北京大学、清华大学、南开大学复校）。

1947年　十九岁

发表作品：

新诗《我从没有这样接近过你》，刊于6月20日天津《大公报》，署名“冯璞”。

1948年　二十岁

3月，父回国，仍任清华大学教授、哲学系主任、文学院院长。家迁至清华园乙所。是年秋，经考试转入清华大学外文系二年级。

发表作品：

小说《A. K. C》（法文，意为“打碎它），1948年刊于天津《大公报》，署名“绿繁”。是为第一篇小说（发表具体日期待考）。

新诗《一个年轻的三轮车夫》，刊于10月24日天津《大公报》，署名“冯璞”。

新诗《疯》，刊于10月31日天津《大公报》，署名“冯璞”。

1950年　二十二岁

冬，随清华外文系往崇文门一玻璃厂宣传抗美援朝。

1951年　二十三岁

5月4日，加入新民主主义青年团。是年夏，自清华大学外文系毕业，分配至政务院文教委员会宗教事务处工作。10月，借调任匈牙利文工团英文翻译。

发表作品：

小说《诉》(写于1950年12月)，刊于1月28日《光明日报》，署名“清华大学学生冯钟璞”。

1952年　二十四岁

是年秋，院系调整后，父调北京大学哲学系任教，家迁至北大校园内燕南园54号。

1953年　二十五岁

中共中央统战部组织功德林活佛等参观东北、江南，作为工作人员前往。

1954年　二十六岁

1月，调至全国文学艺术联合会研究部工作。

1955 年　二十七岁

夏初，文联组织吴作人、萧淑芳、关山月等艺术家访问内蒙古草原，作为工作人员前往。

1956 年　二十八岁

6 月 4 日，加入中国共产党。是年，有译作《猫的名字是怎样来的》（苏联马尔夏克诗）、《点金术》（美国霍桑小说）。

发表作品：

评介《伟大俄罗斯作家——陀斯妥耶夫斯基》，刊于 5 月 26 日《工人日报》，署名“宗璞”（此后凡署名“宗璞”者不再一一说明）。

1957 年　二十九岁

年初，调至《文艺报》社，任国际组编辑、组长。不久，家迁至燕南园 57 号。春夏之交，陪同锡兰作家默黑丁访问江南。

发表作品：

小说《红豆》（写于 1956 年 12 月），刊于《人民文学》7 月号。后收入上海文艺出版社 1978 年 9 月出版之《重放的鲜花》、人民文学出版社 1979 年 9 月出版之《短篇小说选（1949—1979）》、北京出版社 1979 年 11 月出版之《北京短篇小说选（1949—1979）》、广东人民出版社 1980 年 6 月出版之《当代女作家作品选》、江苏人民出版社 1981 年 12 月出版之《中国女作家小说选》、汉语大辞典出版社 1992 年 3 月出版之《中国现代短篇小说欣赏辞典》、海峡文艺出版社 1993 年 8 月出版之“入选《世界名人录》中国作家作品丛书”之一《红豆》、陕西人民出版社 1993 年 12 月出版之《中国当代小说珍本》等。有英译，收入香港联合出版社 1983

年出版之英译中国小说集《香草集》；世界语译，收入中国世界语出版社1989年出版之《中国文学作品选》。另有俄、捷、西等文译本。

中篇童话《寻月记》（写于1956年12月），由中国少年儿童出版社于11月出版，署名“冯钟璞”。由吴作人题写书名，萧淑芳插图。

1958年　三十岁

1月，至十三陵水库工地义务劳动。

发表作品：

新诗《石头人的话》，刊于2月18日《北京日报》，署名“任小哲”。

1959年　三十一岁

年初，下放至河北省涿鹿县温泉屯劳动。年底回北京。

发表作品：

散文《山溪——小五台林区即景》（写于5月），刊于《新观察》16期（8月16日出版）。

1960年　三十二岁

10月，调至《世界文学》编辑部任编辑、评论组组长。

发表作品：

小说《桃园女儿嫁窝谷》（写于9月），刊于《北京文艺》11月号。后收入北京出版社1961年12月出版之《旷野上——北京短篇小说选》。已译为英文。

与陈徵莱合译《缪塞诗选》十七首（另有三首译者为沈宝基、

闻家驷），由人民文学出版社于12月出版。署名“冯钟璞”。

评论《飞翔吧，小溪流的歌》（写于5月16日），刊于《文艺报》（刊于何期待查）。

1961年　三十三岁

是年春，陪同以色列女作家露丝·乌尔访问江南。

发表作品：

散文《无处不在》（写于2月），刊于3月5日《人民日报》。

童话《湖底山村》（写于5月），刊于6月25日《人民日报》。后收入人民文学出版社1979年出版之《1949年—1979年童话寓言选》、上海教育出版社1984年1月出版之《童话选》增订本。

散文《西湖漫笔》（写于7月），刊于8月12日《光明日报》。后收入北京出版社1962年9月出版之《江山多娇》、广东人民出版社1980年6月出版之《当代女作家作品选》、人民文学出版社1980年12月出版之《画山绣水》、江苏人民出版社1981年12月出版之《中国女作家小说选》、中国旅游出版社1982年5月出版之《中国当代游记选》、华夏出版社1993年7月出版之《名家说玩》，并选入人民教育出版社1983年出版之六年制中学课本《语文》第六册。

1962年　三十四岁

1月26日，加入中国作家协会。夏秋之交，陪同日本女作家深尾须磨子访问江南。

发表作品：

散文《针上纪事》（写于3月），刊于4月7日《北京日报》。

小说《两场“大战”》，刊于《北京文艺》6月号。

小说《不沉的湖》(写于3月)，刊于《人民文学》7月号。

散文《墨城红月》(写于9月)，刊于9月20日《光明日报》。

1963年　三十五岁

发表作品：

散文《一年四季》，刊于1月8日《北京日报》。

小说《后门》(写于1962年10月)，刊于《新港》2月号(编辑部改题为《林回翠和她的母亲》)。已译为英文。

童话《鹿泉》(写于1962年9月)，刊于《山花》2月号。后收入北京师范大学出版社1990年4月出版之《中国儿童文学选粹(一)》。

散文《暮暮朝朝》(写于9月)，刊于10月1日《光明日报》。

小说《知音》(写于2月)，刊于11月26日《人民日报》。有英译、法译，刊于外文出版社《中国文学》；日译，刊于外文出版社《人民中国》。

散文《路》(写于12月)，刊于12月21日《光明日报》。

1964年　三十六岁

随《世界文学》编辑部并入中国科学院哲学社会科学部外国文学研究所。随即全所下放参加"四清"，因病留编辑部编资料。

发表作品：

新诗《这一炉熊熊大火》，刊于5月3日《北京日报》。

1965年　三十七岁

11月，住协和医院手术、治疗。

1966 年　三十八岁

6 月，“文化大革命”爆发。

1967 年　三十九岁

4 月，住日坛医院手术、治疗。

1969 年　四十一岁

9 月 17 日，与蔡仲德结婚，住城内迺兹府 10 号。

1970 年　四十二岁

5 月起，因蔡仲德长期下放，迁回北京大学与父母同住。

1971 年　四十三岁

8 月下旬，作旧体诗《怀仲四首》。

1972 年　四十四岁

春，往河北清风店探亲，与蔡仲德同游定县。返京后，作词《江城子 · 定州寻夫》。8 月，兄钟辽（1945 年起定居美国）首次回国探亲。是年，作有旧体诗《咏古二首》，其一《读离骚》，其二《读汉书》。又作有《读怀素自叙帖二首》。

1973 年　四十五岁

5 月，蔡仲德结束下放返京，遂在北大安家。7 月，住日坛医院手术、治疗。

1974 年　四十六岁

6 月，姑母冯沅君（作家、古典文学专家）病故。

1975 年　四十七岁

是年起，恢复工作，在《世界文学》编辑部编资料。6 月，姊钟琏病故。

1976 年　四十八岁

9 月，叔父冯景兰（地质学家）病故。

1977 年　四十九岁

10 月，母任载坤病故。

1978 年　五十岁

发表作品：

新诗《心碑》，收入《世界文学》编辑部编辑之《心碑》，于 1 月出版。

童话《花的话》（写于 1963 年），刊于《人民文学》6 月号。后收入北京实验中学语文辅导教材、浙江教育出版社 1989 年 9 月出版之《中国文学精粹·童话（小学生必读，中年级）》、北京师范大学出版社 1990 年 1 月出版之四年制初级中学课本《语文》第二册。

小说《弦上的梦》（6 月初稿，秋改稿），刊于《人民文学》12 月号。后获首届全国优秀短篇小说奖。收入人民文学出版社 1980 年 1 月出版之《一九七八年全国优秀短篇小说评选作品集》、上海文艺出版社 1980 年 1 月出版之《建国以来短篇小说》、江苏人民出版社 1981 年 12 月出版之《中国女作家小说选》、北京师范大学出版社 1992 年 7 月出版之“当代小说潮流回顾 · 写作艺术借鉴丛书”之一《伤痕小说——生命如同那年夏天》。有英译，收入外文出版社 1981 年出版之《中国获奖小说选（1978—1979）》及外文出版社 1982 年初版、1983 年二版、1985 年三版之《女作家七人集》；法译，刊于《中国文学》1979 年 8 月号及中国文学出版社 1981 年出版之《女作家近作选》；西译，收入外文出版社 1982 年出版之《艺苑新花》。另有日译。

1979 年　五十一岁

8 月，与父亲同游黄山。10 月，陪同父亲往太原出席会议。

发表作品：

童话《吊竹兰与蜡笔盒》（写于 1978 年年底），刊于《北京文学》2 月号（10 日出版）。

中译霍桑小说《拉帕其尼的女儿》，刊于《世界文学》1 期（2 月 25 日出版）。后收入山东人民出版社 1980 年 9 月出版之《霍桑短篇小说集》。

译作《早晨的洪流——毛泽东与中国革命》（原作韩素音，英文），由北京出版社于 7 月出版（其中第一至八章为宗璞所译）。

童话《露珠儿和蔷薇花》（写于 1963 年），刊于《儿童时代》11 期（7 月 16 日出版）。

散文《热土》（写于 6 月 9—19 日），刊于《十月》4 期。

新诗《华山五问》（写于 1956 年秋），刊于《怀来文艺》3 期（9 月出版）。

散文《湖光塔影》（写于 8 月），刊于《旅游》创刊号（是年 10 月出版）。后收入中国旅游出版社 1980 年 5 月出版之《中国当代游记选》。

小说《我是谁》（写于 2—3 月），刊于《长春》12 月号。后转载于《小说月报》1980 年 3 月号。收入四川文艺出版社 1985 年 3 月出版之《当代短篇小说 43 篇》。有法译，刊于法国《欧洲文学杂志》1985 年 4 月号。又译成英、日文。

有关评介：

5 月，北京语言学院出版《中国文学家辞典》（征求意见稿）现代第二分册，其中有“宗璞”条。

1980 年　五十二岁

12 月，往昆明参加当代文学讨论会。

发表作品：

散文《废墟的召唤》（写于 1979 年 12 月 9—12 日），刊于《人民文学》1 月号。后收入百花文艺出版社 1985 年 7 月出版之《当代抒情散义选》、清华大学出版社 1986 年 4 月出版之《清华校友通讯》复 13 期、上海教育出版社 1991 年 1 月出版之《当代散文选析》、中国人民大学出版社 1991 年 5 月出版之《中国当代名家小品精选》、漓江出版社 1993 年 9 月出版之《感情世界——〈人民文学〉散文选萃（1949—1992 年）》。

评论《揭开〈飘〉的纱幕》（写于 4 月 7—10 日），刊于 4 月 23 日《光明日报》，署名“丰加云”（与资中筠合作）。后收入浙江人民出版社 1980 年 12 月出版之《〈飘〉是怎样一本书》。

中篇小说《三生石》（写于 1979 年 3 月 3 日—12 月底），刊于《十月》3 期（5 月出版）。1981 年 4 月由百花文艺出版社出单行本。后获首届全国中篇小说奖。收入人民文学出版社 1981 年 2 月出版之《1979—1980 年中篇小说选》、江西人民出版社 1981

年 4 月出版之《小说年鉴》、江苏人民出版社 1981 年 7 月出版之《1980 年中篇小说年编》、上海文艺出版社 1981 年 11 月出版之《1977—1980 年全国获奖中篇小说集》。

散文《萤火》(写于 5 月初)，刊于《散文》6 月号。后收入 1984 年 10 月出版之《清华校友通讯》复 10 期。

童话《书魂》(写于 3 月 24—27 日)，刊于《人民文学》6 月号。

小说《全息照相》(写于 5 月)，刊于《北方文学》9 月号(5 日出版)。

创作谈《广收博采，推陈出新》，刊于《文艺报》9 月号(12 日出版)。

散文《柳信》(写于 4 月 18—19 日)，刊于《福建文艺》9 月号(15 日出版)。

小说《米家山水》(写于 3—7 月)，刊于《收获》5 期(9 月 25 日出版)。

散文《爬山》(写于 8 月)，刊于 10 月 5 日《光明日报》。

小说《心祭》(写于 6 月)，刊于《新港》11 月号。后收入江西人民出版社 1981 年 9 月出版之《小说年鉴》、海峡文艺出版社 1993 年 8 月出版之《红豆》。已译成捷克文，刊于捷克《家庭之友》杂志。又译成英文、法文。

小说《鲁鲁》(写于 6 月)，刊于《十月》6 期(11 月出版)。后获《十月》文学奖。1982 年收入北京景山学校小学语文课本第五册，又收入北京十月文艺出版社 1984 年 9 月出版之《北京优秀短篇小说选》、河北人民出版社 1984 年 9 月出版之《中国当代文学作品选评》、宁夏人民出版社 1984 年 11 月出版之《当代女作家儿童小说选》、百花文艺出版社 1985 年 10 月出版之《小说拾珠》、文心出版社 1993 年 7 月出版之《南阳籍当代作家作品选》、海峡文艺出版社 1993 年 8 月出版之《红豆》。有英译，收入中国文学出版社 1989 年春出版之《中国优秀短篇小说选》；法译，刊于《中国文学》1987 年 4 月号，又收入法国伽里玛出版社 1994 年出版之《中国当代小说选》。又译成马来文。

散文《钢琴诗人——肖邦》，刊于《文汇增刊》7 期（11 月 10 日出版）。

有关评介：

胡德培《漫谈宗璞创作的艺术特色》，刊于 4 月 9 日《光明日报》。

日本村田茂《描写文革——宗璞的文学与陈若曦的文学》，刊于《东亚》11 月号。

高志茹《从〈红豆〉到〈弦上的梦〉——谈女作家宗璞的小说创作》，提交昆明当代文学讨论会。

1981 年　五十三岁

4 月，应澳中理事会之邀访问澳大利亚。

发表作品：

新诗《归来的短诗》（七首，写于 1980 年 11 月下旬），刊于《滇池》2 月号。

小说《蜗居》（写于 1980 年 7 月 22—30 日），刊于《钟山》1 期（2 月 15 日出版）。后收入海峡文艺出版社 1993 年 8 月出版之《红豆》。有法译，收入法国 Alinea 出版社 1988 年出版之《1978—1988 中国短篇小说》。

小说《团聚》（写于 1980 年 10—12 月），刊于《人民文学》2 月号。后转载于 1992 年 1 月 16、17 日台湾《联合报·联合副刊》。

《宗璞小说散文选》，由北京出版社于4月出版。内收小说《诉》《红豆》《不沉的湖》《后门》《知音》《弦上的梦》《我是谁》《全息照相》《心祭》《鲁鲁》《蜗居》《米家山水》，散文《山溪》《无处不在》《西湖漫笔》《针上纪事》《墨城红月》《一年四季》《暮暮朝朝》《路》《热土》《湖光塔影》《废墟的召唤》《柳信》《萤火》《爬山》。书前有孙犁《肺腑中来》（代序）。

《〈宗璞小说散文选〉后记》（写于2月17日），收入4月出版之《宗璞小说散文选》。

散文《澳大利亚的红心》（写于6月3—11日），刊于8月8日《人民日报》。后收入山东人民出版社1982年出版之《当代国外游记选》、上海文艺出版社1986年12月出版之《当代作家国外游记选》、中外文化出版公司1990年12月出版之《澳大利亚的红心》。

童话《贝叶》（写成于1980年10月13日），刊于《当代》4期。后收入浙江少年儿童出版社1990年12月出版之连环画《中国童话名著》。

散文《不要忘记》（写于6月15—16日），刊于《十月》5期。

创作谈《也是成年人的知己》（写于7月24日），刊于《飞天》10月号（5日出版）。后收入中国文艺联合出版公司1984年4月出版之《我是怎样走上文学道路的》。

小说《熊掌》（写于6月27日—7月5日），刊于《文汇月刊》10月号。

散文《我的澳大利亚文学日》（写于8月初），刊于《世界文学》6期（12月25日出版）。后收入《澳大利亚的红心》。

创作谈《〈红豆〉忆谈》，刊于江苏人民出版社12月出版之《中国女作家小说选》。

有关评介：

3月5、7、11日，中央人民广播电台介绍宗璞及其《团聚》。

刘淮《新颖精巧的五色织锦——谈宗璞的〈三生石〉》，刊于《北京师范学院学报》2期。

赵宪章《梦幻·现实·艺术——〈蜗居〉艺术构思的特点》，刊于《钟山》4期（7月15日出版）。

罗音所写报道《宗璞甘肃之行》，刊于9月11日《光明日报》。

黎安（李子云）《文如其人的宗璞——谈宗璞的小说》，刊于12月1日《新晚报》。

1982年　五十四岁

4月，加入国际笔会。7至9月，陪同父亲访问美国。10月，弟钟越病故。

发表作品：

散文《绿衣人》（写于1981年年底），刊于1月7日《人民日报》。后收入人民日报出版社1984年12月出版之《晨光短笛》。

散文《水仙辞》（写于1981年年底），刊于《天津日报·文艺双月刊》1期。

童话《石鞋》（写于1981年12月），刊于《北京文艺》3月号（3月10日出版）。

童话《冰的画》（写于1981年11月23—25日），刊于《少年文艺》4期。后收入少年儿童出版社1984年11月出版之《童话十二家新作展》、辽宁少年儿童出版社1985年10月出版之《中国童话界新时期童话选》、中国少年儿童出版社1988年8月出版之《中国童话选（1980—1986）》、浙江教育出版社1989年9月出版之《中国文学精粹·童话（小学生必读，高年级）》、新蕾出版社

1991 年 11 月出版之《中国当代优秀童话选》、台北光复书局 1993 年 2 月出版之《中国创作童话·16（80 至 90 年代）》、上海教育出版社 1993 年 9 月出版之《童话新选》。

小说《核桃树的悲剧》（写于 1981 年 11—12 月），刊于《钟山》3 期。后获《钟山》文学奖。收入湖南文艺出版社 1986 年 9 月出版之《小说十八品》、香港勤加缘出版社 1992 年 1 月出版之《道是无情》。有英译，收入美国 Ballantine 书社出版之 *The Serenity of Whiteness*。

创作谈《给克强、振刚同志的信》，刊于《钟山》3 期。后收入人民文学出版社 1983 年 10 月出版之《新时期作家谈创作》。

中译怀特短篇小说《信》，刊于《世界文学》3 期（6 月 25 日出版），署名"冯钟璞"。

散文《紫藤萝瀑布》（写于 5 月 6 日），刊于《福建文学》7 月号。后收入上海文艺出版社 1983 年 12 月出版之《八十年代散文选（1982）》、人民文学出版社 1986 年 4 月出版之《1980—1984 年散文选》、人民日报社 1986 年 10 月出版之《当代中年作家散文选》、浙江教育出版社 1989 年 9 月出版之《中国文学精粹·散文（小学生必读，中年级）》、上海文艺出版社 1990 年 1 月出版之《八十年代散文精选（1980—1989）》、人民文学出版社 1990 年 1 月出版之《中国当代散文精华》、上海文艺出版社 1990 年 8 月出版之《中国现代散文百家千字文》《中国当代名家小品精选》、海峡文艺出版社 1993 年 8 月出版之《红豆》，又收入教育部编初中语文课本、浙江教育出版社 1989 年 7 月出版之《全日制六年级小学语文课外读物》第十一册、重庆出版社 1991 年 3 月出版之小学课外阅读丛书《中外文学作品精选》、时代文艺出版社 1993 年 9 月出版之《闲趣丛书·花草情》。

散文《哭小弟》(写于11月)，刊于12月27日《人民日报》。后收入花城出版社1988年6月出版之《中国当代百家散文》、海峡文艺出版社《红豆》。

有关评介：

李子云《净化人的心灵——读〈宗璞小说散文选〉》，刊于《读书》1月号(10日出版)。

冯友兰《〈宗璞小说散文选〉佚序》，刊于《读书》1月号。

云之(李子云)《宗璞的中篇小说〈三生石〉》，刊于3月9日《新晚报》。

1983年　五十五岁

9月，参加《钟山》编辑部组织之北京作家太湖笔会。

发表作品：

新诗《回家(外三首)》，刊于7月14日《人民日报》。

散文《羊齿洞记》(写于4月21日)，刊于《十月》4期(7月出版)。后收入《当代作家国外游记选》。

小说《谁是我》(写于8月2—6日)，刊于《北京文学》8月号。

译作《花园茶会》《第一次舞会》，收入上海译文出版社于9月出版之《曼斯斐尔德短篇小说选》，署名"冯钟璞"。

童话《紫薇童子》(写于8月22日—9月7日)，刊于《人民文学》10月号。已译成英文。

散文《潘彼得的启示》(写于6月14—17日)，刊于《天津文学》10月号。

童话《关于琴谱的悬赏》(写于8月11—20日)，刊于《儿童时代》12期。后转载于《儿童文学选刊》1984年3期，收入中国少年儿童出版社 1993 年 10 月出版之《〈儿童文学〉1983—1993 优秀作品选》。

有关评介：

江雁心《吉光片羽谈宗璞》，刊于《福建文学》5 月号。

萧阳《发自肺腑的真情——记宗璞》，刊于《北京文艺年鉴》。

裴明欣《她探索新的风格》(评宗璞小说)，刊于 6 月 9 日《中国日报》(英文)。

1984 年　五十六岁

4 月，应英中文化协会之邀与李国文、俞林访问英国。7 月，参加人民文学出版社主办之烟台笔会。9 月 19 日，住协和医院手术、治疗。12 月 28 日起，出席第四次全国作协代表大会。

发表作品：

论文《试论曼斯斐尔德的小说艺术》，刊于《国外文学》2 期，署名“冯钟璞”。

散文《鸣沙山记》(写于 1981 年 12 月 31 日)，刊于百花文艺出版社 1984 年 2 月出版之“万叶散文丛书”第二辑《丹》。

童话《总鳍鱼的故事》(写于 1983 年 9 月)，刊于《少年文艺》4 期。1988 年获全国首届优秀儿童文学奖。收入作家出版社 1988 年 12 月出版之《1980—1985 年全国优秀儿童文学评选获奖作品集》、连环画《中国童话名著》。

散文《奔落的雪原——北美观瀑记》，刊于《散文》4 月号。后收入中外文化出版公司 1990 年 12 月出版之《美国的月亮》。

创作谈《小说和我》(写于 2 月底)，刊于《文学评论》3 期(5 月 15 日出版)。后收入中国十月文艺出版社 1985 年 6 月出版之《北京作家谈创作》、时代文艺出版社 1991 年 5 月出版之《中国当代作家面面观》。

散文《没有名字的墓碑——关于济慈》(写于4月24—27日),刊于《北京文学》6月号。后收入中外文化出版公司1990年12月出版之《雾里看伦敦》。

评论《有生命的文学——〈外国文学——当代澳大利亚文学专号〉》,刊于6月25日《人民日报》。

散文《写故事人的故事——访勃朗特姊妹的故居》(写于5月上旬),刊于《文汇月刊》7月号(10日出版)。后转载于《散文选刊》12月号,又收入《雾里看伦敦》、北京师范大学出版社1993年10月出版之“海峡两岸女性散文精品文库”之一《幺妹如歌——风情篇》。

散文《他的心在荒原——关于托马斯·哈代》(写于5月24—28日),刊于《人民文学》8月号。后收入《雾里看伦敦》、北京师范大学出版社1993年10月出版之“海峡两岸女性散文精品文库”之一《用想象守候你——美丑篇》。

童话《邮筒里的火灾》(写于1983年11月),刊于《童话》8月号。后收入安徽少年儿童出版社1986年1月出版之《童话百篇》。

童话集《风庐童话》,由湖南少年儿童出版社于8月出版。内收短篇童话《湖底山村》《鹿泉》《花的话》《露珠儿和蔷薇花》《吊竹篮和蜡笔盒》《书魂》《贝叶》《石鞋》《冰的画》《紫薇童子》《关于琴谱的悬赏》《总鳍鱼的故事》《邮筒里的火灾》《红菱梦迹》十四篇,中篇童话《寻月记》一篇,及创作谈《也是成年人的知己》。

《〈风庐童话〉后记》(写于1983年11月),收入《风庐童话》。

童话《红菱梦迹》(写于1983年11—12月),刊于《作家》

9 月号（1 日出版）。后收入《童话百篇》、连环画《中国童话名著》。

散文《在黄水仙的故乡》（写于 5 月初），刊于《上海文学》10 月号。

创作谈《说节制——介绍〈曼斯斐尔德短篇小说选〉》（写于 7 月上旬），刊于《读书》10 月号。

新诗《病人和病魔的对话》，刊于《丑小鸭》11 期。后转载于《诗刊》1985 年 3 期。

散文《看不见的光——弥尔顿故居及其他》（写于 5 月），刊于《花城》6 期。后收入《雾里看伦敦》。

散文《安波依十日》（写于 1 月上旬），刊于《三月风》创刊号。

创作谈《浅谈雅俗共赏》，刊于《当代》6 期。

有关评介：

程蔷《她心头火光熠熠，笔下清风习习——评宗璞的小说创作》，刊于《文学评论丛刊》20 辑（3 月出版）。

陈素琰《论宗璞》，刊于《文学评论》3 期。

姚莉《萤火，在她心头闪亮》，刊于《作家》6 月号。

孙荪《激情的瀑布溅出流动的画幅》（评《紫藤萝瀑布》），刊于《散文选刊》创刊号“名篇欣赏”专栏（10 月出版，文后附《紫藤萝瀑布》）。

1985 年　五十七岁

1 月初，继续出席第四次作协代表大会，当选为全国作协理事。3 月，《女作家》创刊，被聘为编委。4 月 26 日—5 月 2 日，往武汉出席黄鹤楼笔会，并游三峡。6 月起，任《小说选刊》编委。是年，作有旧体诗《一九八五年到重庆》。

发表作品：

童话《无影松》（写成于1月22日），刊于《东方少年》1期。后收入台北光复书局《中国创作童话·16（80至90年代）》。

新诗《等待（外三首）》，刊于《女作家》创刊号。

童话《星之泪》（写于1月下旬），刊于《儿童时代》5月号（1日出版）。后收入少年儿童出版社1987年2月出版之《童话新作·一九八五年作品选》。

旧诗《黄鹤楼四绝句》（写于4月30日），刊于5月12日《光明日报》。

译作伊·波温小说《星期日下午》《鬼恋人》，刊于《世界文学》3期，署名“冯钟璞”。

论文《打开常春藤下的百叶窗——伊丽莎白·波温研究》（写成于3月26日），刊于《世界文学》3期，署名“冯钟璞”。

散文《三峡散记》（写于5—6月），刊于6月30日《光明日报》。

创作谈《冷暖自知》，刊于8月17日《文艺报》。

新诗《长江游短诗三首》，刊于《诗刊》8月号。

小说《青琐窗下》（写于2—3月），刊于《人民文学》8月号。

小说《泥沼中的头颅》（写于7月8—29日），刊于《小说导报》10期。后收入上海文艺出版社1986年9月出版之《探索小说集》、上海社会科学院出版社1988年10月出版之《中国意识流小说选（1980—1987）》、北京师范大学出版社1989年2月出版之“八十年代文学新潮丛书”之一《荒诞小说选萃——褐色鸟群》。有英译，刊于美国 *The Antioch Review* 春季刊。

新诗《野豌豆荚》，收入《节日朗诵诗》，由湖北人民出版社出版。

是年，澳大利亚红公鸡出版社出版中国女作家三人集《吹过草原的风》（英文），其中收宗璞小说五篇：《红豆》《桃园女儿嫁窝谷》《后门》《我是谁》《鲁鲁》。

有关评介：

叶文玲《只要朴素的白　我眼中的宗璞》，刊于《中国作家》3期（6月11日出版）。

1986年　五十八岁

5月下旬，写《丢失了的蓝星》（未完）。8月起，任《散文世界》编委。是年起，列入国际名人录、国际作家名人录。

发表作品：

散文《送黎遄（外一篇）》，刊于2月9日《光明日报》（“外一篇”为《冬至》，写于1985年12月31日）。

创作谈《未解的结——〈丁香结〉后记》（写于1月下旬），刊于2月27日《人民日报》。

散文《恨书》（写于1985年10月15日），刊于《青海湖》3月号。后转载于《散文选刊》3月号。收入香港新亚洲出版社1987年3月出版之《中国当代女作家文选》、上海教育出版社1989年9月出版之《散文札记》、人民文学出版社1992年5月出版之《读书读书》、时代文艺出版社1993年9月出版之《闲趣丛书·杂侃集》。

散文《丁香结》（写于1985年年底），刊于《散文》3月号（1日出版）。后收入《总是难忘——当代女作家散文选》。

散文《秋韵》（写于1985年11月19日），刊于《北京文学》3月号。后收入广东旅游出版社1987年11月出版之《中国游记年选（1986）》。

创作谈《我为什么写作》，刊于4月12日《文艺报》。

散文《霞落燕园》（写于4月下旬），刊于《中国作家》4期。后转载于《散文选刊》1987年1月号，又收入安徽教育出版社1987年4月出版之《朱光潜纪念集》、人民文学出版社1989年4月出版之《1985—1987年散文选》。

散文《彩虹曲社》（写于1985年12月），刊于《天津文学》8月号（1日出版）、《女作家》3期。后转载于《散文选刊》1987年3月号。

创作谈《写给〈作家〉》（写于7月15日），刊于《作家》10月号（1日出版）。

散文《岭头山人家》（写于7月19日），刊于《散文世界》10月号（5日出版）。

5月，题词"我爱人类的歌，也爱自然的歌。我知道没有歌声的地方就有了寂寞"，刊于《中国作家》4期。

有关评介：

赵晓东《风庐主人与童话》，刊于4月22日《人民日报》。

郭风《关于〈恨书〉》，刊于《光明日报》。

延梅《宗璞的散文——读〈丁香结〉有感》，刊于7月28日《人民日报》。

高洪波《迷人的风庐童话》，刊于9月6日《文艺报》。

1987年　五十九岁

是年，作有旧体诗《悼世良二首》。

发表作品：

散文《九十华诞会》（写成于1985年12月23日），刊于《东方纪事》纪事卷1—2卷（1月出版）。

散文集《丁香结》，由百花文艺出版社于4月出版。内收散文三十篇，另有《未解的结——代后记》（4月14日加写最后一段）。

散文《一九八二年九月十日》（写于1985年年底），收入散文集《丁香结》。

创作谈《有感于鲜花重放》（写于1985年9月12日），收入散文集《丁香结》。

创作谈《关于〈西湖漫笔〉之漫笔》（写于1985年9月25日），收入散文集《丁香结》。

散文《三访鳌滩》（写于7月下旬），刊于8月31日《人民日报（海外版）》。后收入广东旅游出版社1988年12月出版之《中国游记年选（1987）》。

散文《忆旧添新》（写于11月10日），刊于11月下旬《文艺报》。

《宗璞代表作》，作为"中国现当代著名作家文库"之一由黄河文艺出版社于12月出版。收短篇小说《红豆》《不沉的湖》《后门》《弦上的梦》《我是谁》《心祭》《鲁鲁》《蜗居》《米家山水》《熊掌》《核桃树的悲剧》《谁是我》《泥沼中的头颅》十三篇，中篇小说《三生石》，散文《西湖漫笔》《墨城红月》《路》《热土》《湖光塔影》《废墟的召唤》《柳信》《萤火》八篇。书前有郎保东所写前言。后于1992年1月第二次印刷，1994年1月第三次印刷。

《南渡记》第一、二章以"方壶流萤""泪洒方壶"为题，刊于《人民文学》5、6月号。

7月，关于散文之题词"行云流水喻其散，松风朗月喻其文。散文贵在自然，与人贵无矫饰一也"，刊于《散文世界》。

11月，《收获》创刊三十周年题词（写于9月14日），刊于

《收获》6 期。

有关评介：

杨鸥《宁静致远——访女作家宗璞》，刊于 3 月 8 日《人民日报（海外版）》。

陈素琰《读宗璞散文》，刊于 3 月 28 日《文艺报》。

1988 年　六十岁

2 月 1—6 日，为王小平小说集写序。4 月，往成都出席中美作家会议。5 月，往杭州出席中外文学走向讨论会。7 月 19 日，写成《三松堂上》。10—11 月，往昆明参加西南联合大学校庆五十周年纪念活动，并往滇西旅行至中缅边境。

发表作品：

散文《辞行》（写于 3 月 1 日），刊于《青年散文家》3 期。

散文《我爱燕园》（写成于 1 月 18 日），收入《精神的魅力》，由北京大学出版社于 4 月出版。

散文《找回你自己》，刊于《中国妇女》5 月号。

长篇小说《野葫芦引》第一卷《南渡记》，刊于《海内外文学》2 期，其单行本由人民文学出版社于 9 月出版。1994 年 12 月获“炎黄杯”人民文学奖。

散文《三幅画》（写于 4 月），刊于《钟山》5 期（9 月 15 日出版）。后收入《总是难忘——当代女作家散文选》。

散文《酒和方便面》（写成于 1 月 27 日），收入《解忧集》，由中外文化出版公司于 9 月出版。又收入时代文艺出版社 1993 年 9 月出版之《闲趣丛书·烟酒瘾》。

《〈南渡记〉后记》（写于 1987 年 12 月 26 日），收入 9 月出版之《南渡记》。

散文《小东城角的井》（写于7月2日），刊于《女声》11月号。

2月，龙年献词"因为属龙，想为戊辰龙年写一句话：愿天下属龙和不属龙的人都能掌握自己的命运，而不为龙所主宰"，刊于17日（农历元旦）《人民日报（海外版）》。

有关评介：

高洪波《"假北京人"宗璞》（访问记），刊于2月6日《文艺报》。

王小平《一片爱心在风庐——记宗璞》，刊于2月22日《今晚报》。

报道《宗璞潜心巨著》，刊于2月24日《人民日报（海外版）》。

王泽群《人与文皆美的宗璞》（访问记），刊于9月27日《人民日报（海外版）》。

施叔青《又古典又现代——与大陆女作家宗璞对话》，刊于《人民文学》10月号（20日出版）。

韦君宜《〈南渡记〉漫谈》，刊于10月29日《文艺报》。

1989年　六十一岁

4月6日，人民文学出版社当代文学编辑室召开《南渡记》座谈会。5月17日，赴美访问。7月15日回国。

发表作品：

散文《卖书》（写于1988年10月），刊于《散文》1月号（1日出版）。后收入中外文化出版公司1990年12月出版之《书香集》。

童话《童话三题》（《锈损了的铁铃铛》《碎片木头陀》《遗失

了的铜钥匙》，分别写于1988年8月末、9月初、9月中），刊于《上海文学》1月号（5日出版）。后收入成都出版社1991年4月出版之《童话万花筒·优美童话》、海峡文艺出版社1993年8月出版之《红豆》。

散文《行走的人——关于〈关于罗丹——日记摘抄〉》（写于1月上旬），刊于1月26日《人民日报》。

创作通信《致彭世强》（写于1985年12月17日），刊于《语文学习》1月号（编者改题为《我到西湖，感到了绿》）。

《记冯友兰与梁漱溟的一次会晤》（写于1月），刊于3月21日《光明日报》（编辑部改题为《对〈梁漱溟问答录〉中一段记述的订正》）。

散文《燕园石寻》（写成于1988年7月7日），刊于《人民文学》5月号。后转载于台湾《新地》1卷1期（1990年4月5日出版）。

《〈中南海之恋〉序》（写于1988年5月18日），收入吴宗惠《中南海之恋》，由文化艺术出版社于5月出版。

译文一束（玛克辛·洪·金斯顿散文《我们的第一所房屋》、罗桑塔·怀特曼诗《双声变奏》、艾丽思·福尔顿诗《一切罩单都应是白色》）并序（写于1988年10月4日），刊于6月1日《文汇报》。

《小传》，收入《当代中国作家百人传》，由求实出版社于6月出版。

创作谈《似与不似之间》，收入《当代中国作家百人传》，由求实出版社于6月出版。

散文《好一朵木槿花》（写于1988年10月），刊于《东方纪事》2期。后收入陕西人民出版社1993年2月出版之《新时期散文名家自选》、海峡文艺出版社出版之《红豆》。

散文《“热海”游记》(写成于2月20日)，刊于《散文》12月号(次年1月出版)。

有关评介：

王津津、侯志明《虚饰矫情，总无甜果——访著名女作家宗璞》，刊于《中国妇女报》。

黄秋耘《“报国心遏行云”——读〈南渡记〉的随想》，刊于《当代作家评论》1期(1月25日出版)。

先燕云《能不忆江南——宗璞印象》，刊于《女声》4月号(1日出版)。

吴方《〈南渡记〉的情怀》，刊于5月30日《人民日报》。

古玉《一部纯净而精粹的好小说——宗璞〈南渡记〉座谈会纪要》，刊于《海内外文学》3期。

卫建民所作《丁香结》书评，刊于《散文世界》9月号“散文品书录”专栏。

冯至《致宗璞——评〈南渡记〉》，刊于5月6日《文艺报》。

金克木《南渡衣冠思王导》，刊于7月1日《文艺报》。

彭龄、章谊《丁香寄语——访河南籍女作家宗璞》，刊于9月3日《郑州晚报》。

孔书玉《嵋的“启悟”主题》(《南渡记》书评)，刊于《文艺研究》5期(9月21日出版)。

卞之琳《读宗璞〈野葫芦引〉第一卷〈南渡记〉》，刊于《当代作家评论》5期(9月25日出版)。

1990年　六十二岁

11月，父病故。

发表作品：

散文《风庐茶事》（写于 1989 年 9 月 16 日），刊于 2 月 22 日《光明日报》。后收入中外文化出版公司 12 月出版之《清风集》。

论文《独创性作家的魅力》（写成于 1989 年 11 月 29 日），刊于《外国文学评论》1 期（2 月 15 日出版）。后收入时代文艺出版社 1994 年 6 月出版之《中国当代作家面面观》。

创作谈《答〈中学生阅读〉编辑部问》，刊于《中学生阅读》3 月号（5 日出版）。

小说集《弦上的梦》，由台湾新地出版社于 3 月出版。内收短篇《弦上的梦》《红豆》《谁是我》，中篇《三生石》。又收李子云评论《净化人的灵魂——读宗璞小说》。

散文《燕园碑寻》（写成于 2 月 2 日），刊于 3 月 8 日《文汇报》。

《无尽意趣在“石头”——为王蒙〈红楼启示录〉写》（写于 1 月中旬），刊于《读书》4 月号。后作为序文收入三联书店于 1991 年 5 月出版之《红楼启示录》（王蒙著，2020 年 1 月又由人民文学出版社出版）。

散文《燕园树寻》（写成于 2—4 月），刊于《文汇月刊》6 月号（10 日出版）。

《读书断想》，刊于《中国妇女》8 月号（2 日出版）。

创作谈《从〈西湖漫笔〉说开去》，刊于《语文学习》9 月号。

散文《报秋》（写于 8 月 10 日），刊于《散文》10 月号。后获该刊精短散文大奖赛优秀奖。收入上海文艺出版社 1991 年 11 月出版之《九十年代散文选（1990）》、百花文艺出版社 1991 年 3 月出版之《中外散文选萃》、人民文学出版社 1992 年 3 月出版之《1988—1990 散文选》、长江文艺出版社 1994 年 4 月出版之《小说名家散文百题》。

散文《燕园墓寻》（写于4月15日），刊于《随笔》6期（11月15日出版）。

3月，题词“精其选，解其言，知其意，名其理”，刊于《中学生阅读》。

有关评介：

陈乐民、资中筠《细哉文心——读宗璞〈南渡记〉》，刊于《读书》7月号（10日出版）。

马风《论宗璞的“史诗情结”——对〈南渡记〉文体的一点疑义》，刊于《文学评论》4期（7月15日出版）。

李惠彬《在此岸与彼岸之间——宗璞及其作品印象》，刊于《桥》9月号。

张抗抗《为谁风露立中宵——宗璞小记》，刊于11月14日《文汇报（增刊）》。

曾镇南《论〈南渡记〉》，刊于《文论月刊》12月号。

周忠麟《学贯中西的女作家——访宗璞》，刊于12月22日《文汇读书周报》304期。

1991年　六十三岁

1月9日，住肿瘤医院手术、治疗。4月18日出院。10月，患喘息性气管炎甚剧，住院二周。

发表作品：

散文《心的嘱托》（写于1990年12月19日），刊于1月2日《文汇报》。后收入上海文艺出版社1992年11月出版之《九十年代散文选（1991）》。

创作通信《致金梅》（写于1990年11月8日），刊于《文学自由谈》1 期（另有题《一腔浩气吁苍穹》）。

作品选集《宗璞》由人民文学出版社作为“中国当代作家选集丛书”之一于 6 月出版。收小说《红豆》《我是谁》《心祭》《鲁鲁》《蜗居》《米家山水》《核桃树的悲剧》《泥沼中的头颅》《三生石》九篇，散文《西湖漫笔》《废墟的召唤》《澳大利亚的红心》《奔落的雪原》《他的心在荒原》《彩虹曲社》《紫藤萝瀑布》《哭小弟》《恨书》《秋韵》《九十华诞会》《辞行》《好一朵木槿花》《燕园石寻》十四篇，童话《花的话》《总鳍鱼的故事》《冰的画》《贝叶》《童话三题》五篇。书前有孙犁《人的呼喊（代序）》（原题《肺腑中来》）、冯友兰《〈宗璞小说散文选〉佚序》。

《〈宗璞〉后记》（写于 1990 年 5 月 6 日），收入《宗璞》。

《序〈飘忽的云〉》（写于 8 月 2 日），刊于 8 月 8 日《解放日报》。后收入花山出版社 7 月出版之钱晓云散文集《飘忽的云》。

散文《三松堂断忆》（写成于 9 月 24 日），刊于香港《明报月刊》12 月号。后又刊于《读书》12 月号。后转载于《散文选刊》1992 年 5 期。

有关评介：

金梅《致宗璞》（评《南渡记》），刊于《文学自由谈》1 期，另有题《一腔浩气吁苍穹》。

曾镇南《〈南渡记〉的评价与现实主义问题》，刊于《文学评论》1 期。

晓蓉《有快事，也有慨叹——宗璞在病中》，刊于 12 月 26 日《文学报》。

1992 年　六十四岁

7 月 6—23 日，将《鲁鲁》改编为电视脚本。

发表作品：

创作谈《几句话》，收入湖南少年儿童出版社1月出版之《中国当代儿童文学作家小传》。

散文《燕园桥寻》（写于1月23日），刊于4月10日台湾《联合报》。又刊于《鸭绿江》1993年9月号（散文专号）。

散文《悼张跃》（写于2月中旬），刊于5月10日《文汇报》。

散文《从"粥疗"说起》（写于1月3—4日），刊于《收获》3期。

散文《星期三的晚餐》（写于3—4月），刊于7月15日台湾《联合报》。后又刊于《随笔》6期，转载于1993年1月15日《作家文摘》报，收入华夏出版社1993年7月出版之《名家谈吃》、上海文艺出版社1993年12月出版之《九十年代散文选（1992）》。

小说《一墙之隔》（写于4—6月），刊于《钟山》6期。

《〈先燕云散文集〉跋》（写于8月4日），刊于《文学界》12月号。

10月5日，题词"读万卷书，行万里路"，刊于《太原日报·双塔副刊》。

法译作品集《心祭》，由中国文学出版社作为"熊猫丛书"之一出版，内收短篇小说《红豆》《弦上的梦》《心祭》《鲁鲁》《熊掌》《核桃树的悲剧》六篇。

《致法国读者——为法译小说集〈心祭〉而作》（写于1991年1月7日），收入《心祭》。

有关评介：

先燕云《寻踪燕南园》，刊于《女声》1期。

王泽群《又见宗璞》，刊于4月17日《公共关系导报》。

《随笔》3期封二"文艺群星选载之五十七"刊出陈振国画

《宗璞像》、端木蕻良1985年赠诗“宗璞同学：丢三落四寻常事，落四丢三未足奇。试看文思喷涌后，镂云刻月入丝丝。五月一日沙市端木蕻良打水诗”。

苏为群《夏日访宗璞》，刊于7月6日《大公报》、7月11日《团结报》、7月14日《天津日报》、7月25日《新闻出版报》。

徐小斌《云在青天水在瓶》、叶稚珊《又见三松》（均为访问记），刊于7月25日《光明日报》，编者加总题《冯友兰与宗璞的父女情》。

燕治国《风庐望月披云霓》（访问记），刊于10月5日《太原日报》。

聂振弢《著名作家宗璞暨丈夫蔡仲德教授回宛讲学》（报道），刊于10月25日《南阳日报》。

王胜贤《“我是西湖的知己”——著名作家宗璞剪影》，刊于11月20日《江南游周报》。

1993年　六十五岁

5月，写成新诗《二月兰问答》。6月初，写成散文《京西小巷槐树街》。

发表作品：

散文《三松堂岁暮二三事》（写于1992年12月），刊于1月16日台湾《联合报》。又刊于《随笔》3期。

散文《猫冢》（写于1992年11月上旬），刊于《美文》1期。

散文《送春》（写于1992年9月下旬），刊于《散文天地》1期。后又刊于《散文（海外版）》3期、1994年5月20日台湾《联合报》。收入文心出版社7月出版之《南阳籍当代作家作品选》、长江文艺出版社《小说名家散文百题》。

散文《孟庄小记》（写于1月），刊于3月17日香港《大公报·文学》38期。后又刊于《江南》3期（5月15日出版）、《散文（海外版）》5期（9月1日出版）。

《〈世界文学〉和我》（写于3月18日），刊于《世界文学》3期（6月25日出版）。

小说《朱颜长好》（写于1990年2月—1993年2月22日），刊于8月13、14日美国《世界日报·小说世界》。后又刊于《收获》5期。

《偶感》（写于8月初），刊于8月18日《人民日报》（编者改题为《教育·文化·人口素质》）。

《自传》（写于1992年7月31日），收入海峡文艺出版社8月出版之《红豆》。

新诗《答卷》，收入《红豆》。

散文《〈丛竹间燕园的家书〉读后》（写于7月8日），刊于9月5日《文汇报》。

小说《勿念我》（写于6月），刊于9月4、5、6日《联合报·文学》。后又刊于《天涯》9月号及10月18、19日《世界日报·小说世界》。

散文《花朝节的纪念》（写于4—5月），刊于《中华散文》创刊号（9月10日出版）。后又刊于《散文选刊》2月号。

小说《长相思》（写于6月），刊于9月22、29日香港《大公报·文学》。后又刊于《作品》11月号。

散文《今日三松堂》（写于6月13日），刊于《东方文化》创刊号。

散文《客有可人》（写于9月25日），刊于12月4日《光明日报》。后收入中央编译出版社1994年10月出版之“新现象随笔”

《当代名家最新随笔精华》。

散文《松侣》(写于9月下旬之下半)，刊于《中国残疾人》12月号。

《宗璞散文选集》，作为百花散文书系“当代散文丛书”之一由百花文艺出版社于12月出版。此书由陈素琰编辑。共收散文六十五篇，分为“心的嘱托”“奔落的雪原”“风庐茶事”三辑。后于1994年3月第二次印刷，1994年5月第三次印刷。

有关评介：

范昌灼《宗璞的散文》，刊于《当代文坛》1期，转载于2月18日《文摘报》。

徐恩存《岁暮访三松堂》，刊于2月8日《文化艺术周报》。

彭龄《三松园记》，刊于2月27日《文艺报》。

周熠《宗璞其人如文》，刊于3月28日《生活报》。

1994年　六十六岁

7月14—21日出席天津百花文艺出版社主办之笔会。8月23日至9月3日重游昆明，搜集材料，为写《东藏记》做准备。10月28—29日往天津出席《华人文化世界》座谈会，并游清东陵。12月11日，中央电视台第三套节目《电视书屋》介绍《铁箫人语》，撰稿人孙郁。

发表作品：

散文《一九九三年岁末五日记》(写于1994年第一周)，刊于1月31日《光明日报》。

新诗《依碧山庄小诗六首》(《鸽子》《蝙蝠》《蛤蟆》《蛇》《天鹅湖》《麒麟山》，写于1993年10月14、16、19日)，刊于2月8日《深圳作家报》。

散文《药杯里的莫扎特》(写于1993年11月)，刊于《音乐爱好者》1月号(2月15日出版)。

散文《道具》(写于1988年7月17日，1993年11月26日增后记)，刊于《散文天地》2月号。

散文《风庐乐忆》(写于1993年11月)，刊于《爱乐》创刊号(1月出版)。

散文集《燕园拾痕》，作为"九十年代女性散文11家"之一由中原农民出版社于4月出版，计收散文四十二篇。书前有代自序《找回你自己》，书后附有杨长春所作评论《平心静气作文章——宗璞散文读后感》。

《文学自传》(写于1992年)，作为附录收入《燕园拾痕》。

《书当快意》(写于3月26日)，刊于《书摘》6月号(10日出版)。后转载于6月17日《光明日报》。

《真情·洞见·美言——〈女性散文选萃〉序》(写于1992年8月21日)，刊于7月14日《文汇报》，又刊于8月14日香港《大公报》。

《梦回蒙自》(写于1月中旬)，刊于《华人文化世界》3期(7月25日出版)。

散文集《铁箫人语》，作为"布老虎丛书"散文卷之一，由春风文艺出版社于7月出版。所收散文与《宗璞散文选集》大同小异(删去《绿衣人》《小东城角的井》《对〈梁漱溟问答录〉中一段记述的订正》《爬山》《安波依十日》《序〈飘忽的云〉》六篇，增入《客有可人》《松侣》《风庐乐忆》《药杯里的莫扎特》《一九九三年岁末五日记》《书当快意》《〈丛竹间燕园的家书〉读后》《真情·洞见·美言》八篇)。

《〈铁箫人语〉题记》，收入《铁箫人语》。

小说《甲鱼的正剧》(写于5月中旬)，刊于《作品》9月号。又刊于9月28日香港《大公报》，转载于《小说月报》12月号、1995年1月5日《作家文摘》报。

小说《胡子的喜剧》(写于5月上旬)，刊于《十月》5期。后转载于10月14日《作家文摘》报，获《十月》文学奖。

散文《养马岛日出》(写于7月21日)，刊于《胶东文学》9月号。

创作谈《说虚构》(写于4月中旬)，刊于《读书》10月号(编者改题为《虚构，实在很难》)。

有关评介：

冯亦代《宗璞散文选集》，刊于《书城杂志》8月号。

朱伟《真挚情感包孕的浅绿》，刊于8月27日《中华工商时报》。

唐晓丹《宗璞小说论》，刊于《当代作家评论》4期。

红娟《宗璞的欢乐与苦恼》，刊于12月21日《中华读书报》。

1995年　六十七岁

发表作品：

杂感《一点希望》(写于1月26日)，刊于1月19日《北京日报》副刊《流杯亭》"新年片语"栏。

散文《促织，促织》(写于1994年8月)，刊于《散文(海外版)》1月号。

散文《三千里地九霄云》(写于1994年10月26日)，刊于《中国作家》1期。2月获《中国作家》编辑部"我和云南"专题散文奖。

杂感《乙亥年正月初二日偶书》(写于2月1日)，刊于2月

8日《光明日报》“文化人怎么看春节晚会”栏。

《向历史述说》。8月4日国际中国哲学会双年例会之际，举行了纪念冯友兰先生百年诞辰大会，此文在会上宣读。

散文《祈祷和平》，刊于7月10日《人民日报（海外版）》。

散文《〈幽梦影〉情结》，刊于《新剧本》4期。

1996年　六十八岁

发表作品：

散文《致丁果先生信》（写于1月），收入《宗璞自述》。

散文《久病延年》，刊于3月11日《文汇报》。

散文《夹竹桃知己》（写于4月中旬），刊于《随笔》5期。

散文《比尔建亚》，刊于4月21日《南方日报》。

散文《下放追记》（写于5月），收入河北教育出版社1998年9月出版之《宗璞影记》。

散文《一封旧信》，刊于7月27日《文汇读书周报》。

散文《人老燕园》（写于11月中旬），刊于12月10日《文汇报》。

1997年　六十九岁

发表作品：

散文《刚毅木讷近仁——记张岱年先生》（1996年11月中旬初稿，1997年6月下旬病中改，8月始成），刊于《随笔》6期。

散文集《三松堂漫记》，由上海远东出版社于12月出版。

1998年　七十岁

发表作品：

散文《三松堂依旧》（写于1月），收入《宗璞自述》。

散文《悼念陈岱孙先生》（写于4月下旬），收入福建人民出版社12月出版之《陈岱孙纪念文集》。

散文《烟斗上小人儿的话》（写于12月），收入武汉出版社1999年9月出版之《回忆纪念闻一多》。

1999年　七十一岁

发表作品：

散文《谁是主人翁》，刊于1月14日《北京日报》。

散文《痛读〈思痛录〉》（写于1998年12月），刊于1月16日《文汇读书周报》。

散文《在曹禺墓前》（写于清明前后，搁至端阳始又检出），刊于6月23日《中华读书报》。

散文《那青草覆盖的地方》（写于4月中旬，6月初改定），收入北京出版社2000年4月出版之《永远的清华园》。

散文《雕刻盲的话》，收入山美术馆5月出版之《中国当代艺术选集（6）：熊秉明》。

散文《从近视眼到远视眼》（写于7月下旬），刊于《人民文学》10期。

2000年　七十二岁

发表作品：

散文《蜡炬成灰泪始干》，刊于8月29日《人民日报（海外版）》。

散文《告别阅读》，刊于《中华散文》9期。

散文《我与人民文学出版社》（写于11月10日），收入人民文学出版社出版之《我与人民文学出版社》。

2001 年　七十三岁

蔡仲德患病。

12 月，当选为中国作协第六届主席团委员。

发表作品：

长篇小说《东藏记》（即《野葫芦引》第二卷），由人民文学出版社出版。

散文《拾沙花朝小辑》（写于 2 月），刊于《书摘》12 期。

散文《那祥云缭绕的地方——记清华大学图书馆》，收入清华大学出版社出版之《不尽书缘》。

2002 年　七十四岁

发表作品：

散文《二十四番花信》（写于春末），收入多部散文集。

2003 年　七十五岁

发表作品：

《野葫芦须——宗璞散文全编》（1951—2001），由北京出版社于 2 月出版。

散文《新世纪感言》（写于 1 月），收入《野葫芦须——宗璞散文全编》。

2004 年　七十六岁

2 月 13 日，蔡仲德去世。

2005年　七十七岁

4月10日，长篇小说《东藏记》(即《野葫芦引》第二卷)获得第六届茅盾文学奖。

4月12日，在复旦大学召开《东藏记》研讨会，当时王安忆在所，宗璞应邀前往。研讨会纪要《宗璞作品学术研讨会在沪举行》刊于《上海文学》6期。相关报道还包括《"宗璞作品学术研讨会"在复旦举行》(5月13日《解放日报》)、《大家宗璞》(5月20日《解放日报》)、《痴心肠酿"野葫芦引"——作家宗璞印象记》(5月13日《文汇报》)、《宗璞的"非如此不可"》(6月14日《新安晚报》)等。

约下半年开始写《西征记》。

发表作品：

散文《智慧的光辉——忆我的父亲冯友兰》，刊于11月6日《人民日报》。

中篇小说《四季流光》(写于2003年秋至2004年秋，2005年4月22日断续改定)，收入中篇小说集《四季流光》。

《宗璞自述》，由大象出版社于3月出版。

2006年　七十八岁

发表作品：

童话集《宗璞童话》，作为"百年百部中国儿童文学经典书系"之一由湖北少年儿童出版社出版。

2007年　七十九岁

11月2日，由中国作家协会、人民文学出版社、中国社会科学院外国文学研究所和中国现代文学馆共同举办了"宗璞创作六十年研讨会”。

宗璞根据研讨会上的发言稿，整理撰得《在宗璞文学创作六十年座谈会上的答谢词》。

（注：2007 年，《野葫芦引》第三卷《西征记》尚未完成。其后十余年间，宗璞坚持不懈，克服目力、听力、行动能力等全方位的困难，完全以口授方式“写”完了《西征记》，又“写”完了《北归记》和《接引葫芦》。这时，她已是九十岁的真正的耄耋老人。2019 年到来的时候，宗璞倾注全部心血、为之奋斗三十多年的多卷本长篇小说《野葫芦引》之《南渡记》《东藏记》《西征记》《北归记》终于与期盼已久的读者见面了。这篇十二年前的答谢词，说出了宗璞真诚而朴素的文学追求，表达了她坚定不变的文学观，今天读来，依旧可以感受到她那颗老而不衰的文学之心，在有力地跳动。我们有理由向宗璞致敬。）

责任编辑杨柳亦著《宗璞的路》一文。

发表作品：

散文《漫记西南联大和冯友兰先生》（写于 6—7 月），为《西南联大建校七十周年纪念文集》而作，刊于 11 月 23 日《中华读书报》。

《大家散文：那青草覆盖的地方》，由辽宁人民出版社于 1 月出版。

2008 年　八十岁

发表作品：

短篇小说《惚恍小说（四篇）》，刊于《小说月报》5 期。

《宗璞童话》，由上海人民美术出版社出版。

2009年　八十一岁

发表作品：

4月，长篇小说《西征记》(即《野葫芦引》第三卷)出版。

中篇小说集《四季流光》，作为“世界当代华文文学精读文库”之一由香港明报月刊出版社于7月出版。

2010年　八十二岁

发表作品：

散文《采访史湘云》，刊于6月17日《新民晚报》。

散文集《二十四番花信》，由江苏文艺出版社于1月出版。

《旧事与新说——我的父亲冯友兰》，由新星出版社于3月出版。

2011年　八十三岁

发表作品：

短篇小说《琥珀手串》，刊于《上海文学》4期。

2012年　八十四岁

发表作品：

短篇小说集《琥珀手串》，由江苏文艺出版社于11月出版。

2013年　八十五岁

开始创作《北归记》。

2015年　八十七岁

是年患脑溢血。

发表作品：

中篇小说集《四季流光》，由上海文艺出版社于 1 月出版。

2016 年　八十八岁

是年恢复工作。

发表作品：

《旧事与新说：我的父亲冯友兰》，由新世界出版社于 6 月出版。

《中华散文珍藏版·宗璞散文》，由人民文学出版社于 7 月出版。

散文集《紫藤萝瀑布》，由江苏文艺出版社于 9 月出版。

2017 年　八十九岁

发表作品：

长篇小说《北归记》(即《野葫芦引》第四卷)出版。

散文集《我生命中的那些人物》，由东方出版中心于 1 月出版。

《向历史诉说：我的父亲冯友兰》，由人民文学出版社于 9 月出版。

《宗璞散文精选》，由长江文艺出版社于 12 月出版。

2018 年　九十岁

历时三十三年、近百万字的四卷本《野葫芦引》圆满收官。

10 月 19 日，《北归记》(即《野葫芦引》第四卷)获得第三届施耐庵文学奖。

2019 年　九十一岁

发表作品：

散文集《铁箫斋文萃》，由中华书局于 5 月出版。

2020 年　九十二岁

发表作品：

《宗璞散文精选》，由北京教育出版社于 2 月出版。

《宗璞文学回忆录》，由广东人民出版社于 5 月出版。

2022 年　九十四岁

发表作品：

《宗璞散文》，由山西人民出版社于 7 月出版。

《宗璞散文精选》，由金城出版社于 8 月出版。

2023 年　九十五岁

发表作品：

《宗璞散文》，由作家出版社于 3 月出版。

散文集《扔掉名字》，由河南文艺出版社于 9 月出版。

注：本年表 1995 年之前为蔡仲德编撰，1996 年起为何英编撰，完整年表经宗璞先生审定。

后 记

自2021年博士毕业已过去三个年头了。加上考了两年，在读博士这一件事上，我用了六年。其实还不止，如果再加上考之前复习的两年，就是八年。我的八年“抗战”。如今我也是一名大学教师了，总是忍不住对学生絮叨，读书要一鼓作气，年纪大了再来读博，真的很难。但是，也只有世上的难事能回馈你一个无憾的人生。

我永远感激感谢导师李建军先生。还记得第一次考博失败，英语39分，分数线是41分。公榜那一天，我自己跑到幽静的红山公园里痛哭了一场。只有自己知道，我是如何将丢掉二十年的英语捡起来，又是如何一边工作一边复习，包括几门专业课。很快我接到李老师的电话，李老师安慰了我的失败，我强忍着泪水问他：“李老师，您看我还要继续考吗？”

“当然要继续考了！怎么能一次失败就放弃呢。”李老师不知道，他这一句话给予了我重整河山一般的勇气和力量。如果当时他有哪怕一丝的犹疑和退却，我就放弃了。

也还记得李老师初看这篇博士论文时，用红字帮我批改的情形。现在回想起来，作为学生能得李老师这样的学术大家的亲自斧正，是多么幸运的事情。可是当时的我们，只想着赶紧过关完事，神经处于高度紧张状态，大脑几乎只会机械反应老师的批改意见了。李老师因为自己的成就，眼光自然是极高的，中国社科院文学研究所的学生更不能马虎过关。好在这篇论文李老师最终还是给了优秀。

也因为是边疆无甚名气的作者，我写关于宗璞先生的研究论作，却没敢去打扰她。倒是先生看了《文艺报》上我写她的文章，主动跟我联系上，还赠送了我一本《接引葫芦》，嘱我可以多研究一下这部新作，也指出她七十年代末至《野葫芦引》之前的时段里的作品，似可以细心挖掘……之后我也写过多封邮件，宗璞先生虽然视力已经很弱，却是有信必回。我因为研究宗璞先生的作品，早已对先生其人其作熟稔在心，几番接触，益发觉得先生可爱可敬，对人平等，不摆架子，气度非凡。本书附录部分，作家年表中1995年之前的内容，是蔡仲德先生撰写的，我曾请编辑老师转问宗璞先生可否沿用，宗璞先生直接给我打了电话，同意我用，还说有什么不知道的可以问她。

今年的7月27日，宗璞创作八十年暨《宗璞文集》出版座谈会在京隆重举行，我有幸为宗璞先生所邀参与了盛会，还作为发言的代表之一阐述了先生的创作。先生住昌平区，大老远赶来，坐着轮椅，九十六岁高龄的老人，吸着氧，坚持开一个多小时的会，十分不易。会后大家又都激动地围着先生谈话、照相，我不忍先生的坚持，将带来的湖笔转托重庆的小雅女士代为送达，因她第二日要去先生府上拜会，而我的高铁票已订好，就回湖州了。

“十一”期间，我亦专程去北京太阳城拜访先生，因后续仍要写一部有关宗璞创作史的研究专著，孟子所谓知人论世，这是起码的作文为人的要求，然我还从未近距离跟先生有一晤面谈话的机会，心情自是有些紧张。去之前买了徐忠良定胜糕，想请老人家尝尝这湖州的特色点心。定胜糕都是新鲜现做、不添加防腐剂的，我们算好时间，到京第二日一定要见到先生。

先生和先生的女儿冯珏女士已在家中等我们，先生几乎已目不能视，还坚持在我带来的她的《文学回忆录》上签名，连冯珏女士都说，先生已经很久不能写字了，看不见啊，但今天还写成了。先生身着那天座谈会穿的深玫红色中式夹袄，皮肤很白净，几乎没有皱纹，一头银发，谈话时的幽默、亲切，令我们见识了中国顶尖知识分子世家的风度与修养。我的丈夫陪同我前去，先生怕他尴尬，总是在我们交谈一阵之后，找话题让他也参与进来，这份细心、体贴、待人平等，令我感动。我们不敢叨扰先生太久，其间已注意到她的手臂不由自主地从扶手上掉下来，我们匆忙跟先生合了影，第二天就返回了。回到家，先生发来微信，她已购得我丈夫的一本诗集，还说晚餐吃了我们带去的糯米点心，一再感谢还带去了玫瑰花。可爱可敬的老人，国宝级的作家，我为选取宗璞先生为研究对象而庆幸，而无憾。

这本书能够出版，尤其要感谢吴义勤书记。渊源大概要从2021年我的论文《〈野葫芦引〉的修辞分析》获得《中国当代文学研究》年度优秀论文说起。这一篇论文正是本书中的章节内容。我也完全没想过获奖，觉得这种事情离自己很遥远。常年从事文学批评，想来生态是堪忧的，居然得到刊物的肯定，看来是我先对人没怀着期望了。这件事说明评委还是公允的，对他们认为不错的论文能公正评判。我也就趁势向主编吴书记提出想要出版的奢望，没想到又被“恩准”了。

总而言之，一路行来，遇到的都是良缘，受到了很多恩惠，感谢生活待我不薄。本书能够顺利出版，还要感谢我的责编杨新月老师、中国现代文学馆副馆长李宏伟先生的大力襄助。他们做出版事业的，都是幕后英雄，各种的烦难、琐细都替我们承担了。也希望这本小书不致使他们声名受累，尚能算在他们的工作量里，我即心安。至于本书的观点、内容，包括研究方法、文献资料等方面，肯定存在着可以一再商榷的地方，出版出来也是就教于方家的意思。

是为记。

2024年10月29日于湖州观棠府

图书在版编目（CIP）数据

宗璞论 / 何英著 . -- 北京：作家出版社，2024.11
（中国当代作家论）
ISBN 978-7-5212-2498-6

Ⅰ. ①宗… Ⅱ. ①何… Ⅲ. ①宗璞-作家评论
Ⅳ. ①I206.7

中国国家版本馆 CIP 数据核字（2023）第 177057 号

宗璞论

总 策 划： 吴义勤
主　　编： 谢有顺
作　　者： 何　英
责任编辑： 杨新月
装帧设计： 合和工作室
出版发行： 作家出版社有限公司
社　　址： 北京农展馆南里 10 号　　**邮　　编：** 100125
电话传真： 86-10-65067186（发行中心）
86-10-65004079（总编室）
E-mail: zuojia@zuojia.net.cn
http: //www.zuojiachubanshe.com
印　　刷： 唐山嘉德印刷有限公司
成品尺寸： 152×230
字　　数： 218 千
印　　张： 17
版　　次： 2024 年 11 月第 1 版
印　　次： 2024 年 11 月第 1 次印刷
ISBN 978-7-5212-2498-6
定　　价： 46.00 元

作家版图书，版权所有，侵权必究。
作家版图书，印装错误可随时退换。

中国当代作家论

第一辑

阿城论	杨　肖　著	定价：39.00 元
昌耀论	张光昕　著	定价：46.00 元
格非论	陈斯拉　著	定价：45.00 元
贾平凹论	苏沙丽　著	定价：45.00 元
路遥论	杨晓帆　著	定价：45.00 元
王蒙论	王春林　著	定价：48.00 元
王小波论	房　伟　著	定价：45.00 元
严歌苓论	刘　艳　著	定价：45.00 元
余华论	刘　旭　著	定价：46.00 元

第二辑

北村论	马　兵　著	定价：48.00 元
陈映真论	任相梅　著	定价：58.00 元
陈忠实论	王金胜　著	定价：68.00 元
二月河论	郝敬波　著	定价：45.00 元

韩东论　　张元珂 著　　定价：50.00 元

韩少功论　项　静 著　　定价：48.00 元

刘恒论　　李　莉 著　　定价：45.00 元

莫言论　　张　闳 著　　定价：52.00 元

苏童论　　张学昕 著　　定价：46.00 元

于坚论　　霍俊明 著　　定价：55.00 元

张炜论　　赵月斌 著　　定价：46.00 元

第三辑

阿来论　　王　妍 著　　定价：49.00 元

刘慈欣论　文红霞 著　　定价：50.00 元

麦家论　　陈培浩 著　　定价：48.00 元

舒婷论　　张立群 著　　定价：46.00 元

徐小斌论　张志忠 著　　定价：52.00 元

张大春论　张自春 著　　定价：68.00 元

宗璞论　　何　英 著　　定价：46.00 元